Back Home

Wenn Träume lauter werden

Ein Roman von

Katelyn Robinson

Bibliografische Information durch die Deutsche Nationalbibliothek: Die Deutsche Nationalbibliothek verzeichnet diese Publikation in der Deutschen Nationalbibliografie; detaillierte bibliografische Daten sind im Internet über http://dnb.dnb.de abrufbar.

ISBN 978-3-96008-440-2

Hergestellt in Leipzig, Germany (EU)
Cover: Karsten Müller, Net.work Mediaservices

www.engelsdorfer-verlag.de

14,90 Euro (D)

Weg & Zeit

Kapitel 1, Der Geburtshelfer (Heute/1941) 7

Kapitel 2, Der Ausritt (1949) 14

Kapitel 3, Die Wahrheit (1952) 22

Kapitel 4, Countrywings (1953) 48

Kapitel 5, Memory (1957) 59

Kapitel 6, Der Abschlussball (1957) 66

Kapitel 7, Die Chance (1957) 88

Kapitel 8, Abschied (1957) 99

Kapitel 9, London (1957 - 1963) 123

Kapitel 10, Wirbelsturm (1961) 137

Kapitel 11, Jacks Plan (1961) 151

Kapitel 12, Alles auf Anfang (1964) 159

Kapitel 13, Ein alter Bekannter (1964) 193

Kapitel 14, Die schlafende Bärin (1964) 225

Kapitel 15, 1966 (1966 bis heute) 241

Kapitel 16, Nach Hause (Heute) 245

A Dream (Nachwort) 251

1. Kapitel

Der Geburtshelfer

Greenville, gestern

Die Schwalben fliegen tief über Christine und malen einen zierlichen Rahmen um das Schild von „Bob's Garage", dessen Schrift verwittert ist. „Hören sie Miss, der Wagen ist uralt, aber er wird sie auf jeden Fall nach Chicago raus bringen, das kann ich ihnen versichern. Ich kenne ihn seit Jahrzehnten, er war nie kaputt! Allerdings steht er jetzt knapp zwei Jahre hier. Sie können ihn für zweihundert Dollar haben, und gleich mitnehmen." „Also gut, der Preis ist wirklich in Ordnung. Ich nehme ihn. Hier, Zweihundert." Christine reicht dem verschwitzten farbigen Mann das Geld, der steckt die Scheine und sein Putztuch in die Tasche seiner Latzhose und öffnet ihr die Tür des Pickups. Sie wedelt mit ihrer Hand, als würde sie die heiße Luft aus dem Wagen gegen die Sommerhitze draußen tauschen wollen. Sie startet ihn. „Vielen Dank, Mister Gilman, und denken sie daran, wenn er mich hängenlässt, komme ich zurück!", sie lächelt, blickt nach vorn, fährt den Wagen im Schritttempo auf die gegenüberliegende Straßenseite und hält vor „Faraday's" Laden.

Greenville, 7. Juni 1941

„Ich brauche Schüsseln mit warmem Wasser, lauf Jack, und Tücher, viele Tücher!“ Der sechsjährige Jack stand wie versteinert mit großen Augen in der Tür und konnte sich nicht bewegen. Er stand nur da und starrte seine Mutter an, die versuchte ihre Nachbarin Melissa Robinson zu beruhigen, die gerade ihr erstes Kind zur Welt brachte. Sie schrie vor Schmerzen, war verschwitzt und sah sehr erschöpft aus. Immer wieder rief sie weinend: „Ich schaffe das nicht, ich kann nicht mehr! Ich schaffe es nicht! Es tut so weh!“ Als Lavinia, Jacks Mutter, sich umdrehte und Jack noch immer in der Tür stehen sah, sprach sie etwas lauter mit einer deutlichen Kopfbewegung: „Nun lauf', wir brauchen jetzt deine Hilfe! Ich kann Melissa jetzt nicht allein lassen. Wasser!“ Jack lief aus dem Haus, geradewegs auf die Veranda seines Elternhauses zu. Er lief so schnell er konnte, spürte nicht, wie seine Füße den sandigen Boden zwischen den Häusern berührten. Doch er spürte, wie sein Herz schlug, schnell und laut, er spürte es im Hals, seine Hände zitterten. Er stolperte über den oberen Treppenabsatz der Veranda und riss den quietschenden Holzrahmen auf, der mit einem Moskitonetz bespannt war. Jacks Vater, Brian Denver war mit seiner großen Farm der Hauptlieferant für die Geschäfte in der Stadt. Er lieferte Obst, Gemüse, Milch und Fleisch. In diesem Moment kam er durch die vordere Eingangstür, wie so oft, sehr spät nach Hause. „Dad!“, rief Jack aufgeregt und rannte orientierungslos durch die Küche. „Wo ist deine Mutter mein Großer? Und..., warum rennst du hier so herum?“ Er öffnete den Kühlschrank, legte sich entspannt ein Steak vom Mittagessen und ein Stück Brot auf einen Teller und fragte: „Warum bist du überhaupt noch nicht im Bett? Es ist nach

Elf Uhr. Das Kalb ist da, deshalb bin ich so spät.“ „Weil Tante Melissa stirbt! Es geht ihr sehr schlecht! Ich soll Wasser holen, und Tücher!“ Jack riss zwei große Schüsseln aus dem Wandschrank und hinter ihm fiel eine Waschschüssel auf den Dielenboden. „Um Himmelswillen! Das Kind. Dann ist es wohl soweit. Hole du Tücher, ich nehme die Schüsseln und sehe nach den Frauen, komm dann nach, Jack.“ Brian schob den Teller mit dem Essen weg, biss noch ein Stück vom Steak ab, nahm die Schüsseln und ging zur Hintertür hinaus. Er drehte sich noch einmal um und rief Jack zu: „Und beruhige dich mein Junge, sie bekommt ein Baby, sie wird nicht sterben!“ Als Brian das Haus der Robinsons betrat, hörte er Melissa kämpfend schreien und seine Frau sagen: „Siehst du, wir schaffen das, es wird nicht mehr lange ...“, sie unterbrach, als sie ihren Mann hereinkommen sah: „Schatz, es ist soweit, das Baby ist bald da!“ Sie lächelte kurz und sah müde aus. „Und Ted ist nicht hier. Er wollte so gern bei der Geburt seines Sohnes zu Hause sein. Hier, die Schüsseln, ich hole Wasser.“ Brian ging mit den Schüsseln in die Küche nebenan und füllte sie mit Wasser. Melissa hatte gerade eine kleine Pause zwischen den Wehen und fragte Lavinia leise: „Wird es noch lange dauern?“ „Nein, Liebes, du hast es bald geschafft. Der Kleine ist bald da. Ich denke noch vor Mitternacht. Es ist nach Elf.“ Während das Wasser in die Schüssel lief, kam Lavinia in die Küche, um sich selbst Tücher zu holen. Brian sagte schmunzelnd zu ihr: „Unser Sohn bringt gleich die Tücher, Krankenschwester wird er wohl nicht werden, er ist ja völlig verstört durch die Küche gelaufen.“ Er setzte flüsternd fort: „Er hat gesagt, Melissa stirbt gerade!“ Lavinia erwiderte etwas verärgert, als sie wieder auf dem Weg zu Melissa war: „Brian, woher soll der Junge das wissen?! Geh’ und beruhige ihn, wir kommen hier zurecht. Es verläuft alles gut. Und danke für das Wasser.“ Brian brachte nun auch die zweite Schüssel Wasser in das Wohnzimmer und Melissa begann wieder zu schreien. Lavinia rief: „Und jetzt ein letztes Mal! Pressen, Melissa, ihr habt es gleich geschafft! Pressen! Atme!“ Inzwischen stand Jack geschockt und kreidebleich mit den Tüchern in der Tür, sein Vater drehte sich zu ihm: „Komm, mein Junge, wir gehen, die Frauen schaffen das.“

Sie verließen das Haus. Es war eine sehr warme Juninacht. Auf der Terrasse legte Brian seine Hand auf Jacks Schulter und sagte: „Komm, mein Sohn, wir setzen uns.“ Brian lehnte sich in seinen Schaukelstuhl, wo er gern seine Pfeife rauchte und den Abend genoss. Jack setzte sich auf die Holzschaukel, nahm seine Mütze ab, legte sie in seinen Schoß und ließ die Beine baumeln. Er sah nach unten, als hätte er etwas Dummes angestellt und eine Predigt stünde ihm bevor. „So ist das, so werden Menschen geboren, du bist ziemlich geschockt, nicht wahr?“ „Es geht“, antwortete Jack, „zum Glück sind Schulferien.“ „Was hat das damit zu tun?“ „Ich fühle mich nicht gut und ich werde auch nicht mehr schlafen können heute Nacht. Kann ich morgen das Baby besuchen?“ „Natürlich, du warst doch ein tapferer Geburtshelfer“, schmunzelte der Vater „Nun aber los, ab mit dir, ins Bett. Versuche zu schlafen, es ist alles in Ordnung.“ „Gute Nacht, Daddy, bis morgen.“ „Schlaf gut, Junge!“ Jack ging leise ins Haus, die Treppe hinauf in sein Zimmer. Er zog sich die Hosenträger von den Schultern, die seine noch etwas zu große Stoffhose an seinem dünnen Leib hielten. Seine Mutter hatte sie abgeschnitten und umgenäht, weil sie Löcher in den Knien hatte. Er trug sie schon den ganzen Sommer und glaubte zu merken, wie sie ihm immer besser passen würde. Seine Knie waren schmutzig und zerkratzt, weil er heute den ganzen Tag an der Koppel bei den Pferden seines Vaters gewesen war und sie geputzt hatte. Das machte ihm am meisten Spaß, er liebte Pferde, besonders die Fohlen, denen er noch in die Augen schauen konnte und deren Hufe ihm nicht so weh taten, wenn er unachtsam war und mit seinen dünnen Lederschuhen auf die Füße getreten wurde. Er versuchte dann immer, die Fohlen wegzustoßen und schimpfte, dass sie doch mehr aufpassen sollten. Lavinia hatte das oft vom Fenster aus beobachtet und darüber gelacht.

Das Fenster von Jacks Zimmer stand weit offen. Draußen saß der Vater im Schaukelstuhl, rauchte seine Pfeife, lauschte dem Konzert der Grillen und hörte seine Rinder weit draußen auf den Weiden. Im Haus der Robinsons war es ruhig geworden. Für einen Moment waren die Grillen still, Brian lehnte sich zurück, schaute in den Sternenhimmel und hörte ein Baby schreien. Er stand auf, ging die Stufen der Holzveranda hinab und wandte seinen Blick zu Jacks Fenster hinauf. Es war dunkel und still im Zimmer, Jack war längst eingeschlafen.

Greenville, heute

„Ja, das war die Nacht, in der ich geboren wurde, der 7. Juni 1941. Jacks Mutter erzählte diese Geschichte oft an Weihnachten. Alle hörten diese Geschichte immer wieder gern, und konnten darüber lachen, wie Lavinia Jacks Verhalten nachspielte. Ach, und Brian, als er noch lebte, wiederholte immer das Schauspiel in der Küche und ließ sämtliche Schüsseln fallen und rannte hektisch um den Tisch. Jack konnte nie darüber lachen, manchmal lächelte er, aber er tat mir jedes Mal leid, wenn sich alle über ihn lustig machten.“ „Wie? Das verstehe ich nicht, ich denke, in dieser Nacht wurde ein Junge geboren?“, erwidert Christine fragend. „Ja, alle hatten einen kleinen Jungen erwartet, doch da kam ich. Besonders Ted, mein Vater, hatte sich so auf einen Sohn gefreut. Er war in dieser Nacht leider nicht da. Man hat mich so früh noch nicht erwartet und er war bei der Army in Detroit. Er war gerade Fünfundzwanzig und er war Flieger.“

Ich habe Christine heute Morgen in Faraday's Laden kennengelernt. Sie erzählte der Verkäuferin Mrs. Faraday, dass sie heute ins zweihundert Meilen entfernte Chicago zurückfahren würde, weil ihr Job als Krankenpflegerin hier beendet sei. Ich nutzte die Gelegenheit, um sie zu fragen, ob sie mich mitnehmen könnte, ich wohne seit knapp zwei Jahren dort und muss heute auch zurück dorthin. Ich habe sie gefragt, weil sie mir irgendwie so vertraut und so ein liebes junges Fräulein war. Sie sagte: „Gern, nehme ich sie mit, aber komfortabler ist es mit dem Bus.“ Sie lachte und deutete auf ihren rostigen alten Wagen vor dem Laden. Ich war erfreut über diesen alten Pickup und erwiderte gleich: „Ein hellblauer F100, da fahre ich sehr gern mit!“ Die junge Frau sah mich erstaunt an, reichte mir die Hand und stellte sich vor: „Ich bin Christine Holiday, kommen sie.“ Sie öffnete mir die klemmende Tür des Trucks und setzte hinzu: „Woher…? Also ich will nicht unfreundlich klingen, aber eine Frau wie sie…?“ Ich unterbrach sie und sagte: „Sie meinen, eine alte Schachtel wie ich, woher ich weiß, was für ein Wagen das ist? Na hören sie, alte Schachtel, alter Pickup, der ist aus den Fünfzigern, das war ein Teil meines Lebens, meine Jugend! Mein Mann und ich…, mein Gott ist das lange her,… und die Musik! Entschuldigen sie, ich habe mich noch gar nicht vorgestellt, ich bin Kate, Katelyn Robinson!“ Scheinbar hatte ich sie neugierig gemacht. Sie fragte mich, ob ich hier geboren sei und ich fing an, ihr zu erzählen, wie ich 1941 hier in Greenville, einer kleinen 4000 Seelen Stadt in Michigan geboren wurde, dass mein Mann und ich vor zwei Jahren unsere Farm hier verkauft haben und nach Chicago gezogen sind.

Wir fuhren stadtauswärts und ich drehte mich ein letztes Mal nach dem bunten Schild aus den Sechzigern um. „Welcome to Greenville". Es war diese alte geschwungene Schrift in rot-weiß und in einer blauen Wolke war ein weißes Propellerflugzeug abgebildet. Greenville war bekannt für seinen alten Agrarflugstützpunkt, der heute ein beliebtes Ziel für Kunstflieger und Hobbypiloten ist. Dieses Schild schmückt unzählige T-Shirts, Postkarten und andere Souvenirs.

Inzwischen sind wir schon eine gute halbe Stunde auf dem Highway Richtung Chicago unterwegs und ich habe schon eine kurze Geschichte aus meinem Leben erzählt. Ich sehe aus dem Seitenfenster und Christine fragt mich neugierig: „Und? Ging es dem kleinen Jack am nächsten Morgen besser?" So fahre ich mit meiner Geschichte fort:

„Ja, irgendwann ging es Jack besser, denn er sah, dass seine Tante Melissa, also sie war nicht wirklich seine Tante, nur die Nachbarin, dass es ihr gut ging und ihr Baby im Arm hielt. Auch er hat irgendwann akzeptiert, dass ich ein Mädchen war, obwohl er sich doch so auf einen kleinen Nachbarsjungen gefreut hatte. Mein Vater erhielt einen Tag nach meiner Geburt ein Telegramm in Detroit, wo er stationiert war. Er wurde wegen meiner Geburt für einige Tage beurlaubt und kam zu uns nach Hause. Obwohl ich kein kleiner Junge war, war er überglücklich, mich zu haben, das hat er immer wieder gesagt, wenn wir zusammen waren.

2. Kapitel

Der Ausritt

Ich erinnere mich an die Jahre, in denen ich oft mit Jack spielte, bei den Pferden, auf Bäumen, am See, im Wald. Mein Gott, wir waren überall, wir haben Sachen angestellt. Immerhin war er sechs Jahre älter als ich und hatte ganz anderen Unfug im Kopf als ich, aber er hat mich immer mitgenommen und für mich waren das die größten Abenteuer. Ich werde nie meinen achten Geburtstag vergessen, es war im Juni 1949. Als ich an diesem Tag von der Schule kam, war ich sehr überrascht, als Jack an der Haltestelle des Schulbusses auf mich wartete. Er nahm mir meine Tasche ab und sagte kurz: „Herzlichen Glückwunsch, wegen heute." Er lief mit gesenktem Kopf voran und schupste Steine vor sich her. Der Weg war staubig, es war sehr heiß und trocken. Wenn es so warm war und die Sonne so sehr brannte, dann hatte er immer besonders strahlend blaue Augen und seine langen blonden Haare hingen im Gesicht. Er war schon immer im März ganz braun und sein Haar war im Juli fast weiß. Ich folgte ihm, und lud ihn ein, mit zu meiner Mutter zu kommen. Er antwortete: „Ja, sie hat Kuchen, Apfelkuchen, hab ich gerochen, ich komme mit." Manchmal dachte ich, er käme nur wegen des leckeren Essens zu uns und nicht wegen mir. Das war in Ordnung, ich gebe zu, ich war auch oft nur wegen der Pferde seines Vaters bei ihm zu Hause. Jacks Vater war ein sehr fleißiger

Farmer, züchtete Pferde und Rinder, hatte Felder und baute sämtliches Obst und Gemüse an. Während der Erntezeit halfen Jack und ich oft und lange und verdienten uns ein paar Dollar. Ich durfte das nur in den Ferien, aber Jack musste immer helfen, auch wenn er morgens in die Schule sollte. Unsere Schulkameraden lachten manchmal laut im Unterricht, wenn Jack auf der Bank eingeschlafen war. Oft war er schon seit Vier Uhr in der Frühe auf den Beinen, um bei der Heuernte zu helfen. Ich fand das nicht lustig und er tat mir immer sehr leid, wenn er dann aufschreckte, nachdem Jones mit seinem Fuß von unten gegen die Sitzfläche seiner Bank stieß. Immer wenn sich zur Musiklehre alle Schüler bei Mrs. Shephard zusammenfanden, saß Jones hinter ihm im Saal. Er war zwei Jahre älter als Jack und ständig damit beschäftigt Dummheiten zu machen, für die andere dann bestraft wurden. Ich weiß nicht, wie ihm das immer gelungen war, aber Jack machte das sehr wütend und er konnte Jones nicht ausstehen. In meinen Augen war er einfach nur so dumm, wie er dick war. Jacks Vater sagte immer zu uns: „Kinder, beachtet ihn nicht, das ist die größte Strafe für einen Menschen! Ärgert Euch nicht über ihn, er ist nur so, weil sein Vater der Sheriff von Montcalm County ist, aber gearbeitet hat der noch nie!“ Das half aber nichts, wir konnten ihn einfach nicht leiden. Brian, so hieß Jacks Vater, war nicht nur sehr fleißig, er war auch sehr klug und stolz, er hatte schon immer graues Haar und züchtete die schönsten Pferde. Er strahlte eine Ruhe aus, und war trotz der langen harten Arbeit auf seiner Farm immer fair zu Jack gewesen und hatte ihn für seinen Fleiß belohnt. Er war ein ausgezeichneter Reiter und lehrte Jack schon im Alter von fünf Jahren den Umgang mit Pferden und später das Reiten wie ein richtiger Cowboy. Mir brachte er das Reiten auch schon bei, als ich sieben Jahre alt wurde. Ich saß also schon ziemlich gut im Sattel, lange nicht so sicher wie Jack, aber wir waren inzwischen oft gemeinsam ausgeritten.

An diesem Geburtstag saßen Jack und ich auf dem Koppelzaun und genossen den leckeren Apfelkuchen, den meine Mutter uns geschnitten auf ein Brett gelegt hatte. Jack erzählte mir, dass sein Vater zum Pferdemarkt gefahren sei und erst am nächsten Tag aus Detroit zurückkommen würde. Er hatte Jack für heute in der Schule entschuldigt, damit er die Tiere versorgen und die Arbeit seines Vaters mit erledigen konnte. Seine Aufgaben hatte er längst erfüllt und jetzt berichtete er mir schmatzend von seiner Überraschung zu meinem heutigen Geburtstag. Er sagte: „Komm Katy, wir haben heute etwas vor.“ Er lief zum Stall, ich folgte ihm. Er öffnete die Sattelkammer, nahm einen der großen schweren glänzenden Sättel und legte ihn über einen Balken vor dem Stallgebäude.

„Wir reiten aus. Zum See. Freust du dich?“ „Zum See? Allein? Jack, dein Vater hat verboten, dass wir allein von der Farm wegreiten! Hast du das vergessen?“
„Hey, er ist nicht da. Wie kann er das dann verbieten?“ „Du weißt genau, was ich meine.“ „Was soll schon passieren? Hier, den nimmst du, ich helfe dir gleich.“ Er drückte mir den zweiten Sattel auf den Arm und ich brach fast darunter zusammen. Er war so schwer wie er schön war. Er war aus edlem braunem Leder mit Gravuren und hatte viele Silberbeschläge und Verzierungen. Die Sättel in diesem Stall waren nicht nur wichtige Arbeitsmittel von Jacks Vater, sondern auch sein ganzer Stolz. Er pflegte sie an sonnigen Tagen draußen am Gatter und Jack half ihm dabei. Er betonte immer, dass die Pflege der Sättel so wichtig sei, wie das Futter für das Pferd. Jack lief zum Gatter,

wo zwei Pferde standen, die er mittags von der Weide geholt hatte. Eines von ihnen war sein eigenes, es war ein schwarzer Hengst, ein Quarter Horse. Sein Name war Miles. Er holte die Stute aus dem Gatter, auf der mich Brian das Reiten gelehrt hatte. Sie hieß Sully und sie war so etwas wie mein Tagebuch, ich konnte ihr alles anvertrauen. Diese Pferde kosteten uns Unmengen von Apfelkuchen und meine Mutter hatte es immer gewundert, wie viel wir davon aus dem Haus trugen.

Ich sagte meiner Mutter, wir würden die Weiden hinauf zum Hügel reiten, sie kam noch auf die Veranda, während sie ihre Hände an ihrer Schürze abwischte. „Seid vorsichtig Kinder, und seid vor Sonnenuntergang zurück!“ „ Ja, keine Sorge Melissa!“, rief Jack ihr zu. Ich drehte mich noch einmal um und rief, zugegeben, mit einem schlechten Gewissen: „Bis später, Mum!“ „Sollten wir das nicht lieber lassen mit dem See, ich meine, wir können doch an einem anderen Tag ...“ Ich war unsicher. Jack erwiderte: „Katy, ich war schon tausendmal allein beim See, und? Ist etwas passiert? Nein! Mach dir keine Sorgen, lass uns Spaß haben, es ist doch dein Geburtstag.“ Jack galoppierte mit seinem stolzen Pferd vor mir weg und rief: „Holt uns ein, los!“ Ich dachte mir, was soll's, er hat Recht, wir werden einen unvergesslichen Nachmittag haben. So jagte ich ihm nach, und schrie vor Freude. Jack wartete auf dem Hügel und blickte zum See hinab. „Wir reiten außen um das Moor herum, zwar führt in der Mitte ein Pfad hindurch, aber das ist zu gefährlich für Mädchen, wir machen einen Bogen.“ So ritten wir weiter, um das Moor herum, über dem zu fast jeder Tageszeit ein unheimlicher Nebel stand. Vielleicht fand ich den Nebel damals auch nur unheimlich, weil ich solche Angst vor dem Moor hatte. Unsere Eltern hatten uns oft darüber belehrt, dass wir uns ihm nie nähern sollten - egal was passieren würde. Das schien die Sache für Jack äußerst interessant zu machen, glaube ich, ich denke auch, dass er öfter dort war, als wir alle wussten. Woher sollte er sonst von dem Pfad wissen, der durch die Mitte führte? Jack ritt einige Meter voran, summte einen alten Country Song unter seinem Hut und kaute wie ein Pony auf einem Zweig. Ich folgte ihm und konnte das Moor links neben mir, die grauen Bäume, die darin lagen, den Nebel und die Geräusche unbekannter Vögel nicht ignorieren. Ich hoffte wir würden den See bald erreichen, wo es wieder hell und sonnig war. „Aaaah! Au, aah“, ein Schreck durchfuhr meinen ganzen Körper und ich stürzte vom Pferd. Sully hatte einen Satz nach links gemacht und galoppierte davon, geradewegs aufs Moor zu! Jack sprang vom Pferd, kniete sich zu mir und schaute Sully nach: „Kate, was ist passiert? Tut dir etwas weh? Verdammt! Sully, ruhig, bleib stehen!“

„Sie muss sich erschreckt haben, ich habe mir nichts getan! Hol Sully, Jack! Sie läuft ins Moor!“ Jack schaute hinter mich, hob mich blitzschnell mit großen Augen am Arm hoch und zog mich zu seinem Pferd. „Eine Schlange!“, sagte er aufgeregt, und zeigte auf den Boden hinter uns. „Nimm Miles und geh' mit ihm ein Stück beiseite, binde ihn an und bleib dort stehen!“ „Aber Jack, was machen wir jetzt?“ Ich hatte solche Angst und mein Herz schlug so sehr, dass ich es im ganzen Körper spüren konnte. „Du machst, was ich gesagt habe und ich gehe Sully holen.“ „Sei vorsichtig, bitte!“ Jack lief dem Pferd nach, ich drehte mich in alle Richtungen und beobachtete den Boden um mich und schaute immer wieder zu Jack. Sully war nicht weit gelaufen und stand zwischen zwei alten Bäumen am Rand des Sumpfes. Sie blieb still stehen, als Jack ihren

Kopf streichelte und zu ihr sprach. Ich war etwas erleichtert, dass er jetzt bei ihr und nichts Schlimmes passiert war. Doch dann rief Jack: „Verdammt! Nein, das kann nicht wahr sein, komm Sully!“ „Was ist los?“, rief ich. „Sie steckt fest, sie kann ihre Hufe nicht heben! Ich kriege sie hier nicht raus! Nicht einfach so.“ Mir schossen die Tränen in die Augen, ich kam mir so hilflos vor und hatte schreckliche Angst um Jack, um Sully, vor der Schlange, die ich nicht mehr sah und davor, wie der Tag enden würde. „Du musst herkommen, Katy, ich brauche deine Hilfe. Nimm den Strick von meinem Sattel und komm her! Beeil’ dich, sie sinkt in den Boden!“ Ich griff nach dem Strick und lief so schnell ich konnte zu ihm. Ich spürte, dass er genau wusste, was er tat und war froh, dass er jetzt hier war. „Ich lege den Strick um ihr Hinterteil, versuch du, ihr den Sattel abzunehmen, sie muss sich frei bewegen können, damit sie aus eigener Kraft rausspringen kann. Und bleib nur auf dem Baumstamm, tritt auf keinen Fall daneben!“ Jack kniete sich auf einen der Bäume und legte den Strick um Sullys Hinterteil, das inzwischen bis zu den Flanken im Moor steckte. Dann wickelte er die Enden an zwei Bäume vor Sully. Jacks Arme und sein Hemd waren von schwarzem Schlamm verschmutzt. Ich zog Sully den Sattel vom Rücken und fiel rückwärts gegen einen Baum, der mich davor bewahrte, ins Moor zu fallen. Der Sattel lag auf mir und ich war erleichtert, es geschafft zu haben. Jack lehnte seinen Rücken gegen einen Baum hinter sich, ließ sich hinabrutschen und stemmte seine Füße gegen den Hintern des Pferdes. Er rief verzweifelt mit Tränen in den Augen: „Jetzt streng dich einmal im Leben an, du dickes Vieh, raus hier, los!“ So hatte ich Jack noch nie erlebt, er hatte Angst und war doch so stark dabei. Sully sprang mit einem Satz aus dem Moor, stolperte, schüttelte sich noch einmal und stand dann ganz still. Jack atmete auf und war ganz rot im Gesicht. Ich war so glücklich in diesem Moment und bewunderte ihn, wie er in dieser Situation gehandelt hatte. Er atmete schnell und sagte: „Du hättest auch ein Esel werden können Sully! Er umarmte das Pferd erleichtert. Ich kämpfte mich unter dem Sattel hervor und schleppte ihn zu Jack auf den Weg. „Puh, das ist ja noch mal gut gegangen. Wie bekommen wir sie jetzt sauber?“, fragte ich. „Wir müssen zum See. Wir baden Sully und putzen den Sattel, Dad bringt mich um, wenn er davon erfährt.“ Jack sattelte Sully wieder und wir gingen mit unseren Pferden an der Hand zum See hinunter. Jack zog sich aus, führte Sully ins Wasser und begann, ihr den schwarzen Schlamm aus dem Fell zu waschen, während ich den Sattel am Ufer putzte. „Den Rest machen wir zu Hause, wenn sie trocken ist, Dad kommt erst morgen, Mum geht abends nicht mehr in den Stall.“ Er zitterte und zog sich seine Hose und das ursprünglich weiße Hemd wieder an. Alles war verklebt mit schwarzem Schlamm und stank ekelhaft. „Was ist mit dir und deinen Kleidern? So kannst du nicht nach Hause, Jack.“ „Muss ich aber, mir fällt schon was ein, ich schleiche mich an meiner Mutter vorbei und wasche das Zeug später draußen am Stall.“ Wir ritten nun heimwärts. Auf dem Hügel hielt Jack an. Wir standen mit unseren Pferden oben auf den Weiden, blickten hinab zu unseren Elternhäusern und Jack sagte lächelnd: „Ich habe mir das mit dem Geburtstagsausritt ein wenig anders vorgestellt, aber ...“, ich unterbrach ihn: „Auf jeden Fall war er unvergesslich und du wolltest mir ja eine Freude machen. Das hast du irgendwie auch, du warst ziemlich tapfer heute.“ Er schaute verlegen nach unten und sagte: „Du hast einen ziemlichen Schreck bekommen, oder? Du bist jetzt noch ganz blass. Also gut, dann haben wir jetzt Punktegleichstand erreicht.“ „Wie? Was meinst du mit Gleichstand?“ Er sagte: „Was meinst du, wie es mir ging, heute vor acht Jahren, als du geboren wurdest?“ „Was war denn da? Daran kannst du dich doch gar nicht erinnern“, sagte ich verwundert. „Und ob ich das kann, es war schrecklich. Ich dachte, deine Mutter würde sterben, ich musste das alles mit anhören. Und dann sollte ich auch noch helfen, Tücher holen und solche Sachen. Das war eine harte Nacht für mich, und ich dachte, da kommt ein kleiner Junge raus. Und dann am nächsten Morgen warst du auf einmal da. Deine Mutter hat das alles überlebt.“ „Ich weiß“, lachte ich. Ich glaube, er war noch immer traumatisiert von diesem Ereignis. Das war mir vorher nicht bewusst.

Wir ritten zurück nach Hause und redeten nicht mehr viel an diesem Tag. Wir schlichen uns in den Stall, putzten Sully noch ab, denn nun war der restliche Schmutz angetrocknet und ließ sich leicht ausbürsten. Gerade als Jack den Sattel wieder poliert hatte, kam Lavinia in den Stall und sagte: „Da seid ihr ja, Melissa hat gesagt ihr ward auf den Weiden. Hattet ihr Spaß?“ „Äh, ja, Mum“, antwortete Jack. „Katy, du isst doch mit uns, oder? Ich habe eine Ente im Ofen. Du magst doch Ente so gern, wir laden dich ein. Ihr müsst sehr hungrig sein, ihr zwei. Und Jack, lass bitte deine schmutzigen Schuhe hier im Stall.“
„Ja, Mum, wir kommen gleich.“
Als sie den Stall verlassen hatte, grinsten wir uns erleichtert an und schworen uns, dass das, was heute wirklich passiert war, unser Geheimnis bleiben sollte.

3. Kapitel

Die Wahrheit

Es waren schöne Jahre, in der wir unsere Kindheit und Schulzeit verbrachten. Das Geheimnis vom Moor blieb nicht unser einziges, wir haben viel erlebt und viel gelernt. Wir hatten sogar ein Loch zwischen den Wurzeln eines Baumes gegraben, an dem wir geheime Sachen und Briefe in einer Schachtel aufbewahrten. Manchmal haben wir auch gestritten und tagelang erfolgreich ignoriert, dass wir Nachbarn waren und dieselbe Schule besuchten. Irgendwann kam schließlich die Zeit, in der sich Jack mehr und mehr mit seinen Freunden herumtrieb und mich nicht dabei haben wollte. Unsere Interessen waren plötzlich so verschieden geworden und ich hatte seltener Lust, mit ihm zusammen zu sein. Wir hatten uns nicht viel zu sagen, er hatte seine Freunde und ließ mich oft spüren, dass das, was er jetzt in seiner Freizeit machte, nichts für kleine Mädchen sei. Ich hatte zwei Freundinnen, Lilly und Susi. Wir waren viel unterwegs, mit Fahrrädern oder Pferden. Wir malten oder sangen, manchmal nähten wir sogar Kleider, die uns zum Teil so gut gelangen, dass wir sie dann tragen konnten. Am liebsten fotografierte ich. Ich kann mich kaum erinnern, seit wann ich sicher war, später etwas mit Fotografie lernen zu wollen. Meine Eltern hatten das erkannt und schenkten mir zu meinem elften Geburtstag eine Kamera.

Nach der Schule traf ich oft Lilly und Susi vor der Kirche um zum Sportplatz für das Cheerleading trainieren zu gehen. Dieser Sport war neu an unserer Schule und wir Mädchen fühlten uns toll dabei. Als wir uns eines Nachmittags Anfang September 1952 wieder trafen, um zu trainieren, erreichten wir den Sportplatz und sahen, dass die Umkleide der Jungen brannte. Rauch und Feuer schlugen schon aus den Fenstern und es stank fürchterlich. Dabei waren eigentlich die Jungen zuvor zum Baseball dort gewesen. Wir waren verwundert darüber, dass niemand es bemerkt hatte. Lilly lief so schnell sie konnte zu „Faraday's", um das Feuer zu melden, während wir zu den nächsten Erwachsenen liefen, die wir gesehen hatten. Später standen fast alle Bewohner von Greenville verwundert vor dem nahezu vollständig niedergebrannten Gebäude. Der Sheriff Jones befragte uns, weil wir die ersten waren, die das Feuer gesehen hatten und wir eigentlich zu dieser Zeit in den Räumen gewesen wären. Meine Mum umarmte mich erleichtert und auch Jack kam gleich zu uns Mädchen. Er fragte, ob alles in Ordnung sei mit uns. Als der Sheriff Jack sah, sagte er: „Jack Denver, ich möchte dir gern ein paar Fragen stellen. Komm zum Wagen. Und bring deine zwei Freunde mit!" Jack sah mich fragend an, meine Mum fragte mich: „Waren die Jungs vorher hier?" „Ja, ich glaube", sagte ich, „sie sind doch immer am Donnerstag hier. Aber heute haben wir sie hier noch nicht gesehen. Als wir ankamen, brannte es bereits. Das habe ich dem Sheriff auch gerade erzählt." Die Feuerwehrleute sperrten den Sportplatz ab und baten die neugierigen Leute, den Platz jetzt zu verlassen, weil es nichts mehr zu sehen gäbe. Unser Training fiel schließlich aus und meine Eltern nahmen mich mit nach Hause. Jack, Larry und John fuhren mit dem Sheriff aufs Revier. Wir dachten uns nichts dabei, weil die

Deputies die Jungen sicher befragen wollen würden, um die Brandursache aufzuklären.

Später, zu Hause auf meinem Zimmer, hörte ich einen Wagen kommen und ging zum Fenster. Es war ein Deputy, der Jack nach Hause brachte. Jack stieg aus und der Wagen fuhr weg. Ich rief ihm aus dem Fenster zu: „Hey, Jack, alles in Ordnung? Warte, ich komme herunter!“ Ich lief hinab und ging zu ihm an das Gatter, wo er sich auf den staubigen Boden gesetzt hatte. „Was war denn los?“, fragte ich. „Es hat gebrannt, falls du es nicht mitbekommen hast.“ Jetzt merkte ich, dass Jack sehr schlecht gelaunt und wütend war. „Jones, dieses Schwein ...“ „Der Sheriff?“, fragte ich erschrocken. „Nein, Billy! Dieser Lügner, ich ... . Er hat seinem Vater gesagt, dass wir in der Umkleide waren, kurz bevor das Feuer ausbrach. Das stimmt nicht! Er hat uns nach der Schule gesagt, dass das Baseballtraining ausfallen würde und deshalb wollten wir zu „Faraday's“, gehen, um etwas zu essen.“ „Larry, John und du?“ „Ja, wir drei.“ „Na dann ist doch alles okay, dann weiß er, dass ihr nichts mit dem Feuer zu tun habt.“ Jack schrie mich an: „Gar nichts ist okay! Niemand von denen glaubt uns! Das Training wäre nicht ausgefallen und wir sind noch gar nicht bei „Faraday's“, gewesen, als es brannte!“ Ich zuckte zusammen, weil ich Jack so nicht kannte. Er war so wütend dass er zitterte und schrie weiter: „Ich wollte das erklären, aber alles spricht dafür, dass wir schon in diesem Gebäude waren! Niemand hat uns zu dieser Zeit woanders gesehen, wir saßen hinter der Kirche und haben geraucht! Und ich hatte Streichhölzer in der Jacke. Da fragt mich dieser blöd grinsende Sheriff, wozu ich die Streichhölzer brauchte, wenn nicht, um Feuer zu machen!“ „Aber du musst es so erzählen, wie es war, dann passiert euch nichts!“ „Sei still Kate! Du verstehst das nicht! Billy Jones ist Sheriffs Söhnchen, was meinst du, wem man glaubt? Mit der Wahrheit komme ich nicht weiter. Ich werde ihn dazu bringen, dass er erzählt, was wirklich passiert ist! Dieser miese Feigling!“ „Jack, beruhige dich doch, wir reden erst einmal mit unseren Eltern und dann wird alles gut.“ Ich stand auf und reichte ihm die Hand. Er ignorierte es und bat mich, zu gehen. Ich ging traurig weg und Jack sagte bestimmend zu mir: „Und kein Wort, Kate! Halt dich da raus, die ruinieren meinen Dad! Wenn der das erfährt, bringt er mich um!“ Ich wusste nicht mehr, was ich glauben sollte. Einerseits war mir klar, dass Jack damit nichts zu tun hatte, aber warum gab er dann so schnell auf und war nicht bemüht, die Wahrheit mitzuteilen? Meine Mum erzählte mir am Samstagmorgen, dass der Deputy schon bei Jacks Eltern gewesen sei und mit ihnen gesprochen hätte. Es sprach alles dafür, dass Jack, Larry und John, wie jeden Donnerstag um diese Zeit, im Gebäude am Sportplatz waren, um sich zum Baseballtraining zu treffen. Ein älteres Ehepaar hatte auch drei Jungen ins Gebäude gehen sehn und kurz darauf brannte es. Jacks Vater war sehr böse darüber, was der Deputy ihm erzählte und stellte Jack mit einer Ohrfeige zur Rede. Lavinia hatte es meiner Mum am Morgen erzählt. Brian war so böse darüber, dass auch er Jack nicht die Chance gab, alles zu erzählen. Der Deputy erzählte, dass auf die Väter der Jungen hohe Kosten zukommen würden und Brian mit Abgaben seiner Ernte und dem Wiederaufbau des Gebäudes belastet werden würde. Ich erzählte meiner Mum, dass Jack es nicht gewesen sei und ich sicher wäre. Sie glaubte mir und riet, Jack wiederholt zu sagen, dass er weiterhin versuchen sollte, die Wahrheit mitzuteilen, bis man ihm glauben würde. Lavinia hatte am Morgen geweint, als sie meiner Mum davon berichtete, wie Brian Jack eine Ohrfeige gegeben hatte und sie als Mutter so hilflos gewesen war. Sie fühlte, dass ihr Sohn die Wahrheit sagte. Brian schimpfte, dass Jack das Leben noch nicht verstanden hätte und was es bedeutet, mit harter Arbeit eine Familie zu ernähren und jetzt solle er für diesen Jungenstreich geradestehen. Vater und Sohn waren so sehr zerstritten, dass Lavinia an diesem Morgen keine Chance hatte, die Situation unter Kontrolle zu bringen. Brian war sonst nicht so, aber nachdem auch Billys Vater, Sheriff Jones bei ihm war, schien die Situation aussichtslos.

Ich hatte einige Tage nichts von Jack gehört oder gesehen, er kam auch nicht in die Schule, aber das war in den Erntemonaten oft so. Einige Tage später, als ich morgens mit einer schlimmen Erkältung im Bett lag, hörte ich Männerstimmen und Hufgeräusche. Ich ging zum Fenster und beobachtete, wie Brian und ein Mann aus der Stadt Jacks Hengst Miles auf einen Anhänger führten. Er war sehr nervös und weigerte sich. Brian drückte die Klappe gegen das Hinterteil des Pferdes, schob ihn damit weiter auf den Anhänger und verriegelte die Klappe. Er drehte sich sofort weg, winkte mit der Hand ab und verschwand mit hängendem Kopf im Stallgebäude. Ich war so geschockt, dass mir die Tränen in die Augen schossen und ich zu meinem Vater lief, der gerade in der Küche war. „Dad! Brian hat Miles verkauft! Er wurde von einem Mann mitgenommen! Stell dir vor…!“, mein Vater unterbrach mich: „Ich weiß, Kate, der Mann ist Billys Onkel, er nimmt ihn für Viertelmeilenrennen. Brian hat ihn nicht verkauft, er zahlt seine Schulden ab. Und glaube mir, es fällt ihm nicht leicht.“ „Was? Welche Schulden?“ Ich verstand nichts mehr. „Die Schulden an die Stadt. Das Geld hat der Sheriff bekommen, und die Preisgelder von den Rennen bekommt er auch. Das Gebäude für den Sportplatz muss finanziert und Jacks

Strafe gezahlt werden. Ich möchte nicht in seiner Haut stecken ...“, mein Vater nahm die Sache schließlich hin und erzählte es mir, wie selbstverständlich, während er sein Rührei mit Speck aß.

Ich hatte Angst vor dem Moment, in dem Jack nach Hause kommen würde und blieb an jenem Tag im Bett. Es tat mir so leid und ich war wütend darüber, dass die Familie Jones wegen einer Lüge Jacks Pferd bekommen hatte. Ich befürchtete das Schlimmste, wenn Jack davon erfahren würde. Am frühen Nachmittag rief mich Mum zum Essen. Ich ging hinunter in die Küche und fragte sie, ob sie das mit Miles schon wüsste. Sie sagte: „Ja Schatz, ich weiß, Lavinia hat es mir erzählt. Aber Brian hatte keine Wahl, man hat es gegen einen großen Teil der Schulden gerechnet und Miles wird weiterhin Geld mit den Viertelmeilenrennen einbringen.“ Sie stand am Spülbecken und sah aus dem Fenster. „Jack kommt nach Hause“, sagte sie. „Ich habe Angst, wie er reagieren wird. Mum, das wird er sich nicht gefallen lassen. Das ist nicht fair! Jack hat nichts getan.“ „Schatz, das müssen die da drüben allein klären, da mischen wir uns nicht ein, du bitte auch nicht!“ Ich ging zur Tür, wo nur das Moskitonetz war, zeigte mich aber nicht. Ich beobachtete, wie Jack eilig in den Pferdestall lief, als hätte er etwas geahnt. Brian kam aus dem Haus während Jack schon zurück aus dem Stall stürzte. „Was hat Miles in der Stadt zu suchen? Habe ich also richtig gesehen! Er war in einem Anhänger! Was soll das? Mein Sattel ist weg, spinnst du?“ Jack war außer sich und redete mit seinem Vater ohne jeden Respekt. Brian nahm Jack fest am Arm, zog ihn zur Seite und sagte: „Wie redest du mit deinem Vater? Ich warne dich mein Sohn, ich handle nur im Sinne unserer Familie und du hast dir die Sache selbst zuzuschreiben! Einen Drittel der Schulden erlassen sie uns, wenn er Siege einbringt.“ „Was für Siege?“ Jack riss sich von seinem Vater los und stand völlig neben sich. Er weinte und schrie: „Seid ihr alle bescheuert? Ihr lasst ihn Viertelmeilenrennen laufen? Das ist mein Pferd! Hol’ ihn zurück! Du holst ihn zurück! Ich habe nichts getan!“ „Sei still Jack, das reicht! Du kannst seit Tagen keinen Beweis liefern, dass du nicht am Brandort warst, also was soll ich tun? Warum sollte ich dir glauben?“ „Weil ich dein Sohn bin! Darum kannst du mir glauben! Aber dich interessiert ja überhaupt nicht, dass ich seit Jahren Ärger mit diesem miesen Jones habe, ... und sein Vater, dieses lügende Schwein ...“ Brian unterbrach Jack: „Das reicht! Verschwinde! Was ist in dich gefahren? Diesen Sohn habe ich nicht erzogen!“ Lavinia stand inzwischen an der Veranda, Jack blickte zu ihr, sah dann seinen Vater an und sagte erschöpft: „Du hast keinen Sohn.“ Brian nickte und ging an Lavinia vorbei ins Haus. Mir liefen die Tränen hinter der Tür. Jack und seine Mum sahen sich an. Ich glaube es tat ihr alles sehr leid und sie hätte ihren Jungen am liebsten in den Arm genommen, aber sie respektierte auch Brians Reaktion und war hilflos. Es war ein schrecklicher Moment. Irgendwie taten mir alle leid und alles drohte zu zerbrechen. In den nächsten Tagen passierte nichts. Jack sprach nicht, kam nicht zur Schule und ging seiner Arbeit nach bis es dunkel war. Manchmal sah ich ihn nachts draußen am Gatter sitzen. Ich ließ das Licht in meinem Zimmer aus und beobachtete ihn. Jeder Abend und jeder darauffolgende Morgen waren gleich. Bis auf einen Morgen Ende September. Jack kam in die Schule. Zu spät. Der Musikunterricht hatte begonnen. Die Tür ging auf und er kam hinein, blickte müde in die Runde und stoppte seinen Blick bei Jones, der aufgestanden war. Mrs. Shephard unterbrach ihren Vortrag an der Tafel: „Jack, schön, dass du wieder da bist, setz' dich." „Danke", sagte er leise und setzte sich. Mrs. Shephard fuhr mit dem Unterricht fort, aber wie die meisten von uns konnte ich mich nicht mehr darauf konzentrieren. Ich beobachtete Jack von hinten. Er ließ Jones nicht aus den Augen. Er schien innerlich zu kochen und das Läuten zur Mittagspause wirkte wie eine Erlösung für ihn. Als ich mit meinen Freundinnen draußen stand, beobachtete ich, wie Jack in die Gruppe von Jones' Freunden ging und ihn beiseite nahm. Sie unterhielten sich. Es war nichts zu hören, von dem was sie da redeten und es sah sehr geheimnisvoll aus. Jones winkte ab, wollte Jack aus dem Weg gehen, doch der packte ihm am Arm. Jones war einen ganzen Kopf größer, er war ja auch zwei Jahre älter als Jack. Er war dafür bekannt, dass er vor niemandem Angst hatte. Jack schien das alles egal zu sein und er sagte laut und deutlich, dass jeder es hören konnte: „Du bleibst jetzt hier, du feiger Lügner! Wir haben da noch eine Rechnung offen, Jones!" Der lachte und erwiderte: „Stimmt, Jack, ist'ne ziemlich große Rechnung, die ihr da offen habt, du und deine Familie!" Das war zu viel, das wurde mir sofort klar. Nachdem ich gesehen hatte, wie Jack mit seinem Vater gestritten hatte, wusste ich, dass die Situation hier gleich eskalieren würde. Jack sprang Jones an den Hals und prügelte auf ihn ein. Er schlug ihm mit der Faust ins Gesicht und warf ihn zu Boden. Jones stand auf, wischte sich Blut vom Auge und riss Jack nieder. Ich schrie: „Hört auf! Bitte hört doch auf! Billy, lass ihn!" Ich dachte, Billy sei stärker und hatte große Angst um Jack, denn auch er blutete im Gesicht. Die Freunde von Jones riefen: „Lass' die das klären wie Männer! Mischt ihr Weiber euch nicht ein!" Jacks Freunde Larry und John versuchten, Jack zurückzuhalten und ihn zu beruhigen. Er war außer sich, riss sich von John los und griff Jones erneut an. Er schlug ihn zu Boden, beugte sich über ihn und würgte ihn. Jones lag am Boden und wehrte sich nicht mehr. Überall war Blut und Jacks Hemd war zerrissen. Jones blutete aus dem Mund, Jack ging einen Schritt zurück und sagte: „Du bist nichts, Jones, nichts ohne deinen Daddy. Und genau deshalb klären wir es ohne deinen Daddy. Wenn du einen fairen Kampf gegen mich gewinnst, dann belüge weiter die Welt und dich selbst, aber bete um Gnade, wenn du verlierst! Denn dann wirst du die Wahrheit sagen müssen! Ich will mein Pferd und meine Familie zurück. Und das Geld, das wir zu Unrecht gezahlt haben. Du kannst dir bis zum Wochenende überlegen, wie wir den Kampf austragen. Ich werde dich nicht in Ruhe lassen. Verlass' dich auf mich!" Mrs. Shephard kam inzwischen nach draußen und rief empört, was hier los sei. „Wir sind gerade fertig, Mrs. Shephard", sagte Jack, ging in die Schule und setzte sich blutverschmiert an seinen Platz. Für die restliche Zeit des Unterrichts war es ungewöhnlich still, auch über die Schlägerei zwischen Billy und Jack wurde nicht mehr gesprochen.

Jack erschien auch am nächsten Tag in der Schule, als wäre nichts gewesen. Er hatte ein blaues geschwollenes Auge und eine aufgeplatzte Lippe. Billy kam nicht in die Schule an diesem Tag, er hatte auch mehr Verletzungen davongetragen als Jack, und konnte kaum aufstehen, als er am Tag zuvor am Boden gelegen hatte. Ich denke, niemand hatte mehr darüber geredet, weil alle immer geglaubt hatten, Billy Jones sei unschlagbar und keiner würde sich mit ihm anlegen. Außerdem hatte er so etwas wie eine Sondergenehmigung für alles und nie wurde er zur Rechenschaft gezogen. Es war sehr beängstigend für mich, Jack in diesem Kampf zu sehen, aber im Nachhinein war ich beeindruckt von dem Mut und der Stärke, die er gegen

Jones bewiesen hatte. Jacks Vater schien davon nichts mitbekommen und sein Gesicht nicht gesehen zu haben. Sonst wäre sicher wieder irgendetwas passiert. Schließlich gingen sie sich noch immer aus dem Weg und redeten nicht miteinander. Ich wusste nicht, wie lange das noch so weiter gehen sollte. Lavinia hatte meiner Mutter erzählt, dass es für sie zu Hause kaum auszuhalten sei.

Nach der Schule gingen Jack und ich gemeinsam zum Bus, er sprach nicht. Plötzlich kam Billy vor einem Baum hervor und stand vor uns, er sah mich böse an. Jack stellte sich vor mich und fragte ihn: „Und, hast du dir was überlegt oder sparst du dir die Niederlage und sagst gleich die Wahrheit?“ „Das geht die Kleine nichts an, lass’ uns allein reden!“ Jack drehte sich zu mir um und sagte, seit langem einmal wieder mit freundlichem Blick: „Katy, geh’ schon zum Bus, ich komme gleich nach.“ Das tat ich dann auch. Ich wartete an der Haltestelle und beobachtete die beiden, wie sie diskutierten und sich dann mit ernstem Blick die Hand gaben. Mir war gar nicht wohl bei dieser Sache, weil schon die Schlägerei bei normalen Menschen genug gewesen sein dürfte, aber diese beiden Jungen waren, so verschieden sie auch waren, sehr stur. Ich war mir sicher, sie hatten ein ernstes Duell geplant. „Also gut, am Samstag halb Zehn am Tunnel, und sei pünktlich!“, hörte ich Jack zu Billy sagen, als er sich von ihm abwandte und zum Bus-Stop kam. „Konntet ihr euch einigen?“, fragte ich Jack vorsichtig, als er zu mir herüberkam. „Ja.“ Das war alles. Und wieder sagte er nichts. Ich wollte zu gern wissen, was die Jungen geplant hatten und fragte ihn im Bus noch einmal: „Was habt ihr denn vor?“ Jack sah aus dem Fenster und reagierte nicht. „Warum trefft ihr euch am Tunnel?“ Plötzlich sah er mich an und fragte überrascht: „Woher weißt du das denn?“ „Ich habe es gehört.“ „Was hast du denn noch gehört?“ „Nichts weiter. Nein! Ich habe nichts weiter gehört. Aber sag’ mir bitte, was ihr vorhabt!“ „Kate, das geht dich diesmal nichts an. Halt’ dich da raus. Wir klären das einfach und dann ist die Sache vom Tisch. Und du sagst zu niemandem etwas. Es ist unser Geheimnis, okay?“ „Unser Geheimnis? Bestimmt nicht unseres!“, sagte ich beleidigt, „Sonst würdest du es mir sagen!“ „Versteh’ das doch! Das geht nur Jones und mich was an, danach sage ich es dir, versprochen. Vertrau mir. Ich bin dein Freund Katy, also vertrau mir.“ „Ich bin auch dein Freund, aber du brauchst ja niemanden im Moment!“ Jack war so abweisend in den letzten Wochen, so verändert und unnahbar, dass ich es aufgab und jetzt sehr verärgert war. Ich fragte nicht mehr und sagte auch sonst nichts mehr für den Rest der Busfahrt. Wir stiegen an unserer Station aus und ich lief zügig nach Hause. Jack ging ein Stück hinter mir, aber blieb nicht zurück. Er lief auch zügiger als sonst. Am Tor unserer Farm sagte er: „Bis morgen dann...!“ Ich reagierte nicht und ließ ihn spüren, dass ich verärgert war. Ich ging nach Hause, ohne noch etwas zu sagen. Es fiel mir nicht leicht und er tat mir ohnehin schon leid, wegen der ganzen Sache, aber ich wollte, dass er wusste, wie enttäuscht ich war.

Spät am Abend lag ich noch wach in meinem Bett, lauschte dem Gewitter und hatte das Gefühl, der Regen würde gerade einen Song schreiben. Dabei beschloss ich, den Jungen am Samstag einfach zu folgen, denn ich wusste, dass sie sich halb Zehn am Tunnel treffen würden.

In diesem Moment klopfte es an meinem Fenster. Ich war erschrocken und sah nach. Jack war den Baum hinaufgeklettert und bat mich völlig durchnässt, ihn hereinzulassen. Ich half ihm durchs Fenster und holte ihm leise ein Handtuch. „Was willst du Jack? Was soll das mitten in der

Nacht?“ Ich war so froh darüber, dass er hier war, aber ließ mir das nicht anmerken. Jack setzte sich an meinen Schreibtisch rieb sein Haar trocken und sagte: „Ich erzähle es dir. Es tut mir leid. Ich wollte dich damit nicht beunruhigen, aber ich muss es dir erzählen. Es ist gut, wenn jemand weiß wo ich bin, falls ...“ Ich hatte wieder dieses ungute Gefühl und fragte: „Was zur Hölle habt ihr vor?“ Und Jack fing zu erzählen an: „Der Zug fährt vier Minuten nach jeder vollen Stunde aus dem Bahnhof in Greenville, dann ertönt das Signal der Lok, es ist immer das Gleiche, jede Stunde zur selben Zeit ...“ „Was soll das? Warum erzählst du mir das?“ Ich bekam Angst. „Wenn das Signal der Lok ertönt, vergehen sechzig Sekunden, bis sie den Tunnel erreicht. Der Tunnel ist zweihundert Meter lang. Die besten Sportler laufen den Zweihundert-Meter-Sprint in knapp zwanzig Sekunden. Wir laufen dreißig Sekunden nach dem Signal in den Tunnel und haben somit noch genau dreißig Sekunden, um am anderen Ende aus dem Tunnel zu laufen.“

Ich glaubte, nicht recht gehört zu haben und stand nervös von meinem Bett auf. „Seid ihr vollkommen durchgedreht? Wozu soll das gut sein?“ „Wer als Erster aus dem Tunnel läuft, hat gewonnen! Und das werde ich sein. Und dann wird Jones die Wahrheit sagen müssen und alles klärt sich auf. Das ist unser Deal.“ Jack klang so überzeugt, dass ich vor Angst weinen musste. „Das ist doch nicht dein Ernst! Das ist lebensgefährlich! Der Tunnel ist so schmal, dass gerade eine Eisenbahn hineinpasst, sie würde Euch mitreißen und ihr würdet ums Leben kommen! Jack, da habt ihr keine Chance!“ „Hör’ zu, wenn die Lok in den Tunnel fährt, sind wir fast am anderen Ende. Wir haben dreißig Sekunden für zweihundert Meter und eine realistische Laufzeit für diese Strecke sind zwanzig Sekunden.“ Ich versuchte weiter, Jack von der großen Gefahr zu überzeugen: „Bist du jetzt übergeschnappt? Du bist gar nicht mehr du selbst! Du bist doch nicht so dumm, das wirklich zu glauben!“ Ich kniete mich vor den Stuhl, auf dem Jack saß und legte meine Hände auf seine Knie. „Diese Zeiten laufen erstens Sportler auf einer Aschenbahn, und nicht in einem dunklen steinigen Tunnel und zweitens werden sie nicht von einem Zug verfolgt! Was ist, wenn das Signal nur wenige Sekunden später ertönt oder die Lok schneller fährt oder du stürzt oder Jones betrügt dich einfach und hat schon wieder einen ganz anderen Plan? Der hat niemals den Mut das zu tun, was du hier erzählst, Jack! Also lass’ den lebensgefährlichen Schwachsinn!“ Wir flüsterten, aber waren trotzdem ziemlich laut in dieser Aufregung. Jack hielt seine Hand auf meinen Mund. „Sei’ doch mal leise! Hätte ich bloß nichts gesagt. Mach dir keine Gedanken, das ist alles genau berechnet.“ „Von Dir? Wann sollst du das berechnet haben?“ „Nein, Jones hat das berechnet, die Zeiten notiert und den Tunnel gemessen. Und eins ist ja wohl klar, wenn es nur die geringste Gefahr gäbe, dann würde er das nicht machen und sich in die Hosen scheißen!“ Jack war so überzeugt, von dem, was er vorhatte, dass es keinen Sinn machte zu versuchen, ihn davon abzuhalten. Er hatte einen so fremden angespannten Blick, dass ich ihn fragte: „Du weißt also, was du da tust?“ „Ich weiß, was ich will, Kate. Ich will meine Familie wieder, ich will Dad meine Unschuld beweisen und ich werde Miles zurückholen. Nichts wollte ich je mehr, als diese Gerechtigkeit. Also kannst du mir beistehen oder es lassen.“ Er stand auf und ging zum Fenster.

„Wo schläfst du eigentlich? In deinem Zimmer ist nie Licht?“, wollte ich noch wissen. „Im Stall.“ „Es ist doch kalt nachts im September. Du kannst hier auf meinem Sofa schlafen und dich in den Morgenstunden wegschleichen." Ich hoffte insgeheim dass er mein Angebot annimmt und ich ihm somit am Samstagmorgen folgen kann. „Danke, das ist sehr nett von dir, aber in meiner momentanen Glückssträhne könnte das auffliegen und dann bekommen wir beide richtig Ärger." „Verstehe. Dann nimm dir die beiden Decken hier mit, ich werfe sie dir herunter." Jack verabschiedete sich und ging wieder in den Stall.

Es war Samstag. Um Sieben Uhr am Morgen stand Jack auf und packte seinen Rucksack. Er ging in die Küche, belegte einige Brote mit dem Schinken aus „Faraday's" Laden, der immer so gut schmeckte. Er packte einige Äpfel und eine Coca-Cola in seinen Rucksack. Im Haus hatte ihn scheinbar niemand bemerkt. Er sprang über den Zaun, lief über die Weiden und machte sich auf den Weg zum Eisenbahntunnel. Ich folgte ihm. Ich konnte es nicht lassen. Ich hatte meine Kamera eingepackt und das Fahrrad genommen. Ich fuhr einen parallel verlaufenden Waldweg, immer ein Stück hinter ihm. Ich hoffte, dass er mich in sicherer Entfernung nicht bemerken würde. Als er am Tunnel angekommen war, saß dort schon Billy mit einer Zigarette in der Hand. Ich ließ mein Fahrrad im Gebüsch liegen und schlich mich auf den Berg, durch den der Tunnel führte. Er war dicht mit Gras und Birken bewachsen. Ich legte mich über den Tunneleingang und belauschte die beiden. Meine Kamera hatte ich neben mir hingelegt. Ich dachte, es wäre gut, sie dabei zu haben. Eventuell konnte ich Beweise festhalten, falls Billy wieder irgendetwas geplant hatte, um Jack zu überlisten. Davon ging ich ganz fest aus. Ich hatte Angst. Heute war kein guter Tag.
„In knapp fünf Minuten rollt der Zug langsam durch Greenville, er hält nicht, es ist ein Güterzug", hörte ich

Billy sagen. Er bot Jack eine Zigarette an. Ich war einige Male kurz davor, mich zu zeigen und zu versuchen, die Angelegenheit mit den beiden zu klären, ohne dass sie diese Mutprobe vollzogen. Was sollte das? Sie benahmen sich wirklich wie Cowboys in einem Western, bei denen es um Leben und Tod ging. Dazwischen gab es nichts. Jack nahm die Zigarette an, Billy hielt ihm die Streichhölzer hin und Jack sagte: „Und die letzte für den Feind, ja? Ich wünsche mir, dass wir das hier überleben, wir beide! Also lauf', so schnell du kannst, Jones! Dann wirst du meinem Vater die Wahrheit sagen, und danach deinem! Ich will mein Pferd zurück!"
Jones ging nicht auf Jacks Worte ein und sagte: „Wenn wir das Signal des Zuges hören, stoppe ich mit meiner Uhr dreißig Sekunden, dann laufen wir los. Nach weiteren dreißig Sekunden erreicht die Lok den Tunnel, dann müssten wir fast durch sein. Ich jedenfalls, du Verlierer."
Jack unterbrach ihn: „Halt dein dämliches Maul, du Weichei! Wenn du mich weiter provozierst, dann läufst du gar nicht erst los, sondern frisst die Gleise! Ich warne dich, keine Tricks."

Plötzlich sah ich ein Auto im Wald. Es rollte langsam den Weg neben der Böschung in unsere Richtung. Ich überlegte kurz, Jack zuzurufen, um ihn zu warnen, denn ich erkannte, dass es Billys großer Bruder Buddy war. Er hatte den einzigen schwarzen Cadillac weit und breit. Doch plötzlich ertönte das stolze kraftvolle Signal des Zuges und Jack stellte sich neben Billy vor den Eingang des Tunnels. Billy blickte konzentriert auf seine Uhr und sagte: „Jetzt kann ich es dir ja sagen, Denver, ich habe das Feuer gelegt. Sieben, sechs, fünf, vier, drei, zwei, eins, looos!" Sie liefen.

Sie liefen in den Tunnel und ich brach fast vor Angst zusammen. Ich hörte den Zug schon und plötzlich übertönte der schwarze Cadillac alles andere. Er raste den Weg direkt auf den Tunnel zu, fuhr die Böschung hinauf und schoss über die Gleise. Er raste in den Tunnel, die Schottersteine wurden zu Geschossen hinter dem Auto. Um meine Kamera zu nehmen, war die Situation zu ernst. Ich zitterte am ganzen Leib und stolperte den Hügel hinunter, blickte in den fast dunklen Tunnel, sah das Auto stehen und hörte Billy rufen. Erst verstand ich nicht, was er schrie, doch dann hörte ich Buddy: „Denver bitte, du musst uns helfen! Billys Fuß! Er ist eingeklemmt. Bitte!“ Es war so ein flehendes Rufen, wie ich es noch nie gehört hatte. Jack war schon weiter in den Tunnel gelaufen. Er kehrte um! Er kehrte tatsächlich um, um den beiden zu helfen. Ich schrie so laut ich konnte: „Neiiin! Lauf' weiter! Bitte Jack, lauf weiter!“ Ich war sicher, hier ist das Ende. Ich würde Jack nie wiedersehen. Ich kann das Gefühl der Ohnmacht nicht beschreiben. Ich hoffte auf ein Wunder. Plötzlich stand ich über dem Eingang des Tunnels, riss mir die Jacke vom Körper, sprang auf eine dünne Birke und winkte damit so hoch und deutlich ich konnte, um den Zugführer zu warnen. Ich betete, dass er mich sehen und den Zug bremsen würde. Von den Jungen war nichts mehr zu hören. Ich wedelte schreiend und weinend mit meiner roten Strickjacke und sah den Zug kommen. Ich hörte nicht auf.

„Haaaalt! Haaalt! Bitte, halt!“ Ich habe nie lauter geschrien in meinem Leben. Der Zug raste quietschend in den Tunnel. Ich sprang, fast fallend von der Birke und brach weinend, erschöpft zusammen. Da lag ich, in dem bebenden Gras, die Hände gegen meine Ohren gedrückt und angsterfüllt. Plötzlich knallte es in einer unbeschreiblichen Lautstärke, der ganze Tunnel erschütterte. Ich stand auf, rutschte den Hügel hinab und rannte den Weg entlang, bis zum anderen Ende des Tunnels. Während ich lief, weinte und schluchzte ich, spürte meine Beine nicht und hatte eine unbeschreibliche Angst, vor dem, was mich am Tunnelausgang erwarten würde. Ich sah das bewachsene Ende des Tunnels und den schwarzen Cadillac seitlich neben den Gleisen. Jedenfalls das, was davon noch übrig war. Rauch stieg in die Luft und es stank fürchterlich. Der Zug stand qualmend ein Stück entfernt. Ich rief: Jack! Jack! Wo bist du? Bitte, Jack, wo bist du?“ Ziellos suchend lief ich durch die Bäume, um ihn finden. Ich wagte es nicht, in den Tunnel zu sehen. Da hörte ich ein Stöhnen. „Billy, wo bist du?“ Ich lief in die Richtung, aus der das Stöhnen kam: „Du bist es Buddy“, erkannte ich. Er hatte seine Brille, die aussah wie die von Buddy Holly, nicht mehr auf. Ich kniete mich zu ihm und sah, dass er am Arm verletzt war. Überall lagen Metallteile und Glas von seinem Auto. Es stank nach verbranntem Gummi. „Bist du okay? Kannst du aufstehen? Wir müssen die anderen suchen!“ Ich war plötzlich ganz gefasst und klar im Kopf. Ganz ohne Gefühl. „Wo ist mein Bruder?“, fragte Buddy, während ich ihm half, aufzustehen. Er war fast doppelt so groß wie ich „Wo ist Billy? ... Billy!?“ Dann hörten wir eine leise Antwort: „Hier, Buddy, ich bin hier.“ Billy lag in einem Dornenbusch auf der anderen Seite der Gleise und war im Gesicht und an den Armen von den Dornen zerkratzt. Ein Schuh fehlte ihm. Seine Hand blutete, sie lag zwischen Scherben. Er weinte und sagte: „Billy, Dad bringt uns um! Ah, meine Hand.“ Er unterbrach sein Jammern und schaute sich um: „Verdammt, Billy, wo ist Denver?“ Billy sah überrascht zu mir: „Was machst Du denn hier? Wo ist Jack? Das war eine Sache nur zwischen uns beiden!“ „Ach ja, und was macht dann dein Bruder hier? Halt die Klappe, beweg' deinen fetten Hintern und such' meinen Freund!"

Inzwischen stieg Wut in mir auf, wegen allem was passiert war, was dem vorangegangen war und weil Billy wieder unfair gespielt hatte. Ich konnte gar nicht darüber nachdenken, dass es Jack diesmal vielleicht das Leben gekostet hatte. Ich sah mich weiter um und rief nach Jack. Er antwortete nicht. Ich dachte darüber nach, in den Tunnel zu gehen und nachzusehen. Ich drehte mich um und hörte Buddy rufen: „Wir sehen im Tunnel nach ihm!" Dann liefen sie hinein. Ich war dankbar, dass nicht ich dort hineingehen musste. Es war ein Alptraum, dieser ganze verdammte Tag. Ich blickte zu dem qualmenden Cadillac und sah einen Schuh unter dem Autowrack. Es war Jacks Schuh. Schnell lief ich zur anderen Seite und sah ihn dort liegen. Jack lag halb unter dem Auto mit dem Gesicht nach unten. Er lag da wie tot. Sein Hemd war zerrissen und sein zerkratzter Rücken blutete. Im nächsten Augenblick stand ein Mann vor mir und sprach leise: „Kinder? Um Himmelswillen!" Er kniete sich zu mir herunter und drehte Jack auf die Seite. Er war der Lokführer. „Junge? Was macht ihr in dem Tunnel? Was hab ich …" Er sah mich an: „Mädchen, du hast mich mit dem Tuch gewarnt, das war klug von dir. Ich habe gebremst." Ich blickte zu Jack und sah, dass sein Kopf verletzt war, sein Gesicht war blutverschmiert und er bewegte sich nicht.
Während er seine Hand besorgt auf Jacks Schulter legte, sagte der Lokführer: „Wir müssen Hilfe holen, ganz schnell." Plötzlich kamen Billy und Buddy aus dem Tunnel, Buddy rief: „Hier ist er nicht. Er ist nicht im Tunnel!" Dann sahen sie uns hinter dem Autowrack. „Scheiße! Denver! Ist

er tot?“, fragte Billy den Lokführer, doch der reagierte nicht.

Ich schrie die beiden an: „Am anderen Tunneleingang liegt mein Fahrrad! Ihr müsst Hilfe holen, aber schnell!“ Der Mann fügte hinzu: „Fahrt zum Bahnhof, das ist der nächstgelegene Ort, wo ihr Hilfe holen könnt.“ Billy glotzte nur geschockt zu Jack. Ich schrie ihn an: „Mach jetzt, Billy!“ So liefen sie endlich los.
Ich nahm meine Jacke und legte sie unter Jacks Kopf. Ich strich ihm die blutigen Haare aus dem Gesicht und redete ihm zu: „Jack, wach doch auf, bitte. Bitte sag was. Ich bin es, Kate.“ Er reagierte nicht. Ich nahm seine Hand und musste weinen. Der Lokführer saß neben uns und sprach nicht. Dann spürte ich eine Spannung in Jacks Hand. Er gab mir ein Zeichen. Er lebte. „Kannst du dich bewegen?“, flüsterte ich in sein Ohr. Er stöhnte und bewegte sich mühevoll. „Mein Kopf“, hörte ich ihn leise sagen, „haben sie es geschafft?“ „Ja“, beruhigte ich ihn, „sie holen gerade Hilfe, es wird alles gut.“ „Kate, ...“
Jack drehte sein blutiges Gesicht zu mir und sagte mit weinenden Augen: „Du kannst es nicht lassen, oder?“ „Ihr seid wahnsinnig!“, antwortete ich nur. Fast eine ganze Stunde verging, bis Billy mit meinem Fahrrad zurückkam. Er sprang ab, ließ es ins Gras rollen und rief aufgeregt: „Sie kommen, wir haben Hilfe geholt. Die am Bahnhof wissen Bescheid. Der nächste Zug wurde gestoppt.“ Einen Moment später hielt ein Polizeiwagen unterhalb der Böschung und der Sheriff kam mit drei seiner Deputies zu uns gelaufen. Buddy war auch dabei. „Wir müssen ihn runtertragen.
Der Arzt wird gleich hier sein“, sagte Sheriff Jones. In dieser Situation war nicht zu merken, dass er der Vater von Billy und Buddy war. Sie sprachen nicht miteinander und

auch sonst standen die Brüder nur dumm in der Gegend herum und leckten ihre Wunden. Der Arzt kam, während Jack schon neben dem Wagen des Sheriffs lag. Ich hielt immer noch seine Hand. Es tat so weh, ihn da liegen zu sehen, mit der Ungewissheit, was passiert war, wie stark er verletzt war und ob er das alles überleben würde. „Bitte Mädchen, geh ein Stück zur Seite, ich muss den Jungen untersuchen“, sagte der Arzt freundlich und ruhig. Er stellte seine Tasche neben Jack ab, kniete sich zu ihm und öffnete mit dem Finger seine geschlossenen Augen. „War er die ganze Zeit so?“, fragte der Arzt besorgt. „Er hat kurz gesprochen“, antwortete ich aufmerksam und voller Sorge um meinen Freund. Auf seine Söhne zugehend, schrie der Sheriff wütend: „Mein Gott, wie kann man nur so dumm sein? Seid ihr vollkommen verrückt geworden? Ihr hättet tot sein können! Seht euch das an! Das ist das Schlimmste, was mir in meiner Laufbahn untergekommen ist! Und dann meine eigenen Söhne! Steigt in den Wagen, ich will euch nicht mehr sehen!“ Buddy sagte kleinlaut: „Dad, das war ganz anders geplant, wir können ...“, der Sheriff unterbrach ihn: „Du? Du bist still. Geh’ mir aus den Augen und nimm’ deinen Bruder gleich mit!“

Der Arzt bat einen Deputy um Hilfe, so legten sie Jack in das Auto des Doktors. „Mädchen, willst du mitfahren?“, fragte mich der Arzt. „Wir bringen ihn ins Krankenhaus nach Rockfort. Aber wir können nicht warten!“ Ich wandte meinen Blick zum Sheriff, denn ich war nicht in der Lage, eine Entscheidung zu treffen. Er sagte zu mir: „Kleine Robinson, fahr mit dem Doktor, ich informiere eure Eltern. Na geh’ schon!“ Ich stieg hinten in den Wagen und setzte mich zu Jack, der da so regungslos lag. Als der Arzt seinen Wagen wendete, sah ich, wie einer der Deputies die Hand auf die Schulter des Lokführers legte und sich um ihn kümmerte. Die anderen zwei begutachteten die Gegend um den Tunnelausgang. Der Sheriff lief zum Polizeiwagen und ich sah die Jonesbrüder durch die Scheibe an, während wir vorbeifuhren. Mir liefen die Tränen übers Gesicht und ich sah, dass meine Bluse mit Jacks Blut verschmiert war. Es war mir egal. An die Fahrt nach Rockfort kann ich mich kaum erinnern. Ich sah nur Jack an und traute mich nicht, ihn zu berühren. Vor dem Krankenhaus warteten schon Schwestern mit einer Trage auf uns. Ich stieg gleich aus dem Wagen und zeigte schweigend auf Jack. Eine Schwester nahm mich an die Hand und fragte: „Hey, wie heißt du?“ „Kate, ich heiße Kate.“ „Bist du okay? Hast du dich auch verletzt?“ „Nein, ich bin okay.“ „Und das ist dein Bruder?“ „Nein, er ist ein Freund, mein bester Freund.“ Und wieder rollten Tränen über mein Gesicht. Sie lächelte und strich mir über den Kopf: „Das wird er auch bleiben, komm mit. Sie kümmern sich um ihn.“ Die anderen Schwestern und der Arzt verschwanden mit Jack auf der Trage hinter einer Tür. Wir gingen in ein anderes Zimmer. „Ich gebe dir etwas, womit es dir besser geht. Etwas zur Beruhigung.“ Die Krankenschwester war noch jung und sehr hübsch. Ihre Stimme klang sehr vertraut und beruhigte mich. „Setz dich auf den Stuhl, Kate. Hier, trink' das aus.“

Sie gab mir ein Glas mit einem bittersüßen Getränk, ich weiß nicht, was es war, aber es ging mir kurz darauf besser. Die Schwester saß an einem Tisch und schrieb etwas. Manchmal sah sie mich kurz an, aber sagte nichts, sie lächelte nur.

Es klopfte. Sie stand auf und öffnete die Tür. Eine vertraute Stimme sagte: „Schwester, wir suchen unsere Tochter, Kate, ist sie hier?“ Ich sprang auf und lief meinen Eltern in die Arme. Ich wusste gar nicht, wen ich zuerst umarmen

wollte, also nahm ich beide. Wir hielten uns im Arm, mein Vater legte seine Hände um mein Gesicht. Sie überhäuften mich mit Fragen und Mum hatte Tränen in den Augen: „Schatz, geht es dir gut? Was ist nur passiert. Bist du okay?“ „Es geht mir gut, mir ist nichts passiert. Ich war nicht dabei. Also, ich war schon dabei, aber ich hab mich versteckt, wegen dieser Wette oder was auch immer, sie sind so verrückt! Jack geht es nicht gut!“ Ich war wieder ganz aufgeregt und hätte am liebsten gleich alles erzählt, aber ich wollte lieber zu Jack, um zu sehen, wie es ihm inzwischen ging. Mein Vater nahm mich in den Arm und wir gingen den Flur entlang. Meine Mutter gab der Schwester, die sich um mich gekümmert hatte die Hand und folgte uns. „Wo ist Jack?“, fragte Dad. „In irgendeinem Raum hier, sie sind mit ihm... ich weiß nicht wohin.“ Plötzlich lief Jacks Mutter meinem Vater in die Arme und auch Brian stand besorgt im Flur. Ich wusste gar nicht, wie ich reagieren sollte, ich hatte Schuldgefühle. Wir alle wirkten wie Eins, im selben Leid. Ich hätte das verhindern können, ich war die einzige, die davon wusste! Wie dumm war ich?
Meine Mutter tröstete Lavinia, währenddessen kam Jacks Vater beunruhigt auf mich zu: „Katy, was ist mit Jack? Weißt du, wie es ihm geht? Bitte Kate, was ist mit Jack?“ Brian weinte. Das hatte ich noch nie erlebt. Mein Dad hatte noch seinen Arm auf meiner Schulter und sagte zu ihm: „Brian, wir fragen die Schwestern, Kate weiß auch nichts, sie war in einem anderen Zimmer.“ Er bat mich, zu meiner Mutter zu gehen. Sie saß mit Jacks Mum auf einer Bank im Flur, während sie sich die Hände hielten: „Was für eine Wette?“ „Es ist alles wegen des Feuers, das Jack mit seinen Freunden gelegt haben soll“, sagte Lavinia weinend, „Der Sheriff hat es mir erzählt, seine Söhne hätten das gesagt. Ich will zu meinem Sohn.“

Lavinia stand auf, „Brian, tu' doch was, wo ist denn Jack, können wir zu ihm?"
„Mr. und Mrs. Denver?", da kam unser Doktor aus Greenville. „Doktor Henson!" Jacks Eltern waren froh, den vertrauten Arzt zu sehen und gingen mit ihm. „Sie können zu ihrem Sohn, er hat eine gebrochene Rippe, eine große Schnittwunde an seinem Bein wurde genäht und eine weitere am Kopf. Er hat keine inneren Verletzungen, aber ein Schädel-Hirn-Trauma. Deshalb muss er liegen und braucht viel Ruhe. Er war bewusstlos, aber das ist normal." „Wird er wieder vollkommen gesund?", fragte mein Dad besorgt. „Es kann sein, dass er sich an einiges nicht erinnern wird, aber das sollte das Schlimmste bleiben. Es kommt alles wieder in Ordnung. Es waren die Autoteile, die ihn verletzt haben, nicht der Zug. Es gibt wohl Schutzengel. Der ihres Sohnes war heute ganz sicher im Dienst! Sie können zu ihm, er ist hier in diesem Zimmer." Jacks Eltern verschwanden in dem Zimmer und ich hatte jedes Wort des Arztes verstanden. Ich war erleichtert, denn in manchen Augenblicken an diesem Tag dachte ich, Jack verloren zu haben.

Jack war noch eine Woche im Krankenhaus. Sogar Familie Jones besuchte ihn, davon hatte ich gehört. Ich wartete zu Hause auf ihn und freute mich, ihn zu sehen, als Brian mit ihm nach Hause kam. Ich besuchte Jack zu Hause, wir redeten viel, aber nicht ein einziges Mal über den Tag am Tunnel. Vielleicht war er traumatisiert? Ich war es auf jeden Fall.
Ein paar Wochen später wurden wir alle zu einem Termin ins Gerichtsgebäude bestellt. Ein anderer Sheriff, nicht Jones, leitete das Gespräch, denn dieser erschien privat mit seinen Söhnen. Der Lokführer war auch dort. Jack war

mit seinem Vater gekommen, ich mit meinem. Billy Jones wurde befragt und erklärte, wie es zu der Mutprobe kam. Er erzählte, dass er und Jack sich nie leiden konnten und er ihm das Feuer am Sportplatzgebäude anhängen wollte, dass er mit zwei Freunden gelegt hatte. Dem Schaden, den scheinbar Jack verursacht hatte, folgte das Urteil, das seine Familie zu hohen Abgaben verpflichtet und Jack sein Pferd gekostet hatte. Da nur Billy Jones die Wahrheit kannte und Jack niemanden von seiner Unschuld überzeugen konnte, hatte er das Duell gefordert. Jacks Absicht war, dass Billy dieses Duell verlieren würde und dann öffentlich die Wahrheit gestehen müsste. So gab Billy Jones all das weinend zu, sowohl seinen miesen Plan mit dem Tunnel, als auch die Details, dass er von seinem Bruder mit dem Auto mitgenommen werden sollte, weil es zu Fuß fast unmöglich schien, den Tunnel in der knappen Zeit zu durchlaufen. Jack saß mit glühenden Augen neben seinem Vater, der fast die Fassung verlor. Mr. Jones saß verzweifelt auf der Lippe kauend hinter seinem Sohn, der jetzt die Wahrheit erzählte. Auf die Frage des Sheriffs, was denn dazwischen gekommen sei, fuhr er weinend fort: „Mein Bruder kam in den Tunnel, mit seinem Wagen, ich wollte hinein springen. Doch während er bremste, blieb ich mit meinem Fuß zwischen dem Reifen und den Gleisen stecken und Buddy konnte das Auto nicht wegfahren. Es ging nicht. Also riefen wir Denver um Hilfe, der war schon weiter gelaufen. Er kehrte um. Er und Buddy drückten das Auto zurück und ich konnte meinen Fuß aus meinem Schuh ziehen.“

Billy stand da so jämmerlich, wie sein Rufen im Tunnel geklungen hatte. Ich spürte nur Wut. Wut und Hass. Ich zitterte, als würde ich wieder dort oben neben der Birke liegen. Ich spürte wieder das Vibrieren unter meinen Füßen. Ich hörte das Signal des Zuges und sah Jack an. Er sah mich auch an. Er war sichtlich geschockt. Ich glaube, er hatte das alles vergessen. Brian strich sich unsicher durchs Haar und musste sich bemühen, auf seinem Stuhl sitzen zu bleiben. Billys Stimme erzählte dumpf und entfernt alle weiteren Details. Mir wurde schlecht dabei. Inzwischen stand Buddy vorn und redete: „Und dann liefen wir, so schnell wir konnten, der Zug kam näher, aber er bremste. Zum Glück. Wir rannten aus dem Tunnel, Denver war kurz hinter uns. Wir sprangen zur Seite und dann kam auch schon mein Auto geflogen." „Das genügt, setzen sie sich." Alles war still. Ich sah Buddy an, und beobachtete seinen Vater, der sich offenbar schämte für diesen Haufen Dummheit.

Brian hatte einen unbeschreiblichen Blick in den Augen und Jack saß da, als wäre er aus Eis. Schließlich befragte der Sheriff auch den Lokführer: „Sie haben den Zug gebremst. Haben sie das Auto gesehen?" Der stand auf und sagte: „Nein, das Auto habe ich erst gesehen, als es knallte." Er deutete mit dem Kopf auf mich: „... ich habe die Kleine gesehen. Sie stand über dem Tunnel und wedelte mit einem roten Tuch." Ich sah nur Jack an, er lächelte und es schien, als war er mir nicht mehr böse, dass ich ihm an diesem Tag zum Tunnel gefolgt war. In den nächsten Wochen normalisierte sich hier in Greenville wieder alles. Der Sheriff gab mir vor dem Gerichtsgebäude meine Kamera wieder, die auf dem Hügel im Gras gefunden wurde. Jacks Vater hatte Miles noch zurückgeholt, bevor Jack aus dem Krankenhaus entlassen wurde. Jack erzählte mir später von einem langen Gespräch mit seinem Vater, dass er sich aufrichtig dafür entschuldigt, weil er ihm nicht zugehört hatte. Sheriff Jones hat sich versetzen lassen. Es gab Gerüchte, er wurde zwangsversetzt, weil er aus privaten Gründen einem Fall nicht richtig auf den Grund gegangen sei. Buddys Cadillac landete auf Sendersons Schrottplatz. Er ging eine Weile zu Fuß. Dafür kaufte sich Jack einen Ford Pickup, einen wunderschönen hellblauen hatte er sich ausgesucht. Brian hatte die Hälfte des Preises von dem Geld bezahlt, das sie von der Stadt zurückbekommen hatten. Jack war so stolz darauf, er liebte und pflegte ihn. Er arbeitete jetzt bei Bob Gilman in Greenville, er wollte lernen, Autos zu reparieren, und er machte sich wirklich gut dabei. Jones beendete auch endlich die Schule und lernte irgendwo einen Beruf. Wir verloren uns aus den Augen, weil sie nach Mt. Pleasant gezogen sind, aber ich glaube, das störte hier niemanden. Jack hat sich verändert. Er war lieber zu mir, redete mehr und lachte öfter. Ich war so froh, dass das alles überstanden war. Immer wenn wir das respektvolle Signal dieser stolzen Lok hörten, sahen wir uns an, und teilten dieses unbeschreibliche Gefühl unserer Verbundenheit.

4. Kapitel

Countrywings

Den Weg zum Bus-Stop ging ich nun immer allein, Jack arbeitete ja jetzt bei „Bob's Garage". So war der Sitz neben mir leer und ich bekam endlich den Fensterplatz. An der nächsten Haltestelle stiegen dann Lilly und Susi in den Bus, wir waren auch nach der Schule immer gern zusammen. Manchmal war ich spät dran und nahm mein Fahrrad bis zur Kreuzung, wo der Bus hielt. Immer, wenn ich die Holzbrücke mit dem Spitzdach näher kommen sah, erwartete ich schon das Poltern der fünften Bohle, die seit einer Ewigkeit locker war. Dabei konnte ich jedes Mal schmunzeln, wenn mein Fahrrad eilig über das Holz rollte und das erwartete Geräusch nicht ausblieb. Brian hatte fast jede Woche davon gesprochen, dass er endlich einmal die lockere Bohle der Brücke erneuern müsse und dass er es diesmal nicht wieder vergessen wollte. Ich schloss schon Wetten mit mir selbst ab, dass er sie noch nicht repariert hat und es auch bis zum Winter nicht schaffen würde. Bis jetzt hatte ich drei Winter lang meine Wette gewonnen. Das fand ich lustig. Zugegeben, Jack fehlte mir in der Schule und unser Altersunterschied machte sich deutlich bemerkbar. Ich vermisste ihn nicht nur hier, er war auch immer seltener auf der Farm zu sehen, denn nach der Arbeit bei Bob fuhr er gleich weiter zum Flugplatz, auf dem mein Vater arbeitete. Seit ich denken kann, war es ein Agrarge-

lände, wo die Flugzeuge starteten, die die Felder düngten und wässerten. Daddy hatte hier den Job seines Lebens seit er von der Army zurück war. Fliegen war sein Leben. Jack machte sich zudem nützlich, indem er seine Fähigkeit, Motoren zu reparieren unter Beweis stellte und die Flugzeuge instandsetzte.
Er lernte viel bei Bob und eignete sich mit der Zeit auch auf dem Flugplatz immer mehr Wissen an. Ich hörte unsere Väter oft reden, wie klug und fleißig Jack sei und dass seine Zukunft eher bei den Flugzeugen als auf der Farm liegen würde. Brian schien sich damit abgefunden zu haben, dass sein eigener Sohn wohl nicht der geborene Farmer war, stellte einen Arbeiter ein und ließ Jack lernen und Geld verdienen. Er verdiente gutes Geld, lebte aber weiter bescheiden. Er baute ein kleines Blockhaus an den Pferdestall an, um seine eigenen vier Wände zu haben. Oft fuhr ich nach der Schule gleich zum Flugplatz hinaus, weil ich wusste, dass Jack dort sein würde. Er nahm mich immer dann mit nach Hause zur Farm, wenn es bei meinem Daddy später wurde. Oft war ich einfach nur dort, sah ihnen bei der Arbeit zu, wir plauderten und machten Scherze.
Daddy fragte mich immer wieder, ob ich mitfliegen möchte, langsam würde es Zeit sein. „Zeit? Wofür? Warum muss ich fliegen? Ich möchte da nicht einsteigen." Ich lehnte immer wieder ab und mein Vater verstand das nicht. Jack hörte uns nur dabei zu und grinste. Nie sagte er etwas dazu. An einem dieser Tage montierte Jack an einer der Maschinen und Dad redete mit anderen Männern über den Flugplatz. Ich war mit meiner Kamera beschäftigt und machte wunderbare Fotos von den Propellern im Abendrot und von dem Asphalt, der an manchen Stellen gerissen war, wo sich Gras den Weg freimachte. Als ich auf dem

Weg zurück zum Hangar war, standen dort immer noch zwei Männer mit meinem Vater am Tor. Einer von ihnen war der Boss des Flugplatzes, Henry Greenwood. Sie nannten ihn Skipper. Er war ein liebenswerter Mensch, seine Vorfahren waren Indianer und so spannend waren auch die Geschichten, die er manchmal erzählte. So hätte ich mir meinen Großvater vorgestellt. Er hatte graues Haar und einen Bart, der ein wenig dunkler war. Sein schmaler Körper war ganz braun von der Sonne. „Kein Wunder, der war ja seit Jahren ständig in der Luft und der Sonne so nah.“ So hatte es Daddy immer begründet. Er trug einen sehr interessanten Anhänger an der Kette um seinen faltigen Hals, die mich immer wieder faszinierte. Irgendwann erfuhr ich, dass der Anhänger ein kleines Bronzeteil eines Flugzeugmotors war. Er lebte für seinen Beruf, für das Fliegen.

Als ich bei den Männern stehenblieb und auf meinen Vater wartete, verfolgte ich ihr Gespräch, in dem mein Vater sagte: „Ich denke darüber nach, das muss ich auch mit meiner Frau und in der Bank besprechen.“ Skipper reichte Dad die Hand und lächelte: „Denk’ nicht zu lange darüber nach, ich werde jeden Tag älter!“ Der andere Mann sagte: „Und auch nur, wenn wir weiter hier arbeiten dürfen, sonst bleibt Skipper unser Boss, dann hat er eben keine Zeit zum Altwerden.“ Sie lachten und verabschiedeten sich voneinander. Jack war rabenschwarz im Gesicht und kam aus der Halle. Mit einem Tuch wischte er sich die verschmierten Hände und sagte zu Dad: „Schnurrt wieder. Sie ist einsatzbereit. Wir können sie noch testen.“ Dad klopfte Jack auf die Schulter und antwortete: „Das machen wir morgen, Junge. Es reicht für heute, ich hätte nicht gedacht, dass du sie heute noch zum Laufen bekommst. Lass’ uns fahren. Es wird dunkel.“ „Ich schließe die Tore

…“, rief Jack, als er noch einmal zurück in den Hangar lief. Dad legte seinen Arm um meine Schulter und sagte: „Und du? Junge Dame? Die Kamera ist nicht so wichtig, wie deine Schulaufgaben. Du solltest morgen nach der Schule nach Hause fahren, Mum würde das sicher freuen.“ Oh, er hatte ja so Recht, ich hatte nicht damit gerechnet, dass es an diesem Tag so spät werden würde. Ich erinnerte mich an den Aufsatz, der in wenigen Tagen fertig sein sollte, aber ließ mir nichts anmerken. Morgen war ja auch noch Zeit dafür. Vielmehr interessierte mich:
„Daddy, wirst du der neue Boss hier?“ Ich schaute fragend zu ihm auf. „Was du alles hörst. Sprich noch nicht darüber, das weiß ich noch nicht. Aber das wäre schön, oder?“ Er drückte mich kurz an sich und Jack kam fragend hinzu, als er das Tor verriegelt hatte: „Was wäre schön? Will Katy endlich fliegen?“, dabei stupste er mich an und ich glaube, er lachte mich aus. „Spinner“, war nur meine Antwort und ich stupste zurück. Daddy lachte darüber.

Die nächsten Tage verbrachte ich nach der Schule zu Hause, schließlich hatte ich meinen Aufsatz fertigzustellen. Geschichte, griechische Mythologie, „Die Reisen des Odysseus“, ein interessantes Thema, aber ich konnte mir meine Nachmittage schöner vorstellen. Als ich eines Abends zum Essen in die Küche kam, reparierte Dad gerade einen der Griffe an den Schranktüren und redete mit meiner Mutter, die das Essen bereitete. Es ging wieder um den Flugplatz. Im Radio rauschte wie immer der Sender und leise sang Del Shannon. Mum liebte diese Musik, sie wusste nie, wer es war, aber sie liebte es und wippte vor dem Herd mit ihrem wunderschönen beigefarbenen Alltagskleid, als wäre sie gedanklich beim ersten Tanz mit Daddy. Ich beobachtete sie so gern, wenn sie mit den Songs summte, ohne den

Text zu kennen. Ich glaube, Dad liebte es auch. Als er da hockte und sein Werkzeug einpackte, streichelte er ihre Wade und sagte leise: „Weißt du noch...?“ Sie antwortete mit vertieftem Blick in die Pfanne: „Ja, ich weiß. Natürlich.“ Sie lächelte und wendete die Steaks. Hatten sie eigentlich bemerkt, dass ich in der Küche war?

Ich fragte vorsichtig: „Soll ich euch noch einen Moment allein lassen?“ Mum stupste Daddys Hand von ihrer Wade, schüttelte mit dem Kopf und sagte: „Schatz! Komm essen, dein Dad wollte gerade sein Werkzeug hinausbringen.“ Sie zeigte ihm mit einer deutlichen Kopfbewegung den Weg zur Tür und wandte ihre strahlenden Augen verlegen zu ihm, während sie ihren Finger in den Topflappen drückte, weil sie ihn sich gerade verbrannt hatte. Dad nahm die Werkzeugbox und ging zur Tür. Er drehte sich noch einmal zu uns um und sagte: „Katy, hilf deiner Mutter beim Abendessen, sie ist wohl etwas durch den Wind.“ Er freute sich so herrlich darüber, wenn er sie nach den vielen Jahren noch verlegen machen konnte. Mum rief nur:
„Nun ist es gut Ted! Komm’ lieber zum Essen!“ Den Kopf schüttelnd füllte sie die Teller. Beim Essen fuhr Dad mit dem Gespräch über den Flugplatz fort. Er war überzeugt davon, dass er das Projekt zukünftig leiten wollte und übermittelte die frohe Botschaft, dass er auch mit der Bank alles regeln konnte. Mum entgegnete skeptisch: „Dann ist unser ganzes Erspartes weg und wir tragen ein großes Risiko. Ted, bist du sicher, was du tust? Ich vertraue dir, wenn du das sagst.“ „Ja, Liebes“, er legte seine Hand auf ihre und fuhr fort: „Alles wird so weiterlaufen wie bisher. Die Flieger bleiben, Skipper bleibt, solange er kann und Jack macht sich wirklich gut. Die Geschäfte laufen und die Landwirtschaft blüht auf. Wir werden immer Arbeit haben.

Wir sind ein tolles Team. Wir könnten sogar noch eine Frau gebrauchen, die sich um die Buchhaltung kümmert." „Dann mach es, Ted. Aber das Ersparte sollten wir wegpacken." „Du hast Recht. Ich leihe das Geld von der Bank, das ich für den Kauf benötige. Unser Privates trennen wir davon."
So redeten und diskutierten sie den ganzen Abend. Sie hatten nicht bemerkt, dass ich den Tisch abgeräumt hatte, als sie fertig waren und Daddy den Aschenbecher geholt und seine Zigaretten hingelegt hatte. Mum saß ungewöhnlich lange am Tisch. So schenkte ich meinen Eltern den selbstgemachten Rum ein und verließ die Küche, nachdem ich beide auf die Stirn geküsst hatte. Als ich im Bett lag, hörte ich sie noch lange reden. Das schien ein großer Schritt zu sein, den Dad hier machte. Mum stand an seiner Seite.

Am Samstagmorgen hörte ich Stimmen vor dem Haus. Scheinbar waren es Dad und Jack. Ich stand auf und ging zum Fenster. Ich wollte nicht glauben, wen ich da sah. Dad saß auf dem Traktor und Jack ging gerade zu seinem Pickup. Aber er war nicht allein. Er öffnete die Tür seines Wagens für die bei allen beliebte Elaine. Elaine Henson. Die Tochter des Doktors von Greenville. Was macht Elaine an einem Samstagmorgen vor dem Frühstück bei Jack vor der Haustür? Was ging mich das überhaupt an? Gar nichts. Er hatte wohl eine Verabredung am Freitagabend und es wurde spät. Es ging mich also nichts an. Ich konnte mir nicht erklären, was in mir vorging. Ich war vielleicht einfach nur enttäuscht darüber, dass mein Prinz gerade davongeritten war, mit der Schönsten der Stadt. Dazu war sie in seinem Alter und passte wunderbar an seine Seite. Ich fiel rückwärts zurück aufs Bett, war traurig darüber,

dass ich erst dreizehn wurde und verweigerte schließlich das Frühstück.
Irgendwann am Mittag war ich draußen bei meinem Dad, als Jack zurück zur Farm kam. Er begrüßte mich gut gelaunt und ging ins Haus. „Er hat eine Freundin." Dad deutete mit dem Kopf auf Jack, während er den Nagel nahm, den er sich zwischen die Lippen geklemmt hatte und schlug ihn in eines der Bretter am Weidezaun. „Reich mir mal bitte noch zwei Nägel junge Dame." Ich schaute Jack hinterher und wusste nicht, wie ich auf diese Neuigkeit reagieren sollte. „Katy?" Dad sprach mich noch einmal an. „Träumst du? Zwei Nägel bitte." „Was? Ja. Hier, bitte." Ich gab meinem Vater die Nägel und wollte am liebsten der Situation entfliehen. „Brauchst du mich noch? Ich würde gern Mum helfen." „Na geh schon, ich schaffe den Rest allein. Ich bin gleich fertig. Sag' deiner Mum ich komme gleich zum Essen." Ich war froh, dass ich gehen konnte, lief in die Küche und erzählte die Neuigkeit: „Daddy kommt gleich zum Essen. Wusstest du, dass Jack eine Freundin hat, Mum?" „Nein, das ist seine Freundin?", entspannt stellte Mum die Teller auf den Tisch. „Daddy kommt gleich? Gut, das Essen ist fertig." „Ja, er kommt gleich", antwortete ich und ging ans Waschbecken, um mir die Hände zu waschen. „Alles in Ordnung Schatz?", fragte Mum ohne hochzuschauen. „Ja, klar, alles in Ordnung, was soll sein?" Ich tat so, als würde alles gut sein, obwohl meine Gedanken kreisten.
Dad kam inzwischen ins Haus und ging ebenfalls zum Waschbecken. Er wusch sich die Hände, trocknete sie ab, hinter ihm fiel das Handtuch lautlos zu Boden. Daddy bemerkte es wie immer nicht. Ich sah es, während ich in die Luft starrte, aber war zu faul, um aufzustehen. Mum hob es wie immer auf, als wäre es ihr selbst heruntergefal-

len. Wie schön, dass alles beim Alten war, außer, dass Jack eine Freundin hatte.
Ich sah Elaine jetzt öfter, Jack war viel mit ihr unterwegs und war außer auf dem Flugplatz kaum zu sehen. Alle mochten Elaine. Sie hatte langes schwarzes Haar, blaue Augen, sie war so natürlich schön und sehr klug. Sie wollte Medizin studieren, wie ihr Vater. Sie grüßte mich immer sehr nett, wenn sie zu Besuch auf der Farm war. Sie waren ein wunderschönes Paar und Jack sah sehr glücklich aus an ihrer Seite. Dad verbrachte jetzt mehr Zeit auf dem Flugplatz und ich kümmerte mich mehr um die Schule, statt fast täglich dort hinaus zu fahren. Mit der Bank hatte alles geklappt und Dad kaufte den Agrarbetrieb mit allen Flugzeugen. Skipper übergab ihm seinen Job als Boss und Dad trug viel Verantwortung. Wenn ich einen der Flieger in der Luft über Greenville sah, war ich immer stolz auf meinen Vater. Von den vorüberziehenden Motorengeräuschen der Propellerflugzeuge bekam ich jedes Mal eine Gänsehaut, wenn ich von der Schulbank aus dem Fenster zum blauen Himmel sah und meinen Blick mit einer Hand gegen das Sonnenlicht schützte.
An einem Freitagnachmittag im Herbst war es so sonnig und warm, dass ich Lust hatte, nach der Schule mit dem Fahrrad hinaus zum Flugplatz zu fahren. Ich wollte die letzten Sonnenstrahlen genießen und atmete tief die nach Moos und Pilzen duftende Luft ein, die mir auf dem Fahrrad ins Gesicht wehte. Als ich auf dem Gelände des Flugplatzes ankam, standen dort Dad und Skipper und beobachteten eines der Flugzeuge in der Luft. „Er ist der Beste, den du kriegen kannst, Robinson!“, sagte der alte Greenwood zu meinem Vater, als er zu dem Flugzeug zeigte, das zur Landung anflog. Gab es etwa einen neuen Piloten? Jeder von den Männern, der das hätte sein können stand

hier unten. Es musste jemand anderes sein, der da gerade landete.
Das gelbe Flugzeug, das Jack vor einer Weile repariert hatte, hoppelte über das letzte Stück Rollbahn auf uns zu und kam zum Stehen. Skipper klopfte Daddy auf die Schulter und sagte: „Du solltest ihn einstellen, wenn er bei Gilman fertig ist.“ „Ich denke das ist sicher“, antwortete Dad überzeugt und mit einem stolzen Blick, den er nicht von dem gelben Flugzeug abwandte. Zwei Männer verließen die Maschine und gaben sich die Hand. Ich konnte nur ihre Umrisse im glutroten Abendlicht sehen. Erst jetzt hatte ich den Satz von Skipper verstanden: „... wenn er bei Gilman fertig ist ...“ Bei Gilman? Haben sie über Jack gesprochen? Jetzt konnte ich die zwei Männer erkennen, die auf uns zukamen. Einer von ihnen war ein Fluglehrer, der manchmal kam. Der andere war Jack. Überglücklich lachend, mit glänzenden Augen klopften sie sich gegenseitig auf die Schultern. Der Fluglehrer sagte zu Skipper: „Den Schein hat er. Die letzten Monate haben sich gelohnt. Perfekter Flug!“ Was hatte ich verpasst? Jack hatte in diesem Sommer das Fliegen gelernt und ich hatte es nicht bemerkt. Niemand hatte davon erzählt. Ich war überwältigt und hatte wieder diese Gänsehaut. Daddy nahm Jack in den Arm und sagte: „Ich bin stolz auf dich, mein Junge. Und dein Vater wird es auch sein!“
Jack erwiderte begeistert und noch sichtlich aufgeregt vom Flug: „Das ist der Wahnsinn! Danke Ted, das ist ... unbeschreiblich. Wie sie durch die Wolken gleitet!“ Jack beschrieb die Bewegung des Flugzeugs mit seinem ausgestreckten Arm und das letzte Sonnenlicht des Tages blitzte durch seine flache Hand, die er drehte, als würde er Kurven fliegen. Ich war bewegt von diesem Moment und davon, wie Jack das alles einfach so geschafft hatte. Inzwischen

entdeckten mich die Männer hinter sich. Jack drehte sich um und kam auf mich zu. Er griff mir aufgeregt auf die Schultern und wackelte an mir herum: „Katy, ich kann fliegen!“ Dabei lachte er und freute sich wie ein kleiner Junge am Weihnachtsfest. Daddy gab mir einen Kuss und sagte: „Hallo Schatz. Jack kann fliegen, wusstest du das? Und jetzt darf er es offiziell!“, rief er noch herüber, als er mit den anderen zum Gebäude ging. Jack stand noch vor mir und nahm seine Mütze ab. Er fuhr sich mit der Hand durchs Haar und setzte sich neben mich auf einen gelb-schwarz lackierten Begrenzungsstein. Er sah auf den Boden, schüttelte mit dem Kopf und wiederholte noch einmal: „Ich kann fliegen.“ Jetzt kam ich auch zu Wort und gratulierte Jack zu dieser überraschend bestandenen Prüfung: „Das ist verrückt. Du kannst Fliegen. Herzlichen Glückwunsch, Jack!“ Ich legte meinen Arm um seine Schultern, lehnte mich mit dem Kopf an ihn und wir saßen noch einen Moment im Abendrot, bis Daddy zu uns kam: „Darauf trinken wir noch einen. Lasst uns nach Hause fahren. Es ist Wochenende. Jack, wir trinken noch einen Whisky mit Brian.“

Einen Whisky hatte Dad gesagt? Später zu Hause auf der Veranda unseres Hauses wurden mehr daraus. Jack und unsere Väter saßen unter der Überdachung an der Schaukel und kippten sich einen Whisky nach dem anderen ins Glas. Gut, dass der nächste Tag ein Samstag werden sollte, ich habe Jack noch nie so betrunken gesehen. Ich hörte den Männern lange zu und beobachtete sie. Mum kam manchmal zur Tür, wenn sie zu laut lachten und begleitete eine Weile die lebhafte Unterhaltung der Männer. Ich wurde inzwischen müde und wollte gerade unauffällig ins Haus gehen, als es still auf der Terrasse wurde, weil Jack lallend sagte: „Es sind die Flügel von Montcalm County, Robinsons

Countrywings." Ich blieb stehen. Mum sah Dad an. Jack blickte völlig betrunken in die Runde und fragte: „Was?" Dad sah ihn an: „Was hast du gerade gesagt? Countrywings?" Brian hörte aufmerksam zu und stellte sein leeres Whiskyglas auf das Geländer. Mum lächelte Dad an und ich wartete auf Daddys Worte, die ich glaubte vorher schon gehört zu haben: „Countrywings. Wir sind Countrywings! Jack, du solltest dich öfter mal locker trinken!" Brian und Ted lachten. Mum legte ihren Arm um mich und wir gingen ins Haus, während die drei betrunkenen Männer weiter mit ihrem Gelächter die Nachtluft beschallten, so dass die Hunde der benachbarten Farm bellten.

5. Kapitel

Memory

So entstand im Herbst 1953 „Countrywings“. Das war der Name auf dem Schild von Daddys Flugplatz. Es wurde so viel mehr daraus, als leblose Blechbüchsen auf Asphalt. Es wurde ein Teil unserer Familie. Obwohl ich nie in eines der Flugzeuge gestiegen bin, liebte ich diesen Ort mehr und mehr. Ich mochte es, die Landschaft oder Teile der Flugzeuge, die Werkstatt oder die Leute bei der Arbeit zu fotografieren. Noch beim Entwickeln der Bilder lagen die Abgase oder der Geruch von warmem Kunststoff und Leder in der Luft, die ich atmete.

Hier war so viel Energie, Leistung, Zusammenhalt und zugleich Freiheit zu spüren. Jack war jetzt einundzwanzig und arbeitete inzwischen seit fast vier Jahren bei meinem Vater. Im letzten Sommer hatte er die großartige Idee, neben den alltäglichen Flügen für Transport, Düngung und Bewässerung auch Rundflüge anzubieten. Damit bot sich Touristen die Gelegenheit, einen Eindruck von der Arbeit der Piloten auf dem Land zu bekommen und die herrliche Landschaft von Montcalm County bis zum Lake Michigan und nach Chicago von oben zu sehen. Das war ein gutes Konzept, niemand weiß, wie Jack auf solche Ideen kam, doch Dad war begeistert von diesen Plänen. Schließlich brachten Jacks Konzepte Geld ein, ohne dass weitere Investitionen nötig waren.

Das Frühjahr 1957 war grau, verregnet und kalt. Die ersten Sonnenstrahlen ließen lange auf sich warten. Es war das einzige Mal an das ich mich erinnere, dass wir im Februar nicht beim Lagerfeuer saßen und Jacks Geburtstag feierten. Jedes Jahr saßen wir draußen, egal wie kalt es war. Es war immer sehr schön am Feuer und spät nachts gab es noch den leckeren warmen Apfelkuchen meiner Mutter. Unsere Äpfel aus den Gläsern in der Kammer reichten immer bis zur nächsten Ernte. Und es gab viel Apfelkuchen, für alle, den ganzen Winter über. Inzwischen war es April und wir hatten gerade einmal elf Grad. Es waren nur noch wenige Wochen bis zu meinem sechzehnten Geburtstag und ich verbrachte viel Zeit in meinem Zimmer. Mein Schulabschluss kam in diesem Sommer auf mich zu und ich war bemüht, das Beste daraus zu machen. Die Fotos waren immer noch mein Hobby und ich beschäftigte mich gerade damit, die Bilder vom letzten Sommer in Postkarten zu verwandeln. Ich hatte es niemandem erzählt, ich versuchte mich einfach daran, einen Werbeträger für „Countrywings“, zu gestalten, schnitt und verklebte Bilder und malte Schriftzüge mit dem Namen, der jetzt noch bekannter werden sollte. Eines Nachts entstand so das Firmenzeichen mit dem Flugzeug, das später unser Wahrzeichen werden sollte. Zunächst behielt ich es noch für mich. Es war noch nicht fertig.

Als ich in dieser Nacht auf die Uhr sah, war es bereits drei Uhr morgens, während ich mich auf meinem Schreibtischstuhl streckte, gähnte und plötzlich ein Stein gegen die Scheibe meines Fensters flog. Ich erschrak so sehr, dass ich aufsprang und Jack schon beschimpfte, bevor ich das Fenster aufstieß. Wer sollte es sonst sein. „Was soll das, Denver? Spinnst du, mich so zu erschrecken?“, da stand er unten vor dem Haus, sein Atem war in der Kälte vom Lichtschein der Veranda zu sehen und mit hochgezogenen Schultern lachte er darüber, wie ich ihn beschimpfte. Es müssen höchstens vier Grad gewesen sein in dieser Nacht. Er rieb sich die Hände vor Kälte und rief leise zu mir hoch: „Ich hab noch Licht gesehen, komm, zieh' dir was Warmes an! Es geht los! Beeil' dich!" Er winkte, ich solle ihm folgen und lief zum Pferdestall. Er gab mir keine Gelegenheit, nachzufragen, worum es überhaupt geht, aber er hatte mich neugierig gemacht. So zog ich warme Kleidung über und lief hinunter aus dem Haus, direkt in den Pferdestall. Mir fiel ein, dass die Männer erzählt hatten, Sully sei tragend und Mitte April könnte ihr Fohlen geboren werden. Es war nicht sicher, denn niemand hatte das geplant. Sie verhielt sich nur merkwürdig, ohne wirklich dicker zu werden.

Hier im Stall war es etwas milder als draußen. Jack machte nachts immer alle Türen dicht, damit die Wärme der Pferde im Stall blieb. So ließ es sich aushalten und für die Tiere war es angenehm. „Man, wo bleibst du denn so lange? Willst du die Geburt verpassen?" Jack hatte gute Laune aber war sichtlich aufgeregt. Er hatte schon einige Kälber und Fohlen mit auf die Welt gebracht, aber sonst war sein Vater dabei. Deshalb fragte ich: „Wo ist Brian?" „Wie immer weg, wenn hier was los ist. Genau jetzt muss sie ihr Fohlen bekommen. Aber du warst doch auch schon dabei, wir machen das schon, oder?" Jack neigte seinen Kopf zur Seite und sah mir erwartungsvoll in die Augen. Mir gefiel der Gedanke nicht, dass wir mit Sully hier allein waren, während sie ihr Fohlen bekam. „Dann hol deine Mutter aus dem Bett!", schlug ich vor. „Katy, was soll meine Mutter denn hier? Die verwechselt Pferde mit Rindern!" Jack war trotz der Aufregung immer noch für Scherze zu haben und ich entgegnete: „Aber Geburt ist Geburt. Und du weißt ja…" Ich führte den Satz nicht zu Ende und dachte an die Geschichte meiner Geburt, die Jack noch immer nicht verarbeitet hatte. Er sah mich belehrend an: „Miss Robinson, das ist keine Frau, die schreit wie am Spieß. Das ist eine Stute. Ein Tier. Sie könnte ebenso in der Wildnis allein liegen und alles ohne Hilfe schaffen müssen." Jack hatte ja Recht. Trotzdem war mir nicht wohl bei der Sache.

Es ging los. Sully wollte stehen und rekelte sich komisch. Ich bekam ein ungutes Gefühl in der Magengegend und verließ den Stall. Jack kam einige Minuten später hinaus und legte seine Hand auf meine Schulter. „Ich wollte das nicht. Ich dachte, du …" Er war sprachlos und hatte bemerkt, dass mir nicht wohl war. Ich denke, niemand konnte das besser nachempfinden, als er, obwohl es hier nur um ein Pferd ging. Aber es war Sully, inoffiziell schon immer mein Pferd und es ging mir wirklich an die Nieren, sie so zu sehen. „Alles ist gut, Katy. Geh' ins Bett. Ich hätte dich nicht rufen sollen. Es tut mir leid." Er küsste mich auf die Stirn und schob mich von sich weg, sodass ich ins Haus gehen sollte. „Ich mache das. Geh schon." Er nickte mit dem Kopf und drehte sich zur Stalltür. „Ich muss zu ihr, ich will sie nicht so lang allein lassen. Sie hat das noch nie gemacht. Gute Nacht, Katy!" Er lächelte mich an und schloss die Stalltür hinter sich. Ich vertraute Jack, weil er so ruhig wirkte. Inzwischen war es vier Uhr morgens und ich schlief ein. Dann aber hörte ich Stimmen, die mich herzrasend weckten. Ich hörte Jack und meinen Dad unten im Haus. Ich sah auf meinen Wecker. Es war halb sechs. Es dämmerte und der Himmel war glutrot. Alles deutete auf einen sonnigen Tag hin. Vielleicht der erste Frühlingstag in diesem Jahr. Ich dachte daran, dass das Fohlen bereits da sein müsste und wollte gerade die Treppe hinunter laufen. Ich holte schon Luft für meine Frage, als ich die obersten Stufen hinunter sprang und plötzlich stoppte, als ich Jacks Augen sah. Er sah mich an. Daddy stand vor ihm und hatte unsere Flinte in der Hand. Ich hatte sie Jahre nicht gesehen. Ich hatte Angst vor Waffen. Er holte sie nur zum Reinigen aus dem Schrank. Doch das tat er, wenn er allein war. Jack sah mich an und sagte nichts. Seine blutigen Hände zitterten und Tränen liefen aus seinen müden Augen. Er sah Dad erwartungsvoll an und ging aus dem Haus. Leise sagte er: „Bitte beeil dich, Ted." Daddy sah zu mir hoch und sagte: „Bitte geh' zu deiner Mutter, Kate. Sag' ihr, dass gleich ein Schuss fallen wird. Ihr sollt nicht erschrecken." Kalt aber souverän verließ Daddy das Haus. Ich sank auf der Treppe zusammen und rief nach meiner Mutter.

Sie stand inzwischen schon hinter mir und setzte sich zu mir auf die Stufe. Sie faltete ihr Nachthemd an den Knien übereinander, nahm mich in den Arm und drückte meinen Kopf an sich. Sie hielt mir mit einer Hand mein rechtes Ohr zu. Dumpf hörte ich einen Schuss, auf den ich weinend gewartet hatte. Mum nahm mich an die Hand, wir gingen zum Tisch und sie machte den Holzofen an, stellte einen Wasserkessel auf den Ofen und bereitete Kaffee und Tee zu. Ich saß am Tisch und konnte mich nicht bewegen. Mir war kalt. Mein nasses Gesicht auf die Hände gestützt, beobachtete ich gelähmt, wie Mum eine Tasse nach der anderen, den Honig und die Milch auf den Tisch stellte. Dad kam ins Haus. Hinter ihm Jack und auch Lavinia. Sie war im Morgenmantel. Es war wie eine Zeitlupe. Der Tee floss in die Tassen, als wäre er bestellt gewesen, alles war dumpf und weit entfernt zu hören. Unsere Eltern schienen mechanisch einen Job zu machen, ohne jeden Gesichtsausdruck. Hinter der Teekanne und den Armen meiner Mutter sah ich Jacks Gesicht. Sein Blick zeigte tiefe Trauer und Hilflosigkeit. Ich wusste bisher nicht, was genau passiert war und welches der beiden Pferde erlöst werden musste.

Sully wurde in jener Nacht von einem braun-weiß gescheckten Hengstfohlen abgelöst. Ich fragte Jack nie, was passiert war und warum Sully sterben musste. Ein paar ruhige Tage danach, der Frühling hatte plötzlich begonnen, kam Jack zu mir an die Koppel. Neben ihm lief das kleine fleckige Hengstfohlen noch ganz unsicher. Er stützte seine Arme auf das Holz und starrte, wie ich, geradeaus auf die Weiden. Das Pferd stupste mich an der Hose und zog an meinem Gürtel. Ich bewegte mich nicht. Dann sah Jack zu mir herüber und sagte: „Ich dachte wir nennen ihn Memory, als Erinnerung an Sully und an alles andere, woran wir uns erinnern sollten.“ „Ein schöner Name. Einverstanden.“ Ich konnte lächeln. Ich drehte mich zu dem frechen Fohlen und streichelte seinen Kopf. Jack lehnte sich rückwärts an den Zaun und sah sich um, ob niemand zu sehen war. Er sagte geheimnisvoll: „Er gehört dir. Ich schenke ihn dir.“ Ich war überrascht und sah mich genauso um, ob niemand uns hörte: „Du schenkst ihn mir?“ Ich war so erfreut und überrascht, bis mir einfiel: „Es geht nicht, Jack. Du hast gehört was Dad gesagt hat. Bevor nicht klar ist, ob ich nach meiner Schule in Greenville bleibe, darf ich kein eigenes Pferd haben.“ Enttäuscht nahm ich meine Freude zurück. Jack grinste und sagte: „Als ob wir keine Geheimnisse bewahren könnten! Der kleine hier wird uns sicher auch nicht verraten. Er gehört dir Katy!“, ich umarmte

Jack und konnte nichts mehr sagen. Ich zog ihm seinen Hut ins Gesicht und gab ihm einen Kuss auf die Wange.

Ich verstand später, dass unsere Eltern mit dem Tod besser umgehen konnten als wir. Ich verstand jetzt auch, wozu eine Waffe im Haus gut ist. Und mir wurde mit der Zeit klar, dass Jacks Tränen und seine Fassungslosigkeit nicht nur Sullys Tod selbst galten, sondern der Gewissheit, mir mein Liebstes genommen zu haben. Obwohl er selbst es zu mir gesagt hatte, war er nie so weit wie ich, sich mit dem Gedanken abgefunden zu haben, dass es ein Tier war, das ebenso in der Wildnis hätte liegen können und alles allein hätte schaffen müssen.

6. Kapitel

Der Abschlussball

So hatte ich also ein eigenes kleines Pferd und niemand außer Jack und mir wusste es. Ich liebte diese kleinen Geheimnisse, die wir hatten, sie gaben mir immer das Gefühl der Verbundenheit. Sullys Tod trübte noch lange unsere Stimmung und Jack machte sich Vorwürfe, dass er ihr nicht helfen konnte. Alle meinten aber, dass es der Lauf des Lebens sei, und Brian sagte wiederholt, dass Jack in dieser Nacht richtig gehandelt hatte.

Es war der Sommer 1957, ich war gerade sechzehn und die Prüfungen hatten begonnen. Alles lief wunderbar und es schien, als würde ich einen guten Abschluss schaffen. Die Wochenenden waren laut und bunt. Wir waren viel unterwegs, Lilly, Susi und ich. Zweimal waren sogar Jack und Elaine dabei, als wir in „Rosie's Diner", bis in die Morgenstunden den Twist tanzten. Larry, ein Freund unserer Schule schrieb mir Liebesbriefe und wollte mich unbedingt auf den Abschlussball begleiten. Jeder durfte eine Begleitung der Wahl mitbringen. Er war sehr nett und seine Briefe hatten einen Stil, der mir sehr gefiel. Sie waren nicht voll mit Komplimenten oder Liebesversprechen. Sie waren einfach nett und brachten mich manchmal zum Lachen. Wir schrieben uns gern, aber verliebt war ich nicht richtig in ihn. Weil ich ihn mochte, sagte ich zu, dass wir gemeinsam zum Abschlussball gehen. Am liebsten hätte ich Jack gefragt, aber er war ja mit Elaine zusammen und ich tat es deshalb nicht. Er war ja nun schon einige Jahre mit der Schule fertig und fühlte sich womöglich auch zu alt, um auf dieser Veranstaltung mit mir zu erscheinen.

Ich hatte einen Job bei Mr. Reynolds im Zeitungsladen bekommen. Ich wollte nun Journalistin werden und hoffte auf einen Platz an der Universität in New York. Bis es soweit war, nutzte ich die Zeit, mich weiter mit Fotografie und der Schreiberei zu beschäftigen. Mr. Reynolds ließ mich selbst Artikel schreiben und ich gestaltete schon ganze Teile der Tageszeitung allein. Er kontrollierte dann nur noch meine Arbeit, bevor er die Aufträge in die Druckerei brachte. Hier stellte ich auch die Entwürfe für die Postkarten von „Countrywings", und das Wahrzeichen für Daddys Flugplatz fertig, denn hier hatte ich die Mittel dazu und die Verbindung zur Druckerei. Mr. Reynolds gefielen meine Arbeiten, deshalb bot er mir einen festen Job, bis ich zur Universität nach New York gehen würde. Auch sein Sohn Steve wollte Journalismus studieren und hatte sich fest vorgenommen, später einen Buchverlag zu gründen. Er schrieb sogar schon selbst ein Buch. So sah er auch aus. Er war ein großer schlanker rothaariger Junge, war sogar im Sommer ganz weiß um die Nase, weil er immer im Haus geblieben war. Er trug eine Nickelbrille und hatte Pickel. Er war oft krank, aber niemand wusste wirklich, was er hatte. Doch er war sehr nett und ich redete in den wenigen Wochen in der Buchhandlung mehr mit ihm, als wir es in fast zehn gemeinsamen Jahren an der Schule getan hatten. Er hatte das große Glück, einen Studienplatz an der Londoner City University bekommen zu haben. Sein Studium sollte in wenigen Wochen beginnen und er redete ganz stolz darüber. Sein Vater hatte das auf seinen Wunsch hin organisiert, seine Beziehungen nach Europa genutzt und damit schon die Weichen für die Zukunft seines Sohnes gestellt.

Dann war es soweit, die Prüfungen waren geschafft und ich glänzte mit einem Einser Abschluss. Daddy war stolz auf mich und schenkte mir eine neue Kamera. Mum freute sich über meinen Job in der Buch- und Zeitungshandlung und der Abschlussball sollte in zwei Wochen sein. Larry freute sich, dass wir gemeinsam gingen und meine Eltern fuhren extra mit mir nach Chicago, um ein Kleid zu kaufen. Memory wuchs heran und folgte mir auf Schritt und Tritt, wenn ich meinen Eltern auf der Farm half. Er zerkaute Körbe und stand sogar eines Tages auf der Veranda bei meiner Mutter und sortierte die Wäsche, die sie gerade von der Leine genommen hatte. An diesem Tag konnte auch Jack wieder lachen, der seit Tagen traurig war, weil Elaine ihn nach zwei Jahren plötzlich verlassen hatte. Am Morgen des Montags vor dem Abschlussball stürzte Lilly zu mir in die Buchhandlung und berichtete mir ganz aufgelöst, dass sie Jack in der Stadt getroffen und all ihren Mut zusammengefasst hatte, um ihn anzusprechen. Ich fand, dass nichts dabei war, Jack anzusprechen, aber fragte neugierig, was der Grund dafür gewesen sei: „Was wolltest du denn von Jack?“ Vor Freude antwortete sie verlegen: „Wegen des Abschlussballs, Katy! Ich hatte bisher noch keine Begleitung. Also traute ich mich einfach!“, ich war überrascht und fragte nach: „Du hast Jack gefragt, ob er mit dir zum Abschlussball geht?“, ich gebe zu, mich überkam ein Gefühl von Neid und ich ärgerte mich über mich selbst, warum ich ihn nicht doch gefragt hatte. „Und? Was hat er gesagt?“ Lilly antwortete: „Ich war ja selbst überrascht, er sagte einfach ja! Einfach so!“ „Freut mich für dich“, sagte ich, ohne es zu denken „Ich gehe mit Larry. Ich muss jetzt auch weitermachen Lilly, wir sehen uns am Freitag zum Ball, okay?“ Ich wollte nicht weiter reden und lieber meine Arbeit fertigstellen. Lilly umarmte mich strahlend und sagte: „Bis Freitag, ich freu mich so!“ Und sie tanzte davon mit ihren schwarzweißen Lackschuhen. Ich sah ihr noch kurz nach und beobachtete ihr fliegendes blondes Haar, das immer so in der Sonne glänzte. Am frühen Abend fuhr ich mit dem Fahrrad nach Hause. Ich erreichte die Holzbrücke und hielt einen Moment an. Ich stellte mein Fahrrad ab und lehnte mich über das Geländer, um hinunter in den kleinen Bach zu schauen und zu überlegen, wie ich mich jetzt fühlen sollte. Ich hörte ein vertrautes Motorengeräusch und sah Jacks hellblauen Pickup durch den grünen Tunnel aus Buchen und Linden näher kommen. Er hielt an und lehnte sich aus dem Fenster. „Miss Robinson, wollen sie mich begleiten?“

Ich dachte noch immer an den Abschlussball und fragte in einem kleinen Augenblick der Zuversicht: „Ja! Wohin?“ „Wo führt uns dieser Weg wohl hin?“, fragte Jack und lachte. Natürlich. Dieser Weg führte zur Farm, wohin sonst. Enttäuscht fand ich mit der Tatsache ab, dass meine Freundin Lilly mit Jack und ich mit Larry zum Abschlussball gehen würden. Jack sprang aus dem Wagen, legte mein Fahrrad auf die Ladefläche und sagte: „Steig’ ein!“ Ich setzte mich auf die Sitzbank und blieb ziemlich weit rechts, stützte mein Kinn auf meine Hand und sah aus dem Fenster, während ich mir den Kopf andauernd an der Scheibe stieß, weil der Weg uneben war. Ich sah nicht wirklich aus dem Fenster, sondern beobachtete Jack im Spiegelbild der Scheibe. Er sah einige Male mit fragendem Blick zu mir herüber, dann: „Was ist mit dir? Ist doch alles gut gelaufen mit den Prüfungen.“ „Ich bin nur müde heute, ich habe viel geschrieben bei der Arbeit.“ Der Wagen rollte auf die Farm, Jack hielt wie immer unter der großen Eiche vorm Haus seiner Eltern und stieg aus. Ich zögerte kurz, stieg dann faul aus und ging langsam zur Klappe der Ladefläche, wo Jack mein Fahrrad für mich festhielt und mich fragend ansah. „Du hast doch was?“ Er gab keine Ruhe, aber ich wollte jetzt einfach nicht darüber reden. „Sonst redest du stundenlang nicht! Also gib doch endlich Ruhe. Ich bin einfach müde.“ Ich nahm mein Fahrrad, ließ Jack da stehen, der sichtlich geschockt war und drehte mich noch kurz zu ihm um: „Und danke für's Mitnehmen.“ Ich lehnte mein Fahrrad an die Veranda und ging in unser Haus. Inzwischen war ich so verärgert darüber, dass ich Jack nicht gefragt hatte, bevor Lilly es getan hatte und bemerkte erst abends im Bett, dass ich ihm mit meinem Verhalten Unrecht getan hatte und er gar keine Ahnung haben konnte, worum es hier ging. Wenn ich mich nicht so geschämt hätte für dieses Verhalten und sich dadurch herausstellen würde, dass ich viel lieber mit ihm auf den Ball gehen wollte, dann hätte ich mich am nächsten Tag entschuldigt. Ich tat es aber nicht und verhielt mich, als wäre nichts gewesen. Jack tat zum Glück das Gleiche.

Nun war es Freitag. Wegen des Balls am Abend hatte ich mich bei der Arbeit entschuldigt und schlief sehr lange. Am Vormittag fuhr ich in die Stadt und ließ mir das Haar machen. Ich hatte Lust auf ein wenig Farbe, es war immer so normal braun. Das war mir zwar lieber als rotes Haar, aber ein Hauch von Rot hätte es ruhig sein dürfen. Das Haar meiner Mum war rotblond und sie hatte unendlich viele Sommersprossen. Einige von ihnen hat sie mir vererbt, das Haar zum Glück nicht. Nun wollte ich passend zu meinen Sommersprossen und zu meinem neuen weinroten Petticoatkleid rotbraunes Haar haben. Die Farbauswahl war perfekt gelungen und ich ließ mir ein paar Locken an den Haarenden über den Schultern in mein sonst so glattes Haar eindrehen. Das sah toll aus, ich fühlte mich sehr hübsch und konnte es kaum erwarten, das Kleid anzuziehen und ein wenig Farbe aufzutragen. Und Dad hasste es. Ich hörte ihn schon schimpfen: „Dass ihr Frauen immer den Farbkasten nehmen müsst! Das habt ihr gar nicht nötig! Frauen sind natürlich schön." Natürlich hatte er Recht, aber es begann mir Spaß zu machen, an manchen Abenden einfach interessanter zu wirken. Und den Jungen gefiel es auch, uns beim Tanzen anders zu sehen als im Alltag in der Schule. Auf dem Weg nach Hause genoss ich die Mittagssonne in meinem Gesicht und der Wind, der mir auf dem Fahrrad durchs Haar wehte, machte es leichter als sonst. Als ich zu Hause ankam, stand Mum vor der Tür und sagte gleich herzlich gerührt: „Kind, ist das eine schöne Farbe. Dieses rötliche Braun steht dir wunderbar. Du glaubst nicht, wie schön es in der Sonne glänzt! Du wirst sicher wunderschön aussehen heute Abend." Dabei drehte sie sich nachdenklich zur Eingangstür und fügte leicht beunruhigt hinzu: „Und ich muss noch die Kleidung für heute Abend bügeln und meine Locken wickeln! Wie spät ist es denn schon?" Ich beruhigte sie, weil ich wusste, dass wir immer pünktlich waren und alles schafften: „Keine Sorge, es ist noch nicht einmal zwölf, wir schaffen das schon. Ich übernehme das Bügeln für dich. Ich gehe jetzt nach oben und lege meine Sachen bereit."

Ich hatte mir auch überlegt, in späterer Stunde auf dem Ball an's Mikrofon zu gehen und ein paar Worte an meine Schulfreunde und Lehrer zu richten. Ich war darauf vorbereitet, aber erzählte zunächst niemandem davon, falls ich es dann doch nicht tun wollte. So überlistete ich die Aufregung. Ich war nicht für große Worte vor Leuten, aber da viele von uns jetzt andere Wege gehen und wir einige vielleicht lange nicht wiedersehen würden, fand ich es angebracht, die Veranstaltung mit einigen Sätzen abzurunden und allen Glück zu wünschen. Ich bügelte nun und bereitete mich ausgiebig auf den Abend vor und darauf, dass Larry mich begleitet und meine liebste Freundin Lilly an Jacks Seite erscheinen würde.

Am Abend kamen die Männer früher vom Flugplatz heim. Ich hörte die Autos und Stimmen, als sie kamen, ging aber nicht wie üblich zum Fenster, weil ich gerade dabei war, die große weiße Schleife an meinem Kleid zu binden. Ich fühlte mich wunderschön für diesen Abend und frisierte mich ganz dezent. Ich steckte mir eine kleine weiße Stoffblume in das rotbraune Haar, das ich an der rechten Seite nach hinten gesteckt hatte. Den Pony frisierte ich rund über die Stirn, meine Lippen tauchte ich in sattes Rot und die Wimpern färbte ich schwarz, mehr als sonst. Mir fehlten noch Ohrringe, deshalb ging ich ins Schlafzimmer meiner Eltern und durchsuchte die Schmuckschachtel. Ich entschied mich für große weiße Kugeln, die meine weinrot-weiße Farbauswahl wunderbar abrundeten. Inzwischen war es Abend und ich hörte, wie Jack die Farm verließ. Daddy hatte seinen Anzug angezogen und saß rauchend in der Küche. Ich ging hinunter und erwartete die Reaktion, dass ich ziemlich viel Rot auf den Lippen hatte. Doch es kam anders. Mum kam kurz nach mir die Treppe hinunter und Dad blickte erstaunt zu uns herüber: „Ihr seid die zwei schönsten Frauen die ich kenne." Er schluckte und drückte seine Zigarette aus. Mum ging zu ihm, korrigierte seine Fliege am Hals, strich ihm übers frisch rasierte Gesicht und küsste ihn auf die Stirn. „Wir sollten noch etwas Essen bevor wir fahren", sagte Mum und ging zum Kühlschrank. Sie stellte Salat, Schinken und Brot auf den Tisch. Daddy griff gleich zu, doch ich hatte keinen Appetit. Ich war etwas aufgeregt und besorgt, dass wir uns verspäten würden. „Schatz, iss' noch einen Happen, du wirst sicher etwas trinken heute Abend. Es wird spät heute Nacht, du willst doch nicht müde werden." Mum schob mich fürsorglich zum Tisch. „Ich esse nur etwas Salat, das genügt", erwiderte ich. Nach dem Salat betrachtete ich mich noch einmal im Spiegel, der neben der vorderen Eingangstür hing und zog mir die weißen Tanzschuhe an.

Endlich fuhren wir in die Stadt. Daddy öffnete uns vorbildlich die Türen unseres Wagens und schob noch den traumhaft glänzenden smaragdgrünen Rock meiner Mutter auf ihren Schoß, damit er nicht in der Tür einklemmte. Wie lange waren sie nicht gemeinsam aus? Ich konnte mich nicht erinnern. Der Ball fand im Theater von Greenville statt und ich konnte es kaum erwarten, Jack zu sehen. Dabei vergaß ich beinahe, dass Larry am Eingang auf uns warten würde. Da stand er auch. Er sah toll aus, begrüßte mich mit einem Kuss auf die Wange und schenkte mir schüchtern eine Rose. Der Platz vor dem Theatergebäude war gefüllt von Autos in denen sich die bunte Festbeleuchtung spiegelte. Überall standen schöne Mädchen mit noch schöneren Haaren und gut gekleidete Jungen, die die Frage aufwarfen, wo sie sich nur bis heute aufgehalten hatten. Einige von ihnen erkannte ich erst auf den zweiten Blick oder wenn sie mich zuerst begrüßten. Was für ein Gefühl! Wir waren erwachsen. Daddy gab einem Mädchen meine Kamera, die er mitgenommen hatte und bat sie, uns zu fotografieren. Als wir durch den langen Flur in den Saal gingen, hörte ich die laute Musik, die gute Laune versprach. Meine Hüfte begann unkontrolliert zu schwingen und ich legte meinen Arm um den von Larry. Ich lächelte ihn an, er nickte zum Takt der Musik und sah mich glücklich an. Er zog seinen Arm zurück und nahm meine Hand. Meine Eltern blieben am Eingang des Saals stehen und verschafften sich scheinbar einen Überblick über die Platzverteilung. „Wollen wir uns gleich warm tanzen, bevor wir zu unserem Platz gehen? Hast du Lust?“, rief Larry fragend, als er sich zu mir lehnte. Ich nickte und stimmte ihm zu, während ich winkend bekannte Gesichter begrüßte. *Teenager in Love*, ich werde es nie vergessen, es war ein schöner Eröffnungstanz für den Abend. Doch so sehr meine Augen auch nach Jack suchten, konnten sie nicht finden. Also tanzte ich mit Larry, der scheinbar Monate dafür geübt hatte. Meine Blicke durchsuchten immer wieder den Saal und ich hoffte, dass ich Lilly sehen würde, denn ich wusste, dass sie ein pastellblaues Kleid trug. Es war Rock ’n’ Roll, die Stimmung war einzigartig, so viele gut gelaunte tanzende Menschen, deren Anblick mich bei jedem Einzelnen berührte und mir Bilder aus der Schulzeit schenkte. Auf der Bühne spielte eine Band von jungen Männern, die die Schule im letzten Jahr verlassen hatten und inzwischen aus einer Schulband eine relativ erfolgreiche Musikgruppe wachsen ließen. Sie trugen einheitlich dunkelblau glänzende Anzüge mit schmalen weißen Krawatten und weiße Lackschuhe. Die Frisuren waren perfekt geföhnt und sie rockten den Saal, der sonst so konservativ genutzt wurde. *Poetry in Motion* war der nächste Song und ich gab Larry zu verstehen, dass ich weiter tanzen wollte. Er hatte Spaß und konnte verdammt gut tanzen. Ich war erstaunt. Ich strahlte sicher übers ganze Gesicht, bis zu dem Moment, als ich zwischen den Tanzenden für einen kurzen Moment Lilly an der Bar erblickte. Das bedeutete, dass Jack in der Nähe sein musste. Ich wollte die beiden gern begrüßen. Die Musik wurde etwas leiser und Larry sagte: „Lass' uns zu unserem Platz gehen, das Programm beginnt sicher gleich." Die Musiker stellten ihre Instrumente zur Seite und verließen die Bühne. Es erklang Musik vom Plattenspieler. Ben E. King. Jacks Radio spielte nur seine Songs rauschfrei, unglaublich witzig fanden wir das immer. Ich folgte Larry an der Hand und wurde für einen kleinen Augenblick sentimental als ich den Text von *Don't play that Song* mit den Lippen begleitete und plötzlich Lilly am Tisch sitzen sah. Dass Jack an ihrer Seite saß, hatte ich erst Sekunden später bemerkt, denn da saß ein Mann, der nicht auf der Farm, nicht im himmelblauen Pickup, nicht mit Fliegerjacke im Abendrot, auch nicht mit nassem Lederhut im Sattel, dieses Mal in meine Augen blickte, als wäre es das erste Mal gewesen. Mein Mund hörte auf, den Song zu flüstern, weil ich meine Lippen nicht mehr bewegen konnte. Ich lief weiter hinter Larry, der meine Hand hielt und starrte Jack gefühlte fünf Minuten an. Er sah mich genauso lange an und sagte lächelnd mit einer Mundbewegung: „Hey Kate!" Mich überkam eine warme Gänsehaut, ich schluckte beim zweiten Versuch und drehte mich zu Larry. Da saßen meine Eltern. Für uns waren zwei Plätze neben ihnen reserviert. Wir nahmen Platz und ich winkte jetzt auch Lilly zu, die wunderschön und stolz neben Jack saß. Sie trug zu ihrem hellblauen Kleid ein gleichfarbiges Band im Haar und hatte rote Ohrringe und blutrote Lippen. Aus dem kleinen dicken Mädchen, war eine weibliche junge Dame geworden. Ich hatte das nie so gesehen, heute Abend war alles anders. Das machte wohl die Musik, die immer mein Herz für das Echte öffnete. Unauffällig suchte ich Stück für Stück die Antwort auf die Frage, was es war, das

Jack heute so anders aussehen ließ. Sein dunkelblondes Haar trug er nach hinten geföhnt und außer seinen meeresblauen Augen und einer hellblauen Fliege war alles andere an ihm schwarz. Er trug ein enges schwarzes Hemd mit kurzen Ärmeln. Ich ermahnte mich selbst, meine Blicke jetzt von ihm zu lassen und betrachte die lange Festtafel rechts entlang, an der die vielen Schulfreunde und ihre Begleitungen saßen. Daddy, der rechts neben mir saß, sagte: „Ganz schön was los hier, da habt ihr ja mächtig was auf die Beine gestellt. Und eine gute Band! Ich sollte deine Mutter mal wieder ausführen, was meinst du?“ Lachend legte ich meine Hand auf seinen Oberschenkel, schaute zu meiner schönen Mum, die neben ihm saß und sagte: „Das solltest du, Dad! Ich bin sicher, das würde sie sehr freuen, auch wenn sie es nie sagt.“ Der Schuldirektor trat auf die Bühne und die Musik wurde leiser. Die Gäste verstummten langsam und richteten ihre Blicke auf ihn. Er begrüßte die Schüler und deren Eltern sowie die anderen Gäste und gratulierte uns allen zu unserem bestandenen Schulabschluss. Mit einer kurzen Rede fasste er einige Ereignisse unserer Schulzeit zusammen, gab einige Lebensweisheiten von sich und eröffnete das Buffet, indem er allen einen guten Appetit und einen schönen Abend wünschte. Der Saal applaudierte, da lehnte sich Daddy zu Mum und sagte: „Nur gut, dass wir vorher noch gegessen haben, Liebes.“ Sie schüttelte nur mit dem Kopf und lächelte verlegen. Die Musiker platzierten sich wieder auf der Bühne, begannen zu spielen und die Gäste bedienten sich am Buffet. Obwohl ich keinen großen Hunger hatte, ging auch ich an das Buffet und belegte mir einen Teller. Ich war mir in diesem Moment sicher, dass ich an diesem Abend auf keinen Fall an das Mikrofon auf der Bühne treten würde, um einige Worte zu sagen. Ich ging deshalb zur Bar und entschied mich für einen schönen bunten Cocktail mit Früchten. Die Tanzfläche füllte sich wieder, als die meisten mit dem Essen fertig waren. Mein Cocktailglas war inzwischen leer und Larry fragte mich, ob er mir noch ein Glas mitbringen solle, da er zur Bar gehen würde.

So tranken wir einen Cocktail nach dem anderen, meine Eltern waren glücklich und tanzten. Auch Jack und Lilly tanzten. Lilly unterbrach kurz den Tanz, umarmte mich auf der Tanzfläche und sagte: „Katy, sehen wir nicht toll aus heute? Wo hast du nur diese traumhaften Schuhe gekauft? Und deine Haare sehen so anders aus. Das ist sehr hübsch. Ich bin so froh, dass Jack diese Einladung angenommen hat!“ Während sie sich zu mir hochstreckte hielt Jack ihre Hand und sie schrie mir lauter ins Ohr, als es bei der Musik nötig war. Ich antwortete: „Lilly, Schatz, schrei nicht so, ich verstehe dich! Du bist wunderhübsch heute. Aber sei’ vorsichtig mit den Cocktails!“ Ich merkte, dass sie schon leicht betrunken war. Jack hatte es auch bemerkt und lachte. Larry sagte: „Katy, ich gehe mal zu meiner Schwester und unseren Eltern, wir sehen uns später.“ Mir machte das nichts aus und ich nutzte die Gelegenheit, für einen Moment vor das Theatergebäude an die frische Luft zu gehen. Es dauerte eine Ewigkeit, bis ich den langen Flur entlang nach draußen kam, weil ich ständig stehenblieb und mich mit Freunden unterhielt. Dann stand ich auf den Stufen vor dem Eingang und lauschte der bis hier hallenden Musik und den vielen gut gelaunten Stimmen.

Es war schon nach Zehn Uhr am Abend in dieser warmen Julinacht. Wir waren mitten in der Stadt und trotzdem duftete es nach Heu. An den Autos und auf den Stufen standen vereinzelt kleine Gruppen von Gästen oder Paare, die sich umarmten. Hinter mir hörte ich plötzlich sagen:

„Bist du es wirklich, Miss Robinson?“ Ich drehte mich verwundert um, weil die Stimme und die Frage nicht zusammen passten. Jack fragte mich, ob ich es bin? Dann dachte ich an meine neue Haarfarbe und die roten Lippen und lächelte. Jack kam zwei Stufen zu mir herunter, nahm meine Hand und sagte: „Wir wohnen nebeneinander, aber haben uns heute noch nicht einmal begrüßt. Seine glänzenden Augen wichen meinen kurz aus, das kannte ich nicht von ihm. Er fügte hinzu: „Das rote Haar macht deine Sommersprossen perfekt.“ Oh mein Gott! Bevor ich jetzt verlegen wurde, entschärfte ich die Situation und berichtigte ihn: „Das ist kein Rot. Das ist Braun, ...oder braunrot.“ Er lachte. „Du meinst rotbraun?“ Er war wieder im Vorteil. Manchmal hatte ich Glück, diesmal hatte ich keine Chance. „Danke.“ Mehr brachte ich nicht über die Lippen. „Egal, was es ist, du bist die Schönste heute hier.“ Ich wollte gerade irgendetwas sagen, als er sich umdrehte und geradezu wieder in das Gebäude ging. Was war das? So kannte ich ihn wirklich nicht. Ich war überrascht, neugierig und unsicher. Was für ein Abend. Larry kam mir später mit einem weiteren Cocktail im Flur entgegen und bat wieder um einen Tanz. „Gern, Larry.“ Ich freute mich, dass er mich gesucht hatte und wollte den restlichen Abend weiter genießen. Ein langsamer Buddy Holly Song füllte die Tanzfläche bis in die letzten Ecken und ließ Larry näher kommen. Auch zu diesem langsamen Rhythmus punktete er mit seinen Tanzkünsten. Ich sah mich nach Lilly um, die ich am Platz meiner Eltern sitzend entdeckte. Ich denke, sie war nicht mehr in der Lage zu tanzen. Jack tanzte mit meiner Mum, das sah so wunderschön aus, dass mir eine Träne lief und auf Larrys Hemd tropfte. Ich umarmte ihn fester und dachte darüber nach, doch noch an das Mikrofon zu gehen. Allein für meine Eltern.

Unser Tanz endete vorerst, weil sich die Jüngsten der Schule mit einem Cheerleading-Auftritt ankündigten und die Bühne betraten. Ich war hin und hergerissen, ob ich diese Unterbrechung nutzen sollte, um im Anschluss etwas zu sagen. Ich nahm all meinen Mut zusammen, ließ mir die zurechtgelegten Worte noch einmal durch den Kopf gehen, während die Cheerleader tanzten. Ich sagte Larry, dass ich danach etwas zu sagen hätte und wir dann weiter tanzen würden. Er erwiderte erstaunt: „Das machst du wirklich? Das finde ich toll. Ich drücke die Daumen."

Als alle im Saal jubelten und die jungen Schüler die Bühne wieder frei machten, kämpfte ich mich durch die Menge, ging hinter die Bühne zu dem Jungen am Plattenspieler und erzählte ihm, was ich vorhatte. Nach dem nächsten Song kündigte er mich an: „Ihr tanzt ja wie die Wilden, das ist ein wunderbarer Abend, genießt ihn! Liebe fast Erwachsenen, liebe Eltern, so jung kommen wir nie wieder zusammen! Eine unserer Mitschülerinnen möchte hier gern was sagen und sich über unseren Direktor beschweren, ich bitte um eure Aufmerksamkeit! Kate?" Er bat mich mit einer Handbewegung auf die Bühne und ich fragte mich, ob ich vollkommen verrückt geworden war, mich so zu blamieren.

Aber nun war es zu spät. Ich stand am Mikrofon, das viel zu hoch war. Also nahm ich es in die Hand und betrachtete die erwartungsvollen Gesichter vor meinen weißen Schuhen für einen kurzen Augenblick. Ich war betrunken. Ja, das war das Problem. Um Zeit zu gewinnen und mir meine Rede zu erleichtern, rief ich hinter die Bühne: „Du musst die Musik nicht ausschalten, Bobby, wir sind zum Feiern hier! Spiel' *Stand by me*. Alle jubelten und klatschten. Ich hatte den Anfang gefunden.

„Ja, das sind wir. Wir sind heute hier, um zu feiern. Wir haben einen Abschnitt unseres Lebens beendet."

Vor der Bühne erblickte ich meine Eltern, Larry und Jack, die mich erwartungsvoll ansahen. Mein Vater sah stolz aus, meine Mutter hatte schon nach dem ersten Satz feuchte Augen, so dass ich sie nicht länger ansehen konnte. Deshalb richtete ich meinen Blick auf Jack, der immer so sicher wie ein Baum da stand. Das ging auch nicht. Er sah mich so nachdenklich an. Ich ging langsam ein Stück zur anderen Seite der Bühne und blickte in die Menge. Das war gut. So konnte ich mich konzentrieren. Ich sah einfach jeden an, ohne jemanden zu sehen. Ich holte Luft und fuhr fort:

„Erst heute wird mir klar, was hinter uns liegt, und was wir Unbekanntes vor uns haben. Die meisten von uns haben eine Richtung, auf die sie sich in Kürze einstellen werden. Manche von uns haben einen Job in Greenville gefunden. Einige gehen nach Chicago. Und die, die einen Platz an der Universität in New York sicher haben, die beneide ich wirklich. Ich habe noch keinen. Ich werde im nächsten Jahr genommen."

Ich lachte und merkte, dass ich meine Aufregung außerordentlich gut überspielen konnte, indem ich mich selbst auf die Schippe nahm. Das Publikum hörte interessiert zu und klatschte zwischendurch. „Einer von uns hat eine wirklich weite Reise vor sich. Es ist Steve, Steve Reynolds."

Ich erblickte ihn am Rande der Tanzfläche auf einem Stuhl und sprach ihn an:

„Danke, Steve, dass du nach London gehst, um Journalist zu werden. Damit habe ich meinen Job bei deinem Vater sicher! Ich wünsche dir alles Gute für Europa und werde mich freuen, später sagen zu können, dass ich mit dem erfolgreichen Autor Steve Reynolds zur Schule gegangen bin.“

Er lachte und klatschte. Alle lachten und applaudierten. Es war eine einzigartige Stimmung im Saal. Meine Aufregung war verschwunden. Ich ging wieder zur rechten Seite der Bühne, um meine Familie zu sehen.

„Ich danke auch unserem Direktor Mr. Wilson, über den mir gerade keine Beschwerde einfällt. Bobby, du kannst mir gern helfen, wenn du was zu sagen hast, ... unseren Lehrern danke ich, die viel mit uns ausgehalten haben. Verlorene Schüler bei Ausflügen, Dummheiten, rauchende Mädchen im Speisesaal, Entschuldigung, Mrs. Redford!“

Ich brachte Lehrer und Mitschüler wirklich zum Lachen.

„Ja, und Prügeleien, ein niedergebranntes Sportplatzgebäude, das alles ist noch in meiner Erinnerung.“

Das Publikum wurde ruhiger. Manche nickten nachdenklich. Ich sah Jack an. Er blickte zu mir auf, sah mich zufrieden an und ließ mich Ruhe empfangen.

„Am meisten Danke ich meiner Familie, wegen der ich hier in Greenville aufwachsen durfte und immer zu Essen und Kleidung hatte. Mir hat es an nichts gefehlt, weil ich wunderbare, fleißige Eltern habe, die mir Jahr für Jahr zeigen, dass sie mich lieben. Mum, wehe du weinst jetzt! Dann höre ich auf zu sprechen... Ich fasse mich kurz, einen letzten, aber wichtigen Dank, richte ich an meine Freunde, die hoffentlich immer meine Freunde bleiben werden und all’ unsere Erinnerungen bewahren und so manches Geheimnis weiter hüten!“

Wieder sah ich Jack an und war froh, jetzt nichts mehr sagen zu müssen.

„Alles Gute für euch! Es war eine schöne Schulzeit, aber ich freue mich auf den nächsten Abschnitt. Danke!“

Ich genoss den Applaus und verließ die Bühne. Ich war schließlich froh, mich getraut zu haben. Lilly stand betrunken an der Treppe und fiel mir um den Hals: „Das war so traurig! Ach war das schön, was du da gesagt hast!“ Ich umarmte sie fest und sagte: „Ich bezweifle, dass du dich morgen noch erinnerst, was ich gesagt habe. Komm, wir sollten uns setzen.“ Meine Lehrerin und der Direktor umarmten mich sogar und bedankten sich für meine Worte. Ich ging zu meinen Eltern, umarmte auch sie und sagte, dass wir jetzt noch etwas trinken sollten. „Vorher tanzen wir.“ Jack nahm mich von der Seite an die Hand und zog mich zu sich. Meine Mutter nahm Lilly mit an ihren Platz und Larry kümmerte sich um sie. Das passte. Die Band war wieder auf der Bühne und sang *Just a little bit longer* und endlich tanzte Jack mit mir. Er lehnte sein Kinn gegen meinen Kopf und wir tanzten, lange. Die Musik wurde ruhiger und es war schon weit nach Mitternacht. Irgendwann setzten wir uns zu meinen Eltern, Lilly und Larry und tranken noch einige Cocktails, so dass ich bald nachempfinden konnte, wie es Lilly vor zwei Stunden ergangen war. Später gegen zwei Uhr nachts wurde es leerer im Theater und Jack fuhr Lilly und Larry nach Hause. Meine Eltern und ich verließen den Ball auch kurz darauf, ich zog meine Schuhe aus und legte mich auf den Rücksitz im Wagen. Als wir auf der Farm angekommen waren, kam auch Jack gerade nach Hause. Dad rief ihm zu: „Komm Jack, jetzt sind wir dran, wir trinken noch einen Whisky! Komm' rüber!" „Gut, Ted, ich komme gleich", antwortete Jack, brachte schnell seine Jacke und seine Fliege zu sich ins Haus und kam dann in unsere Küche. Ich setzte mich an den Küchentisch und zog meine Strumpfhose aus, weil ich gar keine Schuhe mehr trug. Ich habe sie nicht gefunden. Müde war ich nicht, ich machte es mir bequem am Tisch und Daddy füllte Whisky ein. „Du doch nicht etwa auch junge Dame?" Dad fragte erstaunt und gab sich selbst die Antwort, in dem er mir auch ein Glas einschenkte. Mum wünschte uns eine gute Nacht und ging ins Bett. Dad schaltete das Radio ein und sagte: „Was habe ich da für eine großartige Tochter herangezogen. Ich bin stolz auf dich kleine Robinson." Er rieb sich die Augen, trank sein Glas Whisky aus und verschwand auch im Bett, nachdem er mir einen Kuss auf den Kopf gab.

Nun saßen wir hier allein der Küche. Ich hatte zu tun, nicht vom Stuhl zu kippen. Jack trank einen Schluck, betrachtete den Whisky im Lichtschein und sagte: „Wenn du jetzt auch noch verschwindest, soll ich wohl eure Küche putzen?" Ich musste herzhaft lachen und er lachte über mich. Ich hatte eine Idee: „Ich muss tanzen, dann schlafe ich nicht ein." Jack stand auf, ging zu unserem Plattenspieler an der Sitzecke und legte eine Platte auf. Ich schaltete das Radio ab. Die Auswahl der Musik überließ ich gern ihm, sie war immer gut. Er schien meine Gedanken lesen zu können, wählte gezielt Ben E. Kings *Don't play that* song, obwohl es Titel vier auf der Scheibe war.

„Darf ich bitten?" Er reichte mir die Hand, barfuß war ich jetzt so klein neben ihm. Normal fühlte sich das alles nicht mehr an. Es war anders als sonst. Aber es machte Spaß.

Ich weiß nicht mehr, wie lange wir getanzt haben, ich glaube, die Sonne ging auf.

Irgendwann am Vormittag wachte ich auf dem Sofa in unserem Wohnzimmer auf. Alles war still und ich war mit der flauschigen Decke zugedeckt, die Daddy sich immer über die Beine gelegt hatte, wenn er sich zum Lesen in seinen Schaukelstuhl setzte. Es war so weich und gemütlich auf diesem Sofa. Es duftete nach zu Hause, nach Leder und Holz. Ich stützte mich auf die Lehne und nahm die Haarklemme heraus, weil sie mich störte. Die weiße Blüte, die ich abends trug, lag auf dem Tisch vor dem Sofa. Ich drehte mich um und sah in die Küche. Es sah nicht aus, als wäre hier heute schon jemand gewesen. Die Whiskygläser standen noch auf dem Tisch und Vaters Jacke hing über seinem Stuhl. Ich verspürte einen leichten Kopfschmerz und überlegte, wie ich auf das Sofa gekommen bin. Mein Kleid hatte ich noch an, es drückte überall und ich öffnete den Verschluss im Rücken. Ich nahm meine Ohrringe ab. Dann hörte ich Stimmen und die Eingangstür von der Veranda öffnete sich. „Ja Ted. Kommt herein, ich mache uns Frühstück. Katy wird noch schlafen!“

Ich stand auf und ging zur Küche. „Ach Schatz, du bist ja schon wach. Waren wir zu laut?“ Dad und Jack kamen nach ihr zur Tür herein und sprachen über ein Flugzeug. Als sie mich sahen, sagte Dad: „Sie ist doch schon auf, so gehört sich das. Wer trinken kann, kann auch Frühstück machen.“ Dabei lachte er und Mum schüttelte mit dem Kopf: „Ted, nun lass’ sie doch erst einmal wach werden. Setzt euch an den Tisch!“ Jack nahm schmunzelnd den Platz neben dem Kühlschank, wo er sich immer setzte, wenn er bei uns war. Er sah mich an, als wüsste er, was gleich passieren würde. Ich ging zur Treppe, um zunächst das Bad aufzusuchen und mich frisch zu machen, als ich „Guten Morgen!“, sagte und mich plötzlich ein heftiger Stoß in den Magen überkam. Ich hielt mir den Bauch und lief die Treppe hinauf, direkt ins Bad. Ich musste mich übergeben und hockte erschöpft vor der Toilette, als der Bauchschmerz nachließ und ich mich schließlich besser fühlte. Ich zog mein Kleid aus, wischte mir das Makeup aus dem Gesicht, nahm meine Zahnbürste und rettete mich unter die warme Dusche. Danach wickelte ich mein Haar in ein Handtuch und fühlte mich gleich besser. Mit einem Badetuch um den Körper ging ich in mein Zimmer und zog ein Sommerkleid an, weil es schon jetzt sehr heiß draußen war. Nun war ich in der Lage, am Frühstück teilzunehmen und war enttäuscht, als Jacks Platz leer war und da nur noch eine leere Tasse stand. Mum und Dad sahen mich an und Mum fragte: „Geht es dir besser?“ Daddy wollte wissen: „Du hast dich wohl übergeben?“ „Ja, es geht wieder. Ich esse nur einen Toast. Ich mache mir Tee.“ Mum stand auf, füllte den Wasserkessel, stellte ihn auf den Herd und fragte weiter: „Wie lange habt ihr denn noch hier gesessen? Es war doch sicher schon hell?“ „Ich weiß nicht, Mum. Ich erinnere mich gar nicht, wie ich auf das Sofa gekommen bin.“ Daddy sagte verwundert: „Du hast auf dem Sofa geschlafen? Also, dass ihr Frauen immer trinken müsst, wenn ihr nichts vertragt.“ Er biss von seinem Brot ab und erzählte kauend: „Jack hat gesagt, er ist halb sechs nach Hause gegangen und hat gleich die Pferde versorgt. Ich bin ja schon seit einer Stunde draußen, also hat er wohl gar nicht geschlafen.“ „Wie spät ist es?“, ich sah auf die Küchenuhr. Es war zehn Uhr. Ich hatte demnach höchstens vier Stunden geschlafen, aber es ging mir nicht besonders schlecht. Nach dem Essen ging ich zur Tür hinaus, um nach Memory zu sehen. Jack war am Gatter damit beschäftigt, zwei Sättel zu putzen und stieß Memory mit der Hand fort, weil er immer wieder an den Lederbändern zu kauen versuchte. Ich sagte: „Guten Morgen, bitte entschuldige meine Eile vorhin.“ Und setzte mich auf einen Balken. Jack legte das Putzzeug weg, nahm sich ein Päckchen Zigaretten aus der Brusttasche und setzte sich neben mich. Er hielt mir die Packung hin und fragte: „Möchtest du auch?“ „Soll das ein Scherz sein?“, ich sah Jack erstaunt an und blickte kontrollierend zu unserer Tür, ob mein Dad in der Nähe war. Er kam gerade aus dem Haus und ging zu seinem Wagen. Er rief noch: „Ja Melissa, ich denke daran!“ Was auch immer er da nicht vergessen sollte. Er stieg ein und fuhr von der Farm. „Heute Morgen hast du auch geraucht.“ „Was? Ich hab geraucht?“ Ich dachte, Jack würde mich auf den Arm nehmen und lachte: „Sicher Jack! Ich habe geraucht. Ganz bestimmt. Da würde ich mir die Seele aus dem Leib …“ Ich unterbrach meinen Satz an dieser Stelle und Jack lachte herzhaft über mich. Er beendete meinen Satz indem er sagte: „Du meinst kotzen? Oh Katy, du warst so besoffen!“ Jack hatte sichtlich Spaß daran, die frühen Morgenstunden auszuwerten. Mir war das alles ziemlich unangenehm und ich richtete mich auf, als könnte ich so selbstbewusster wirken. Ich lachte nicht mit. Jedenfalls versuchte ich es. Ich stellte mir vor, wie das ausgesehen haben muss, als ich die Treppe hinauf stürzte, um die Toilette pünktlich zu erreichen und dachte daran, dass ich es nicht geschafft hatte, die Tür hinter mir zu schließen.

Jack hatte vom Lachen Tränen in den Augen und versuchte zu sagen: „Ted hat heute Morgen sein Päckchen Zigaretten geöffnet und gesagt: „Verdammt, ich rauche zu viel!“ Jetzt musste ich auch lachen und erinnerte mich: „Oh mein Gott! Ich hab Daddy die Zigaretten geklaut?“ Jack amüsierte sich kopfschüttelnd über meine Gedächtnislücken, zog an seiner Zigarette und schob mir sein Päckchen wieder herüber, ohne seinen Blick von Memory abzuwenden. Ich nahm mir schließlich doch eine und merkte, dass sie schmeckt. Jack hatte sich gerade beruhigt und wir beobachteten qualmend Memory auf der Weide, als ich mich die nächste Frage beschäftigte: „Wie bin ich überhaupt auf das Sofa gekommen?“ Und wieder lachte er und sagte: „Katy, du bist so einzigartig, ich glaub das nicht! *Don't play that song* haben wir gefühlte dreihundert Mal gehört. Du wolltest es so. Du bist beim Tanzen eingeschlafen, im Stehen, in meinem Arm. Es wurde fast romantisch, da hast du die Stimmung versaut.“ Ich bekam Herzklopfen und Jacks Art von Humor an diesem Morgen verunsicherte mich. „Das ist nicht wahr. Erzähl nicht so etwas. Ich schlafe nicht im Stehen ein!“ Um Himmels willen, war das peinlich. Kann man sich so etwas wirklich ausdenken? „Wenn ich es dir doch sage, Kate!“ Jack meinte ernst, was er da sagte. Unglaublich. Ich wollte scheinbar nicht, dass diese Nacht zu Ende geht. Das Gefühl hatte ich noch im Bauch, doch der Kopf war leer. „Katy, du musst dich nicht schämen oder so, du hast geglänzt gestern.“ Das waren Jacks letzte Worte an diesem Morgen und ich ließ sie wirken.

7. Kapitel

Die Chance

Die Wochen vergingen, in denen ich jeden Morgen zu Reynolds in die Buchhandlung fuhr und meine Arbeit machte. Eines Mittags kam Steves Mutter zu ihrem Mann Mr. Reynolds ins Geschäft und wirkte sehr betrübt. Sie sagte: „John, es geht so nicht. Es wird immer schlimmer mit Steve.“ Sie war den Tränen nah, doch ich konnte nur teilweise verstehen, worum es hier ging. Womöglich war Steves Studium in London in Gefahr, das im September beginnen sollte. Steve schien ernsthaft krank zu sein. „Doktor Henson sagt, es wird schlimmer und ein Aufenthalt im Ausland ist nahezu unmöglich. Wenn es dort schlimmer wird, dann kann nicht schnell genug gehandelt werden. Er muss regelmäßige ärztliche Betreuung haben, wenn wir die Krankheit aufhalten wollen.“ Mr. Reynolds antwortete enttäuscht: „Warum spielt ihm das Leben eigentlich so einen bösen Streich? Es ist sein Traum!“ Ich hörte seine Frau sagen: „Ein wirklich böser Streich wäre es, wenn ihm niemand helfen könnte, John. Das ist aber ein Zeichen, wir sollten ihn nicht gehen lassen, hier wird es gut gehen. Lass’ uns versuchen, ihm ein Fernstudium über die Universität von New York zu ermöglichen. Er hat sich schon damit abgefunden.“ Eine Weile diskutierte das Ehepaar Reynolds noch im Büro, dann verließ Steves Mutter den Laden und verabschiedete sich bei mir, indem sie sagte: „Kate, das haben sie wirklich schön gesagt beim Abschlussball, es waren rührende Worte. War das ihre Idee?“ „Ja, Mrs. Reynolds, ich hatte mir nichts weiter dabei gedacht, ich wollte nur einige Worte loswerden und dachte, das würde für alle sprechen.“ „Das hat es. Bis dann. Auf Wiedersehen!“ „Auf Wiedersehen und gute Besserung für Steve!“, rief ich ihr noch nach, als die Tür klingend ins Schloss fiel. Ich hatte noch eine Kiste mit Schulbüchern zu ordnen, die der Direktor morgen abholen wollte und machte mich wieder an die Arbeit. Der kluge Mr. Reynolds kam aus dem Büro nach vorn ins Geschäft und runzelte seine Stirn, so dass sein Monokel aus dem Auge in seine Hand fiel. Er steckte es in seine Westentasche und glitt mit der Hand über eine Reihe von Büchern in dem Regal neben sich. Er sagte mit spürbar schlechtem Gewissen: „Es kann sein, dass ich meinen Teil unserer Abmachung nicht einhalten kann, liebe Kate. Mein Sohn hat eine schlimme Knochenkrankheit und er wird nicht nach London gehen können.“ Ich tat, was ich sonst nie tat und unterbrach Mr. Reynolds, um ihn zu erleichtern. „Ich verstehe was sie meinen. Es ist nicht schlimm. Wenn Steve diesen Arbeitsplatz braucht, weil es anders nicht möglich ist, dann ist es so. Machen sie sich keine Gedanken Mr. Reynolds.“ „Ja, aber Kate, du hast dich auf diese Arbeit hier eingestellt und dich um nichts anderes gekümmert, und jetzt passiert das. Ich fühle mich sehr hilflos in dieser Entscheidungssache.“ „Mr. Reynolds, glauben sie mir, sie müssen sich darüber keine Gedanken machen. Steve ist krank geworden, und niemand kann etwas dafür! Es ist einfach so. Wir werden eine Lösung finden. Bitte machen sie sich keinen Vorwurf deshalb.“ Ich packte die Bücher sortiert in mehrere Holzkisten und legte die Listen darauf. Ich fügte noch hinzu: „Und außerdem gehe ich spätestens im nächsten Jahr nach New York oder

Boston. Bis dahin gibt es genug Möglichkeiten. Ich kann auch in „Rosie's Diner“, arbeiten, das hatte ich schon geklärt, als sie mir noch nicht zugesagt hatten.“ „Ach das tut mir alles leid, wie es gekommen ist. Ich hätte es mir auch anders gewünscht.“

Die Sache mit Steve war natürlich ein großer Schicksalsschlag, aber ich merkte auch, dass Mr. Reynolds wirklich unglücklich darüber war, seine Vereinbarung nicht einhalten zu können. Mich störte das jedoch wirklich nicht so sehr, weil ich den Grund kannte und es nicht an mir lag. Ich erzählte meinen Eltern beim Abendessen, was passiert war und erklärte ihnen, wie ich mir mein Leben weiter vorstellte. Außer der Sache mit der Buchhandlung blieb ja alles wie geplant. Sie waren gerührt von der Familiensache der Reynolds und waren damit einverstanden, dass ich vorerst den Job in „Rosie's Diner“, annehme, den ich mir im Frühjahr schon besorgt hatte. Gleich am nächsten Abend wollte ich nach Rockfort fahren, um die Sache zu klären. Der Nachmittag in der Buchhandlung änderte jedoch meine Pläne.

Ich saß an meinem Arbeitstisch und stellte die Artikel für die Wochenendausgabe zusammen, als Mr. Reynolds ins Geschäft kam. Er hatte mir einen Zettel dagelassen, dass er einige Termine hat und erst später kommen würde. „Kate, guten Tag! Jetzt bin ich da. Leg das weg, ich möchte mit dir reden.“ Er wollte mir so eilig etwas mitteilen, dass ich für einen Moment glaubte, Steve könne das Studium nun doch machen und alles wäre gut. Sonst müsste er schon eine gewaltige Neuigkeit für mich haben, die ihn so in Eile versetzte. Das war sie dann wahrhaftig! Eine gewaltige Neuigkeit. Was dieser Mann bewegte, erstaunte mich immer wieder. Ich war außer mir und gedankenlos, als er mir mitteilte:

„Kate, ich hatte gestern Abend eine Idee und kümmerte mich deshalb heute darum. Ich habe denen in London unsere Lage erklärt. Es war ja ein Drama, ein Telefonat zu ermöglichen und meinen Freund, den Professor sprechen zu können. Der Postweg würde uns zu viel Zeit kosten. Du kannst an der Stelle meines Sohnes das Studium antreten. Du hast einen Platz an der City University! Kate, was sagst du? Das ist noch besser, als hier auf dem Land deine Zeit zu verschwenden. Das ist besser als New York! Welche Möglichkeiten sich für dich bieten, kannst du dir noch gar nicht vorstellen. Dieser Professor Wellington macht eine hervorragende Journalistin aus dir! Die New York Times würde dich persönlich fragen, ob du ...“ „Warten sie!“, unterbrach ich ihn, „Ich kann nach London? Die nehmen mich an Steves Stelle? Das glaube ich nicht!“ Ich war fassungslos. Ich umarmte Mr. Reynolds und küsste ihn vor Freude auf die Wange, umfasste sein Gesicht und rüttelte an ihm herum: „Ich glaube das nicht! Sie sind das Beste, was mir je über den Weg gelaufen ist!“

Ich trat einen Schritt zurück und versuchte, mich zu sammeln. Ich dachte: „Beruhige dich, Kate, es ist noch nichts sicher, nur nicht zu früh freuen.“ Und dann dachte ich: „London. Europa. Weit weg von zu Hause. Lange Zeit, weit weg von Allem! Ohne meine Eltern, ohne ...“ Meine Gedanken drehten sich im Kreis und ich war den Tränen nah. Mr. Reynolds starrte mich erwartungsvoll an, denn für ihn stand außer Frage, ob ich dieses Angebot annehmen sollte oder nicht. „Sprich mit deinen Eltern. Denke nach und schlaf eine Nacht drüber. Morgen sieht alles klarer aus. Aber Kate, diese Chance ...“ Ich glaube, er sah schon

Heimweh in meinen Augen. So bedankte ich mich für seine Bemühungen und sagte, dass ich seine Hilfe überaus schätze und dass ich mich in den nächsten Tagen entscheiden würde. Zum Glück war ich mit der Gestaltung der Zeitung fast fertig, denn ich war nicht mehr in der Lage, mich zu konzentrieren. Für die restliche Zeit im Buchladen drehte sich in meinem Gehirn alles um die Frage, was dafür und ob überhaupt etwas dagegen spräche, diese einmalige Chance zu nutzen.

Noch beim Abschlussball hatte ich gesagt, dass ich Steve um diesen Platz beneide. Was würden die Leute denken, wenn ich jetzt an seine Stelle treten würde? Gar nichts, dachte ich dann. Was sollten sie schon denken. Es war ja offensichtlich, dass Steve krank war. Hin und her rissen mich meine Gedanken und Gefühle. Freude und Verlust lagen selten so nah beieinander. Ich schloss pünktlich den Laden und sprang auf mein Fahrrad, um schnell nach Hause zu kommen. Trotzdem hielt ich an dem Ort, an dem ich am liebsten grübelte. Auf der Brücke. Ich legte mein Fahrrad ins Gras, damit man es nicht sehen konnte, wenn man die Brücke passierte und setzte mich an's Ufer des Baches auf einen Stein. Ich wollte nicht gesehen werden. Es war gut möglich, dass Daddy oder Jack bald nach Hause kommen würden. Als ich auf das Wasser sah, glaubte ich das Gesicht meiner Mutter zu sehen, die es nicht wagen würde, ihre Sehnsucht auszusprechen, um mir damit nicht zur Last zu fallen. Ich weinte auf den Stein und fragte mich, wie dumm ich eigentlich sei, bei diesem Angebot Tränen zu vergießen. Dann hörte ich einen Wagen. Es war der meines Vaters. Er rollte über die Brücke, die fünfte Bohle polterte und er fuhr vorüber. Kurz darauf kam Jacks Pickup. Ich blieb da unten auf dem Stein sitzen und wartete auf das Poltern. Und es polterte. Auch er hatte mich nicht gesehen. Ich wischte mir die Tränen und hörte eine Vollbremsung auf dem steinigen Sandboden hinter der Brücke. Ich drehte mich um und streckte meinen Kopf zur Straße. Oh nein, dachte ich. Jack hatte angehalten. Wie konnte er wissen, dass ich hier bin? Er fuhr ein Stück rückwärts und hielt am Wegrand zwischen den Bäumen. „Kate?“ Er rief laut meinen Namen, als würde er ahnen, dass ich hier sitze. „Katy? Bist du hier?“ Tatsächlich hatte er mich nicht gesehen und blieb vor der Brücke stehen. Ich konnte ihn jetzt sehen. Nachdenklich fuhr er sich mit der Hand durchs Haar und drehte sich wieder um. Er wollte gerade wieder zu seinem Wagen gehen. „Ich bin hier Jack“, sagte ich ohne eine Betonung. Ich blickte ins Wasser. „Kate!“, besorgt klang seine Stimme und er kam zu mir herunter auf den Stein. „Was ist passiert? Was tust du hier?“, er fragte vorsichtig und leise und setzte sich neben mich. „Woher wusstest du, dass ich hier bin?“, wollte ich wissen. „Weiß ich nicht“, antwortete er, als wäre es vollkommen normal. Ich sah immer noch ins Wasser und hatte nicht den Mut, ihn anzusehen. Im Spiegel des Baches, sah ich aber, dass er manchmal kurz zu mir blickte und auf irgendeine Aussage von mir wartete. Er fragte aber nicht nach. Er wartete schweigend und spielte mit einem Grashalm. Dann sagte er doch etwas: „Ich lasse dich lieber allein, wenn du reden willst, …“ Er stand auf und wollte gehen. „Ich habe einen Platz an der Uni!“, ich wollte es jetzt mitteilen. Er blieb stehen und sagte erfreut: „Und da sitzt du hier wie ein Trauerkloß auf dem Stein!?“ Er kam zurück und setzte sich wieder zu mir. Im Augenwinkel sah ich, dass er mich ansah und auf eine Antwort wartete. Ich konnte meine Augen nicht vom Wasser nehmen und wusste nicht, was ich weiter sagen sollte. Er hatte ja Recht.

Warum war ich traurig? Er stupste seine Schulter an meine und sagte vorsichtig: „Hey, das ist es doch, was du wolltest. Dass es doch noch klappt, ist ja schön! Und New York ist ja nicht am anderen Ende der Welt." Er wollte mich aufmuntern. Ich unterbrach ihn, sah ihn an und sagte: „Es ist nicht New York! Es ist London." Sein zuversichtlicher Gesichtsausdruck verschwand wie die Sonne hinter den Wolken, er schluckte und sagte: „London? Wie hast du das gemacht?!" „Gar nichts habe ich gemacht. Steve Reynolds ist schwer krank und wird hier bleiben. Sein Vater kennt den Professor dort und hat das für mich geregelt. Ich kann seinen Platz haben. Das hat er mir heute angeboten." „Das Angebot deines Lebens, würde ich sagen." Jack klang nicht sehr überzeugend mit dieser Reaktion. „Ist es das? Ja?" Jack gab mir keine Antwort mehr. Ich wusste genauso viel wie vorher und hatte jetzt noch jemanden mit demselben Problem neben mir. Das brachte uns also nicht weiter. „Nimmst du mich mit?" „Wohin?", blickte er mich fragend an. „Ach ja, klar. Wo ist dein Fahrrad?" Er stand auf und reichte mir seine Hand. Ich hielt mich an ihm fest und zeigte ins Gras. „Da hinten liegt es. Ich hole es." Jack lief langsam zum Wagen und wartete dort. Ich ging über die Brücke, nahm das Fahrrad und schob es über den Holzboden. Wenn man langsam lief, polterte die lockere Bohle nicht. Wir legten das Fahrrad auf die Ladefläche und stiegen ein. Jack schob einen Haufen Papiere von der Sitzbank in die Mitte. Es waren Baupläne von Flugzeugen und Zeichnungen mit Notizen. „Willst du ein Flugzeug bauen?", fragte ich neugierig. Erstaunt sah er mich an: „Ja. Vielleicht." Ich war beeindruckt, denn die Frage war nicht ernst gemeint. Seine Antwort jedoch schon. Die restlichen Minuten im Auto redeten wir nicht. Wir kamen zur Farm und verabschiedeten uns. Er sagte: „Ich fahre morgen erst gegen Neun los, ich kann dich mitnehmen." „Gut. Danke." Ich fasste mich kurz, winkte ihm zu und ging ins Haus. Das Abendessen stand auf dem Tisch. Ich begrüßte Mum und fragte, wo Daddy sei. „Er nimmt ein Bad. Er kommt gleich." Bis Daddy am Tisch saß, erzählte ich Alltägliches. Daddy kam in die Küche und begrüßte mich.

„Wie war dein Tag, mein Kind?" Ich knüpfte mit der Neuigkeit gleich an diese Frage an und berichtete: „Er bringt einige Fragen mit sich, dieser Tag. Ich muss euch etwas erzählen." Meine Eltern unterbrachen neugierig ihr Essen. „Ihr müsst das entscheiden. Ihr seid meine Eltern. Ich bin nicht in der Lage, hier einen klaren Entschluss zu fassen." Das war gut. Eine gute Lösung meines Problems. Ich musste mich nicht entscheiden, wenn ich es andere tun ließ. „Was ist los, Kate?", mein Vater war neugierig geworden und Mum wartete entspannt die Neuigkeit ab. „Steve hat doch den Platz an der Universität in London." „Worum du ihn so beneidest?", fügte Daddy hinzu. Mum legte das Messer aus der Hand und hörte jetzt aufmerksamer zu. „Ja, so war das. Nun ist Steve doch schlimmer erkrankt als alle dachten. Er hat irgendwas mit den Knochen und er muss mit dieser Sache ärztlich betreut werden. Also er kann das Studium in London nicht machen und bleibt in Greenville. Sie wollen ..." „Worauf willst du hinaus, Schatz?", fragte meine Mutter mit dem Blick, wie ich ihn vorhin im Wasser gesehen hatte. „Nun lass' sie doch reden!", ermahnte Dad mit vollem Mund. „Mr. Reynolds hat es hinbekommen, dass ich an Stelle von Steve dieses Studium machen könnte." Es fiel mir so schwer, das zu sagen, weil meine Eltern genauso reagieren würden, wie die zwei Geister in meinem Kopf. Einer wäre dafür, der andere dagegen. „Das ist ja unglaublich!", sagte Dad überrascht.

„Dieser Reynolds hat aber auch Beziehungen! Unsere Tochter in London! Das ist ja eine tolle Neuigkeit. „Was willst du denn von uns wissen? Was sollen wir entscheiden?“ Es kam, wie ich es geahnt hatte. Für Dad war die Antwort klar. Ich sah Mum an, und hatte eine Art Schuldgefühl ihr gegenüber. Sie hätte nur eine Chance gehabt, wenn ich nie von diesem Angebot berichtet hätte. Die Antwort war allen klar. Mit dem Moment, in dem es ausgesprochen war, stand außer Frage, ob ich nach London gehe. Mum fragte hoffnungsvoll: „Wie lange geht denn so ein Studium?“

Mit allem, was dazu gehört, werden es fünf bis sechs Jahre“, antwortete ich. Selbst Daddy hustete jetzt: „So lange? Was dauert daran so lange?“ Mum fügte hinzu: „Ich dachte, es wären zwei Jahre oder so ähnlich. Mein Gott, so lange!“ „Wann geht es los?“ „ In vier Wochen“, sagte ich. Ich hatte jetzt meine Antwort. Mum war von diesem Abend an ruhiger und durchlebte eine Art Trauerphase. So kam es mir vor. Mir ging es genauso. Zwei Tage und zwei Nächte später sagte ich Mr. Reynolds zu. Er leitete alles in die Wege und war froh über meine Entscheidung.

Ich arbeitete wie gewohnt weiter. Jack kam in den letzten vier Wochen vor meiner Abreise immer früher vom Flugplatz heim, als er es sonst tat und wir verbrachten mehr Zeit miteinander als in den Jahren davor. Wir waren mit den Pferden unterwegs und redeten manchmal stundenlag. Manchmal schwiegen wir auch nur. An einem Samstag auf dem Flugplatz fragte er mich: „Willst du mit mir fliegen?“ Ich glaubte nicht richtig gehört zu haben. Sofort war ich aufgeregt, wenn es ums Fliegen ging. „Bald musst du. Und das dauert etwas länger als bis zum Lake Michigan.“ Er hatte Recht. Bald musste ich fliegen. „Also mach es jetzt lieber freiwillig.“ Er hatte mich fast überredet. Er schob sich die Sonnenbrille wieder auf die Augen und sagte: „Ich warte an der Gelben auf dich. Bis gleich!“ Jack grinste und gab mir keine Gelegenheit, diese Einladung abzulehnen. Nach kurzem Zögern ging ich zu dem gelben Flugzeug und betrachtete es aus der Nähe. Countrywings war Familie, zu Hause, wir lebten davon. Sollte ich nicht endlich Dankbarkeit und Vertrauen zeigen? „Du musst keine Angst haben. Ich passe auf dich auf.“ Jack nahm meine Hand und half mir einzusteigen. Er schnallte mich an. „Mach dir dein Tuch um den Kopf, da oben zieht es.“ Ich zog mir das Tuch vom Hals über den Kopf, setzte meine weiße Sonnenbrille auf und kam mir vor, wie eine der reichen Frauen, die im Cabriolet sitzen. Jack saß inzwischen vor mir an seinem Platz und startete die Maschine. „Und wenn wir abstürzen?“ Ich wollte gern noch ein paar ermutigende Worte hören, bevor wir in die Luft gehen. Jack ließ das Flugzeug rollen als er nach hinten rief: „Dann sind wir höchstwahrscheinlich tot und du bleibst für immer hier!“ Diese dumm gemeinte Antwort gefiel mir.

In diesem Moment war es wirklich egal, ob wir abstürzen, denn ein Abschied stand uns bevor. Wir hoben ab, die Augustsonne tauchte die Tragflächen in ein grelles Orange und mein Magen schien zu tanzen. Ich lehnte mich geschützt in den Sitz, legte die Hände auf meinen Bauch und atmete vorsichtig die Luft, von der ich vorher nie ahnte, dass es sie geben würde. Oben, wo ich glaubte, die Wolken berühren zu können, sah Jack zur Seite und rief mir zu: „Warum musst du nur fort? Komm’ bei dir an und dir liegt die Welt zu Füßen! Du, scheinbar kleiner Mensch, kannst Berge von Sorgen bewegen und in befreiende Tränen verwandeln. Wonach suchst Du eigentlich? Glück ist kein Ort!“ Ich sah die Sonne auf dem spiegelglatten Lake Michigan, bewunderte Greenville, die Rinderherden, die Pferde und unsere Farm von oben, niemand sah meine Tränen und nach einer Stunde landeten wir wieder weich auf der Rollbahn von Daddys Flugplatz. Es war ein unbeschreibliches Erlebnis. Jack half mir aus diesem wunderschönen gelben Flugzeug. Den Boden zu berühren war ein unsicheres Gefühl und meine Knie waren noch ganz weich. Er umarmte mich und sagte: „Nun sind wir doch nicht abgestürzt. So was Blödes."

8. Kapitel

Abschied

Als ich aufwachte an diesem Morgen, einen Tag vor meiner Abreise, blieb ich noch einen Moment in meinem Bett liegen. Das Fenster stand weit offen und die dünnen Vorhänge bewegten sich, sodass die durch den Baum gebrochenen Sonnenstrahlen auf dem Dielenboden tanzten. Ich hörte Singvögel und Jacks Pferde. Es war wie jeden Morgen, nur heute habe ich es bewusst wahrgenommen.

Ich stand auf und ging ans Fenster. Ich schob den Vorhang zur Seite und bemerkte, dass es geregnet hatte und die Wolken gerade erst vorbeigezogen waren. Ich sah Jack mit einem Mann am Gatter vor der Koppel stehen, sie unterhielten sich. Ich beobachtete die beiden einen Moment lang und wollte gerade vom Fenster weggehen, als sie sich umdrehten und während ihrer Unterhaltung zu dem Auto des Mannes gingen. Jack lief hinter ihm und sah in diesem Moment zu meinem Fenster hoch. Er winkte mir lächelnd zu und rückte sich dann mit der Hand seinen durchnässten Cowboyhut zurecht. Er war erwachsen geworden. Auf einmal machte er Geschäfte wie unsere Väter und arbeitete fleißig auf dem Flugplatz und der Farm seiner Eltern. Ich bewunderte ihn, er war längst nicht mehr so dünn wie früher und sah aus, wie ein richtiger Cowboy. Die Mädchen in meinem Alter fragten mich ständig über ihn aus. Ich sagte nicht viel dazu, doch ich war stolz, einen Freund wie ihn zu haben. Manche dachten, er wäre mein großer Bruder.

Als ich mir etwas später unten in unserer Küche mein Frühstück bereitete, klopfte es an der Tür und ich hörte Jack rufen: „Katy, bist du schon auf? Katy?“ Ich ging zur Tür und öffnete ihm: „Natürlich, ich könnte noch bis zum Mittag schlafen, aber ich habe zu packen.“ Ich bat ihn herein und fragte ihn, ob er ein zweites Frühstück möchte. „Immer wieder gern, das haben wir lange nicht gemacht.“ Er war erfreut über meine Einladung, half mir in der Küche und wir setzten uns an den großen Tisch. Er saß mir gegenüber, legte wie jedes Mal Faraday’s Schinken auf sein Brot und biss genüsslich davon ab. Als er kaute, betrachtete er nachdenklich das Brot in seiner Hand und sah mich kurz an. Ich fragte unsicher: „Stimmt was nicht mit dem Brot?“, er kippte sich etwas Milch in den Kaffee, rührte in seiner Tasse und antwortete: „Morgen Abend geht es dann also los?“ Ich war etwas erschrocken über diesen Kommentar von ihm, ich hatte es irgendwie verdrängt. „Ja, mein letzter richtiger Tag heute, hier, zu Hause.“ „Hast du schon etwas vor, an diesem letzten Abend, hier, zu Hause?“ „Nein heute nicht, wir waren gestern Essen in der Stadt, meine Eltern und ich.“ „Ich würde dich gern einladen. Ins Autokino. Sie zeigen *The wings of eagles* mit James Dean, auf den stehst du doch so.“ Er schmunzelte und umfasste seine Kaffeetasse mit beiden Händen. Ich war etwas verlegen und sagte: „Ich steh’ nicht auf ihn, er ist eben ein guter Schauspieler.“ Ich biss von meinem Brot ab und wäre am liebsten aufgestanden, um etwas aus dem Kühlschrank zu holen, weil Jack die ganze Zeit seine Augen nicht von mir ließ. Doch mir fiel kein Vorwand ein, um aufzustehen. Daddy hatte mir früher immer erzählt: „Kind, wenn Du im Dunkeln Angst hast, dann denke fest daran, dass du selbst das Gespenst bist. Das hilft dir über deine Angst hinweg und du wirst ganz stark." Daran musste ich gerade denken und ich fing zu lachen an. Und es funktionierte, ich sah Jack jetzt auch tief in die Augen und bemerkte seine Verwunderung über meine Reaktion. Ich nahm ihm seine Tasse aus der Hand, schenkte ihm Kaffee nach, schob sie ihm wieder zu und fragte: „Haben wir etwa ein Date, an diesem letzten Abend, hier, zu Hause?" „Ich denke das haben wir." Er lächelte mich etwas verlegen an, schlürfte noch einen Schluck von dem heißen Kaffee, stand auf und stütze seine Hände auf die Lehne seines Stuhls. „Halb acht?" „Ja", erwiderte ich, „halb acht. Ich freue mich." Er ging zur Tür hinaus und drehte sich noch einmal kurz um. „Ich auch ... und danke für das Frühstück!"

Ich verbrachte den Tag damit, meine Koffer zu packen und nach einer Lösung zu suchen, wie ich möglichst viele persönliche Dinge von zu Hause nach London mitnehmen konnte. In meinem Zimmer hatte ich die neue Schallplatte von Elvis aufgelegt und hörte sie immer wieder. Sie war noch neu und ich konnte schon jeden Song mitsingen. Dad hatte sie mir geschenkt, weil ich seit dem Abschlussball tagelang *Anyplace is paradise* sang. Während ich durchs Zimmer tanzte, überlegte ich, was ich heute Abend anziehen würde. Ich habe sonst nie überlegt, was ich anziehe oder wie ich mein Haar trage, wenn ich mit Jack verabredet war. Aber wir waren ja auch noch nie so verabredet wie jetzt. Doch heute war es mir sehr wichtig, ihm zu gefallen und so in seiner Erinnerung zu bleiben. Aber ich wollte auf keinen Fall so erscheinen, als hätte ich mir den ganzen Tag darüber Gedanken gemacht, was ich abends anziehen würde. So entschied ich mich für Jeans und ein schwarzes Bustier mit großen weißen Punkten, das im Nacken zu binden war. Dazu nahm ich mir noch eine kurze Jacke und ein gelbes Tuch mit. Meine Schuhe waren auch gelb. Schon ab sieben Uhr sah ich immer wieder aus dem Fenster in der Küche und wartete, dass Jack aus dem Haus kam. Meine Mutter hatte mich schon mehrmals dabei gesehen an diesem Abend und sagte irgendwann: „Schatz, du siehst wunderschön aus heute. Mit wem gehst du aus?“ „Mit Jack“, antwortete ich ihr. „wir fahren zum Autokino. Wir sehen uns den neuen James Dean Film an.“ „Du gehst mit Jack aus? Ist das etwa ein Date? Schön, dass ihr den letzten Abend gemeinsam verbringt.“

„Ja, finde ich auch, er hat mich heute Morgen gefragt. Ich dachte schon, er fragt mich nie.“ Mum lachte und sagte: „Du hättest ihn ja auch fragen können, du bist doch nicht auf den Mund gefallen. Außerdem kennst du ihn eine Ewigkeit, da ist doch nichts dabei.“ Irgendwie lag in ihrer Stimme eine fragende Betonung. „Mum, ich wollte aber, dass er mich fragt. Schließlich kann es ja sein, dass er den Abend lieber mit den Anderen in Rosie’s Diner verbringt.“ „Schatz, du kennst ihn, er ist traurig darüber, dass du lange Zeit weg sein wirst. Mir war klar, dass ihr den letzten Abend gemeinsam verbringt, deshalb haben Vater und ich dich auch gestern schon zum Essen eingeladen.“ „Ach du wusstest das? Also ich nicht. Wo bleibt er nur?“ „Wann seid ihr denn verabredet?“, fragte sie. „Halb acht“, antwortete ich, während ich aus dem Küchenfenster die Veranda beobachtete, auf der Jacks Vater gerade den Hund fütterte. „Woher weißt du, dass er traurig darüber ist?“, fragte ich neugierig nach. „Kate, er hat erlebt, wie du geboren wurdest und du warst seitdem immer da. Ihr habt so Vieles erlebt, und das am Tunnel wird er dir auch nie vergessen. Er hat dir so viel beigebracht, du hast ihn aus dem Baumhaus gestoßen, sodass er den Rest des Sommers einen dicken Gips am Bein trug. Ihr habt ein Pferd aus dem Sumpf gezogen, ohne dass jemand davon erfuhr.“ Ich glaubte, nicht recht gehört zu haben. Mein Herz schlug höher und ich sah meine Mutter erschrocken an. Sie blickte mir mit tränenden Augen ins Gesicht. Ich ging auf sie zu, umarmte sie und fühlte eine tiefe Vertrautheit zu meiner Mutter: „Mum, du wusstest davon? Woher?“ Ihre Antwort war nur: „Wie geht es dir mit diesen Erinnerungen? So weißt du, wie Jack sich fühlt. Ihr teilt etwas, was niemandem außer euch gehört. Ich weiß es erst seit ein paar Tagen.“ Irgendwie war mir ein Stein vom Herzen gefallen und ich war so gerührt. Ich bemühte mich, nicht zu weinen, damit mein Makeup nicht verwischt. Inzwischen hatte ich das ungeduldige Warten vergessen und Jack rief von der Veranda aus: „Hallo, ihr zwei schönen Frauen!“ Mum hielt meine Hand, wir sahen uns noch kurz an und lächelten uns zu. Ich drehte mich zur Tür, sah Jack und bekam Herzklopfen, als würde ein junger Mann vor mir stehen, den ich gerade erst kennengelernt hatte. Er sah so wahnsinnig gut aus mit seiner schwarzen Lederjacke und den dunklen Jeans. Seine dunkelblonden Haare waren an den Seiten kurz und oben hatte er sie nach hinten frisiert. Ein paar Strähnen fielen ihm ins Gesicht und er roch so gut, dass ich fast schon schüchtern geradeso ein „Hey!“ über die Lippen brachte. „Hallo Jack, habt einen schönen Abend ihr beiden“, sagte Mum, während sie sich ihre Augen mit einem Tuch trocknete. „Ihr werdet doch nicht jetzt schon weinen!“, sagte Jack und versuchte, uns aufzumuntern. „Mädels, ich will keine Tränen sehen. Katy, du siehst ... du siehst wundervoll aus. Wollen wir fahren?“ Er reichte mir seinen Arm, sodass ich meine Hand darum legte und wir das Haus verließen. „Viel Spaß!“, fügte meine Mutter noch einmal hinzu und blieb auf der Treppe unserer Veranda stehen. Er öffnete mir die Tür seines Pickups und gab mir wie ein Gentleman das Zeichen, einzusteigen. „Darf ich bitten?" „Danke, Mister Denver", erwiderte ich und nahm Platz. Jack war sehr ruhig an diesem Abend, wir redeten nicht viel. In Rockfort fuhren wir an Rosie's Diner vorbei. In der Bar nebenan war am Wochenende immer mächtig was los.

Die Musik hallte bis draußen und auch heute Abend war das Restaurant gut besucht. Draußen leuchteten Reklameschilder in bunten Farben und gutaussehende junge Mädchen bedienten die Gäste mit Getränken und riesigen Burgern oder Hot Dogs. Die Jugend der Gegend feierte und tanzte hier nächtelang, wir waren fast immer dabei. Die Jungen in meinem Alter begannen inzwischen auch, sich wie die Älteren die Haare zu frisieren, verrückte Hemden und Lederjacken zu tragen, denn sie wollten wie die „Großen", sein. Jack bevorzugte es seit einiger Zeit, sich Schwarz zu kleiden, das machte ihn auf einmal so erwachsen und äußerst interessant für die Mädchen. Sein Haar war nie so verrückt frisiert, wie das der Buddy-Holly-Liga, aber das war das besondere an ihm. So hell wie damals war es nicht mehr, aber im Sommer hingen ihm immer noch blonde Strähnen im Gesicht, die er sich mit der Hand nach hinten strich, wenn sie ihn störten. Ich traute mich gar nicht, zu ihm herüberzuschauen, während er fuhr. Einen Moment lang sah ich ihn an und genau in diesem Moment blickte auch er zu mir herüber und lächelte mich an, mit einem Blick, der mir sagte, dass dieses Lächeln nichts mit Freude zu tun hatte. Wir kamen zum Platz des Autokinos und Jack hielt hinter dem letzten Auto der Reihe an der Einfahrt. Ein junger Mann trat an das offene Fenster des Fahrers vor uns und kassierte. Eine junge hübsche Frau reichte den anderen im Wagen Getränke und Popcorn und scherzte mit den gut gelaunten Jungs. Jack fragte mich: „Nehmen wir Popcorn? Ich habe Lust auf Popcorn. Was ist mir dir? Möchtest du Coke?“ „Gern, ja, Coke und Popcorn. Lass’ uns auch noch Chips nehmen.“ Jack redete mit dem Jungen, der das Geld für den Film kassierte und ich bestellte die Cola und die anderen Dinge bei der Dame. Sie reichte mir eine große Tüte durch die offene Seitenscheibe, wies uns einen Platz zu und wünschte uns viel Spaß bei dem Film. Es war nach acht Uhr am Abend und wir hatten noch über 25 Grad an diesem Tag, der mit Regen begonnen hatte. „Wann hattest du eigentlich die Idee, mich ins Kino einzuladen?“, wollte ich gern noch wissen. „Letzte Woche. Reichst du mir mal bitte die Cola?“, war Jacks Antwort. „Wie, letzte Woche?“, ich hielt die Cola hinter meinem Rücken versteckt und ließ Jack nicht an die große Tüte mit dem Popcorn. „Was ist?“, lachte er, rutschte mir entgegen und fasste hinter mich, um die Cola zu greifen. Ich rutschte rückwärts gegen die Autotür mit der Cola hinter meinem Rücken und lächelte ihn an. Aus den Lautsprechern draußen klang leise Musik und die Leinwand zeigte Werbebilder vor dem Filmstart. „Du weißt das seit einer Woche und fragst mich erst heute? Ich bin enttäuscht, dass du mich so lange warten lässt, Mister Denver!“, betonte ich scherzhaft. Ich fühlte mich gerade wie an dem Abend beim Abschlussball, als Jack mir so fremd war. „Was, wenn ich mir etwas Anderes vorgenommen hätte?“

Jacks rechter Arm lag auf der Lehne hinter mir und er schaute nach vorn auf die Leinwand, blickte kurz nach unten und sah mich dann an, wie nie zuvor. Er schluckte und sagte leise: „Hättest du dir etwas anderes vorgenommen, als den Abend mit mir zu verbringen?“ Ich war sprachlos. Mit einer solchen Gegenfrage hatte ich nicht

gerechnet. Er schien so sicher die Antwort zu wissen, dass ich jetzt nichts mehr sagen konnte. Er sah mich immer noch an, rutschte noch näher und umfasste mich mit beiden Armen. Er hatte gewonnen. In der einen Hand hielt er nun die Cola, in der anderen die große Tüte. Er rutschte wieder ein Stück zurück in die Mitte der Sitzbank. Er deutete mit seiner Hand auf den Platz neben sich, „Komm her, Katy." Und wieder lächelte er, dass ich von der Seite den Jack sah, den ich niemals vergessen werde. „Chips?", fragte er, während er zur Leinwand sah. Er schaffte es immer wieder, mich sprachloch zu machen, und das auf eine so schöne Art, dass ich wusste, dass er mir bald sehr fehlen würde. Seine Blicke, seine Sprüche, sein Lächeln und seine gewisse Art mit mir zu flirten und dabei immer einen Abstand zu bewahren, der ihm Sicherheit gab.
Der Film begann und wir griffen abwechselnd, manchmal auch zugleich, in die Popcorntüte. Es war ein guter Film, spannend, laut und mit dem coolen James Dean, den ich so mochte, aber an diesem Abend, bewunderte ich einen anderen Cowboy. Die Handlung des Films ging an mir vorbei. In mir spielte sich ein anderer Film ab, mein Leben hier in Greenville. Fragen beschäftigten mich. Werde ich mich wohlfühlen in London? Werde ich überhaupt wiederkommen? Was wird aus Jack? Wird er wieder eine Freundin haben? Dad hatte Recht damit, dass ich kein Pferd haben sollte, was wird jetzt aus Memory? Wird Jack ihn behalten? Ob sie mich besuchen werden. Was mache ich an Weihnachten? Was macht Jack an Weihnachten. Und die Geburtstage, Lagerfeuer ohne mich? Manchmal war ich den Tränen nah, ich lehnte mich mit diesen Gedanken an Jacks Schulter, ließ meine Schuhe fallen, legte meine Beine auf die Sitzbank und griff wieder in die Tüte. Er legte seinen Arm um mich, ich genoss die Nähe. Der Film hätte

ewig dauern können. Es war wie das Erwachen aus einem erholsamen Schlaf, als der Film zu Ende war und die Leinwand dunkel wurde.

Die kleinen Lichter an den Lautsprechern gingen an und Jack streckte sich. Er wirkte fast ein wenig schüchtern. Er lehnte sich wieder zurück, atmete schwermütig auf und senkte seinen Blick nach unten. Er schaltete das Radio ein und gleich schon wurde die Musik von den startenden Motoren der anderen Autos übertönt. Stimmen riefen sich ihren neuen Treffpunkt zu, die Autos rollten nacheinander vom Platz und langsam verstummten ihre kraftvollen Klänge hinter dem Nebel, den sie hinterlassen hatten. Jetzt war die Musik aus dem Radio wieder zu hören, Elvis, ausnahmsweise ohne Rauschen, ich liebte seine Love Songs, aber gerade in diesem Augenblick? In diesem Moment, wo wir hier allein waren, alles still um uns, nur Grillen sangen zu dem Song. Jack sagte leise: „Ich werde Dich vermissen, Kate. Du warst fast mein ganzes Leben an meiner Seite.“ Es kam nicht oft vor, aber immer, wenn er so redete, schlug mein Herz höher und ich fühlte einen anderen Jack. Dieser Satz erst machte mir bewusst, dass sich in zwei Tagen alles ändern würde. Ich habe bis jetzt die ganze Zeit an diese Reise, meine große Chance gedacht, mich gefreut auf diese neue fremde Stadt und das, was mich dort erwarten würde.

Jetzt war ich erschrocken und mir rollten Tränen aus den Augen, ohne dass ich weinen wollte. Ich bewegte mich nicht, ich wollte nicht, dass er es bemerkt. Er legte sein Kinn auf meinen Kopf. „Möchtest du nach Hause? Du musst schlafen, es wird ein langer Flug und eine anstrengende Nacht morgen.“ Ich hielt meine Tränen unter Kontrolle und antwortete: „Nein, ich kann im Flieger schlafen. Ich bin viel zu aufgeregt, um jetzt zur Ruhe zu kommen.

Ich würde die Zeit gern mit Dir verbringen, sie war mir nie so viel wert.“ Er lächelte verlegen und ich konnte seinen Atem in meinem Haar spüren. „Wir könnten noch zum Lake Michigan fahren, du wirst dieses Wasser eine Weile nicht sehen, jedenfalls nicht von dieser Seite.“
Ich war froh, dass er den Abend auch noch nicht beenden wollte und fand diese Idee wunderbar. Wir waren uns in diesem Moment wieder so nah, wie neulich beim Tanzen. Ich wünschte, wir könnten hier eine Ewigkeit verweilen. Ich genoss diese Nähe zu meinem ältesten vertrauten Freund, der in den letzten Wochen ein anderer für mich geworden war. Ich atmete leise tief den Duft von dem Rasierwasser an seinem Hals ein, als würde ich ihn die nächsten Jahre aufbewahren können. Ich fühlte mich so wohl, so nah bei ihm. Ich wurde überrollt von so vielen Gefühlen, die ich nicht einordnen konnte. Was war mit mir passiert? Was war mit uns passiert? Er hatte mich noch nie so in den Arm genommen, er war noch nie so ruhig. War es nur der Abschied von Freunden? Mir wurde gerade klar, dass ich morgen loslassen werde, was ich bis heute nie festhalten musste. Meine Tränen konnte ich jetzt nicht mehr halten. Jack bemerkte, dass ich weinte, er sagte nichts. Der Sprecher im Radio eröffnete seine *Friday Night Love Songs* und wünscht einen unvergesslichen Sommerabend. Ich glaube, Jack fühlte sich ähnlich wie ich und konnte diese Situation nicht länger aushalten. Er nahm seinen Arm von meinen Schultern und wischte mit seiner linken Hand meine Tränen aus dem Gesicht, ohne etwas zu sagen. Für einen Moment sah er mir tief in die Augen und hielt seine Hand in meinem Gesicht. Er sah sehr traurig aus, nahm seine Hand von mir und rettete uns aus diesem Song, indem er den Motor startete. Wir waren die letzten, die an diesem Abend den Kinoplatz verließen.

Wir fuhren durch den Tunnel aus saftigem Lindengrün, das im Scheinwerferlicht erstrahlte. Hinter meinen weinenden Augen war es nur noch ein flimmernder grüner Schein, der an mir vorbeizog. Alles hier in diesem Wagen duftete noch nach frischem Leder und aus dem Radio klang, ich werde es nie vergessen, Elvis Presley *Any way you want me*. Es war nach Zehn am Abend und noch immer sehr warm, ich kurbelte die Seitenscheibe herunter und blickte hinauf zu den Baumkronen, unter denen wir entlang fuhren. Bald machten sie Platz für den vollen Sternenhimmel, der wie eine Decke ganz nah über uns lag. Während der Fahrt zum Lake Michigan dachte ich die ganze Zeit daran, wie lange wir noch Schweigen wollen in dieser Nacht, damit wurde es immer schlimmer. Oder war es vielleicht das Beste, einfach nichts zu sagen? Wir hatten jetzt fast eine Stunde nicht gesprochen. Ich hätte gern gewusst, was Jack gerade dachte. Ich sah nur aus dem Fenster in den Himmel. Endlich begann er ein Gespräch: „Wie lange dauert das eigentlich?“ „Was meinst du?“, entgegnete ich. „Das Studium. Wie lange bleibst du fort?“ „Ich weiß nicht genau, fünf Jahre, vielleicht nur vier.“ „Das ist eine ziemlich lange Zeit. Vielleicht beginnst du dort ein neues Leben und kommst gar nicht wieder. Wirst Du an Weihnachten nach Hause kommen?“ „Ich weiß es nicht, Jack. ... Ich weiß es nicht.“ Mich überkam das Gefühl, als würde ich etwas sehr Wertvolles hergegeben haben, schon mit der Entscheidung, nach Europa zu gehen. Warum wartete ich nicht auf meine Chance für New York, das ist nicht am anderen Ende der Welt! Warum London, warum jetzt? Fragen über Fragen kamen auf und ich fühlte mich wieder hin und hergerissen. „Was wäre, wenn ich einfach nicht fliege?“ Ich hatte nicht bemerkt, dass ich diese Frage wirklich ausgesprochen hatte, „Nicht fliegen? Was meinst Du?“, fragte Jack verwundert, „Du denkst darüber nach, das alles zu abzusagen?“ „Nein, ich war nur so in Gedanken. Ich kann mir diese Chance nicht entgehen lassen. Nicht viele in meinem Alter haben die Möglichkeit, solche beruflichen Erfahrungen zu machen. Egal, ob ich später wirklich Journalistin werde. Jack, es ist auf jeden Fall eine Bereicherung für mein Leben.“ Oh mein Gott, ich klang wie mein Vater. Dass Jack darüber anders dachte, hörte ich an seiner Reaktion darauf: „Sollte man eine Chance nutzen, nur weil sie sich bietet oder sollte man nicht lieber nach einer Chance suchen, für das, was man wirklich will? Aber ich denke, du weißt, was du tust, Kate. Du bist so klug und hungrig nach Wissen und mehr, vielleicht ist es gut so für dich. Ich hoffe nur, du kommst wieder, du lässt mich doch hier nicht hängen?“ Er lächelte zu mir herüber. Er hatte meine Meinung immer geachtet und meine Entscheidungen akzeptiert, auch wenn er eine andere Ansicht hatte. Diesmal hatte er sich deutlich ausgedrückt. Und er hatte Recht. Ich wäre nie auf die Idee gekommen nach London zu gehen, wenn Steve Reynolds nicht krank geworden wäre und deshalb das Studium ablehnen musste. Ich konnte darauf jetzt nichts erwidern und auch Jack schwieg, bis wir das Wasser erreichten.

An diesem Abend war mir immer mehr bewusst geworden, wie sehr ich das Leben hier liebte. Diese Sommerluft, der Highway und die Musik stimmten mich nachdenklich und ich genoss jeden Atemzug an Jacks Seite. Neben meiner Familie war er der Mensch, den ich am längsten kannte, aber zwischen uns standen mehr Fragen, als zwischen mir und irgendeinem anderen Menschen auf dieser Welt. Diese Nacht war wie ein Traum. Jack fuhr bis an den Strand hinunter. Er hielt den Pickup im weißen Sand und stieg gleich aus. Er lief direkt zum Wasser, drehte sich um und rief: „Komm schon Katy, es ist warm, das Wasser ist richtig warm!“ Ich war erfreut über Jacks Lachen, stieg aus und lief zu ihm. Ich fasste mit der Hand ins Wasser. „Wirklich, es ist ganz warm. Wir gehen jetzt aber nicht baden!“ Ich blickte skeptisch zu Jack der mich in diesem Moment erschreckte, indem er so tat, als wollte er mich ins Wasser stoßen. Ich schrie lachend und lief weg. Er folgte mir und nahm meine Hand. „Wollen wir ein Stück gehen?“ „Ja, gern.“ In diesem Moment fühlte ich mich wieder, als gäbe es kein Morgen. Wir redeten jetzt auch nicht mehr über Morgen. Ich dachte an die Worte meiner Mutter am heutigen Nachmittag und musste es unbedingt Jack erzählen: „Weißt du was? Meine Mutter weiß das alles, ich meine unsere Geheimnisse, das mit Sully im Moor und andere geheime Sachen! Ich wäre fast umgefallen vor Schreck!“ Jack lächelte und sah nicht aus, als wäre das eine Neuigkeit für ihn. „Was? Wundert dich das gar nicht?“, fügte ich hinzu, „Hast du etwa...? Wer sonst? Du hast es ihr erzählt!“, jetzt wurde mir klar, worüber sich die beiden unterhielten, als sie beim Abschlussball so lange miteinander getanzt hatten. „Das hat sich so ergeben Kate, dass passte irgendwie. Ich wollte ihr damit zeigen, was für eine erwachsene Tochter sie hat. Das warst du früher schon. Wie souverän und stark das von dir war, das am Tunnel, das werde ich dir nie vergessen. Ich musste es einfach loswerden. Deine Mum kann stolz sein auf ihr großes Mädchen.“ Ich war sehr gerührt von Jacks schmeichelnden Sätzen und hörte Dankbarkeit aus seinen Worten. Wir waren schon ein Stück am Strand entlang gegangen, als Jack stehen blieb. Er nahm einen kleinen flachen Stein aus dem Sand, von dem sich gerade eine Welle zurückgezogen hatte. Es schien, als hätte er gewusst, dass er genau dort liegen würde. Seine Form erinnerte an ein Herz, er glitzerte dunkelgrau und hatte ein kleines Loch. Jack spülte in der nächsten Welle den Sand ab und gab ihn mir in die Hand. „Dein Glücksbringer, für London. Vergiss' mich bitte nicht und schreib' mir mal, wenn du Zeit findest." Er schloss meine Hand mit dem Stein darin, nahm meine andere Hand und fragte: „Gehen wir zurück? Ich habe nasse Füße. Ich muss aus den Schuhen raus." Ich steckte den Stein in meine Jeans und antwortete: „Na los, lass' uns umkehren, du hättest ja deine Schuhe gleich ausziehen können, wir sind schließlich am Strand, Mister Denver!" Ich wollte ihn ein wenig necken, wie ich es so gern tat, und lief vor ihm weg. Er spielte das Spiel mit, lief mir nach und rief: „Du machst dich lustig über mich? Das gibt es doch nicht! Ich schenke dir einen wertvollen Stein und du! Warte nur, ich erwische dich!" Ich lief einige Meter vor ihm und rief ihm zu: „Dann erwisch' mich, bitte!" Ich war zwar schneller als Jack, doch hatte er mehr Ausdauer. Er holte mich bald darauf ein und griff meinen Arm. Ich verlor die Kontrolle über meine Füße und fiel in den Sand. Jack versuchte mich noch aufzufangen, aber er stürzte direkt neben mich. Ich war so erschöpft und musste lachen, ich schnappte nach Luft und Jack lachte so herzlich wie lange nicht. Wir lagen auf dem Rücken und schauten in den Himmel. „Hörst du das?", fragte er leise, „Was?", flüsterte ich. „Nichts. Stille." Inzwischen war das Wasser ganz ruhig geworden und wir hörten wirklich nichts. Keine Wellen, keinen Wind, keine Autos. Es war wie in einem Raum aus Glas.

Jetzt lagen wir hier, schauten in den Sternenhimmel und schwiegen. Ich fasste in meine Hosentasche, fühlte den Stein und lächelte zufrieden. Jack hatte mir das Gefühl

gegeben, mich sehr zu mögen und es schien, als wollte er mich nicht gehen lassen.
Ich versuchte, nicht an Morgen zu denken und genoss die letzten Stunden hier, zu Hause. Zu Hause, das war das richtige Wort. Jack setzte sich auf, zog sich seine Schuhe und Socken aus und stand auf. Er reichte mir seine Hand und sagte: „Lass uns zum Wagen gehen, ich bekomme kalte Füße.“ Er half mir, aufzustehen und wir gingen zum Pickup, der nicht mehr weit von uns stand. Jack holte zwei Decken hinter der Sitzbank hervor, sprang auf die Ladefläche und breitete eine Decke aus. Ich stieg auch hinauf und wir setzten uns. Die andere Decke legte er über meine Beine und steckte seine Füße darunter. Er zog seine Jacke aus und legte sie mir in den Rücken.
„Danke, mir ist gar nicht kalt“, sagte ich, und er erwiderte: „Aber mein Wagen ist keine Couch, er ist aus Blech, du sollst es gemütlich haben.“ Er legte die Jacke hinter mir zurecht und lehnte sich neben mich. Das Radio war noch an und daraus klangen noch immer diese Love Songs. Es war der Anfang vom Ende. „Warum haben wir das nicht schon früher gemacht?“, und wieder hatte ich ausgesprochen, was ich eigentlich nur denken wollte. Jack sagte leise: „Vielleicht liegt es daran, dass alles seine Zeit hat. Wir müssen nicht darüber nachdenken.“ Seinen Kopf an das Blech hinter sich gelehnt, drehte er sich zu mir, sah mich an und fügte hinzu: „Wenn wir es schon früher gemacht hätten, dann wär es heute nicht so etwas Besonderes.“ Jack sah nachdenklich auf das Wasser.
Aus dem Radio klang leise Buddy Hollys *Mailman, bring me no more blues*. Ich wurde plötzlich so nervös, als Jack sich zu mir drehte, mit seiner Hand über eine meiner Haarsträhnen strich und mir in die Augen blickte, sodass ich diesen Moment niemals vergessen werde. Er sah mich an,

näherte sich, strich mir über das Haar und küsste mich endlich. Dass er damit solange gewartet hatte, machte diesen Augenblick so wertvoll und unvergesslich. Er war so zurückhaltend dabei, dass wir uns nur leicht berührten. Wir küssten uns so leicht und lange, dass ich fast schwerelos war und die Welt um mich vergessen hatte. Das war ein unglaublich schöner Moment. Nichts gab es um uns. Wir rutschten auf den Boden der Ladefläche, küssten uns eine Ewigkeit und waren uns einfach nur nah.
Wir lagen eng beieinander, sahen uns nur schwach im Mondschein, aber den Glanz seiner Augen habe ich gesehen und geliebt. Irgendwann sind wir eingeschlafen.
Im frühen Morgenrot wurde ich von kreischenden Möwen geweckt, die über uns kreisten. Inzwischen war mir kalt und ich wollte Jack gerade ansprechen, als ich sah, dass er noch fest schlief. Ich deckte ihn zu und sah ihn noch einmal an. Bald würde ich ihn nicht mehr sehen. Der Kuss hatte alles zwischen uns verändert. Ich wünschte, wir müssten heute nicht auseinander gehen.
Ich sah ihn an, wie er schlief und konnte es nicht lassen, über seine Haare zu streichen, die ich so liebte. Jack öffnete langsam seine Augen und drehte sich zu mir, er streichelte mein Gesicht und sah mich lächelnd an, ohne etwas zu sagen. Wir lagen noch eine Weile unter der Decke auf dem Pickup und fuhren dann vom Strand weg, zurück Richtung Greenville. Während der Fahrt sagte Jack: „Lass' uns bei Rosie frühstücken, ich habe einen Riesenhunger! Du doch sicher auch?“ „Oh ja, ich bin so hungrig, gute Idee“, antwortete ich. Einen Moment später legte Jack seine Hand auf meinen Oberschenkel und fragte: „Wann musst du heute am Flughafen sein?“ „Gegen Sieben Uhr heute Abend. Wir müssen um Vier losfahren nach Chicago. Ich habe schon alles gepackt.“ „Bist du aufgeregt? Wegen

des Fluges? Es ist das erste Mal ein richtiges Flugzeug, und dann so lange.“ „Oh ja, ich bin aufgeregt. Bei Daddys Flugzeugen war es richtige Angst, aber diese Passagierflugzeuge sind doch kein Vergleich zu ihnen, oder?“
Während der Heimfahrt an diesem sonnigen Morgen redeten wir mehr und es war nicht so eine Spannung zwischen uns, wie am Vorabend. Wir frühstückten in Rockfort in Rosie’s Diner. Ich liebte ihren Kaffee und „The best ham & eggs ever“, wie Jack immer sagte. Es war inzwischen nach Zehn Uhr und ich wurde unruhig, weil es in wenigen Stunden soweit sein würde. Ich sagte zu Jack, dass wir nun nach Hause müssen, damit ich noch einige Stunden mit meiner Familie verbringen konnte. Von Rosie’s Diner bis Greenville war es nicht mehr weit. So waren wir gegen Zwölf zurück auf unserer Farm. Jacks Mutter hatte einen Korb mit Wäsche bei sich und blieb stehen, als sie uns kommen sah. Wir begrüßten uns und vereinbarten, dass wir uns noch kurz Auf Wiedersehen sagen, wenn wir später abreisen würden. Sie ging ins Haus. „Du kommst doch mit zum Flughafen, Jack?“, wollte ich mich vergewissern. „Nein, Kate, ich bleibe hier. Ich mag solche Abschiede nicht. Es ist besser, denke ich.“ „Tu mir das nicht an.“ Ich richtete seinen Hemdkragen, während ich das zu ihm sagte und sah ihm dann in die Augen. Ich war so enttäuscht, dass er sich vor dem Abschied drückte und er mich nicht bis zur letzten Minute begleiten wollte. Schließlich fuhr ich nicht für zwei Wochen in den Urlaub, sondern würde für mehrere Jahre nicht nach Hause kommen! Ja, er hasste Abschiede, aber ich auch.
„Es ist für so lange Zeit“, sagte ich unter Tränen und versuchte, ihn umzustimmen. „Ich kann das nicht, Katy, lass’ es gut sein. Wir hatten den schönsten und längsten Abschied in den letzten Stunden. Ich will nicht sehen, dass

du weinst.“ Er ging einen Schritt zurück, nahm die Decken von der Ladefläche und warf sie hinter die Sitzbank im Wagen, als hätte er es eilig gehabt. Er hatte es eilig, denn er ging sogleich ins Haus und ließ mich dort stehen, als wäre nichts gewesen. Manchmal war er so ein Sturkopf, ich ließ ihn gehen. Auf der Veranda drehte er sich noch einmal zu mir und sagte: „Ich komme nachher, um mich von dir zu verabschieden, Katy“. Er verschwand im Haus. So ging ich betrübt hinüber in unser Haus, wo meine Eltern am Tisch saßen. „Schön, dass du da bist, Schatz! Möchtest du mit uns Essen? Das Mittagessen ist fertig, wir haben noch nicht angefangen.“ Meine Mutter war schon dabei, einen Teller zu holen, als ich ihr antwortete: „Danke, Mum, nein, wir waren gerade bei Rosie zum Frühstück. Ich esse später, seid mir nicht böse.“ „Hattet ihr einen schönen Abend? Ich habe auf dich gewartet gestern Abend, aber dann dachte ich mir schon, dass du erst morgens zurück sein wirst.“ Ich bereitete mir ein Glas Cola und lief zur Treppe.“ Es war nett, der Film war gut. Wir haben viel geredet, wir sind noch zum Lake Michigan gefahren. Ich ruhe mich noch ein wenig aus, bevor wir abfahren.“ Ich fasste mich kurz und wollte die letzten Stunden zu Hause nur noch auf meinem Zimmer verbringen. Als ich oben im Flur war, hörte ich Daddy sagen: „Was, sie war nicht zu Hause letzte Nacht?“ „Ted, sie war mit Jack unterwegs, sie sehen sich eine Ewigkeit nicht.“ „Liebes, der Junge ist dreiundzwanzig und unsere Tochter ist siebzehn! Da erlaubst du, dass sie mit Jack übernachtet?“ „Nein Ted, ich habe es nicht erlaubt. Und ich glaube nicht, dass das geplant war, sonst hätte sie mich gefragt. Es wird sich so ergeben haben. Lass’ doch die zwei, wenn sie mit Jack unterwegs ist, mache ich mir keine Sorgen um unsere Tochter.“ „Ich sehe das anders.“ „Willst du streiten an ihrem letzten Tag hier? Ted, lass’ es gut

sein, wir müssen loslassen, unser Kind wird erwachsen! Ob du es akzeptierst oder nicht."
Ich ging meine Augen rollend ins Zimmer und schloss leise die Tür. Mein Gepäck war schon in Daddys Wagen. Ich packte nur noch meine Papiere und einige Sachen in eine kleine Tasche, die ich bei mir tragen wollte. Ich schaltete den Plattenspieler ein, die Elvis-Platte von gestern lag noch darauf und ich ließ mich rückwärts auf mein Bett fallen, starrte die Decke an und erinnerte mich an den gestrigen Abend und unseren Kuss. Ein Kribbeln durchfuhr meine Magengegend und Tränen liefen mir seitlich aus den Augen, bis sie am Ohr entlang rollten und mich störten. Ich stand auf und nahm ein Bad. Danach legte ich mich wieder auf mein Bett und sah auf die Uhr. Es war halb zwei am Nachmittag und ich stellte meinen Wecker auf Drei. Danach muss ich eingeschlafen sein.

Schon im nächsten Moment klopfte es an meiner Tür und der Wecker rasselte laut über meinen Schreibtisch. Ich schreckte auf, wollte den Wecker ausstellen, doch er fiel herunter. „Ja! Komm rein", rief ich zur Tür. Ich hatte meine Mutter erwartet, doch es war Jack. „Ach, du bist es." „Ja, nur ich. Habe ich dich geweckt? Es tut mir leid. Dein Dad hat mich hochgeschickt." „Ja, äh, nein! Ich hatte mir den Wecker gestellt, damit ich nicht verschlafe, ich war dann doch noch müde. Ich habe mich nur etwas erschrocken, weil ich ..." Ich hörte auf zu sprechen, als ich endlich meinen Wecker unter dem Schreibtisch hervor geholt hatte und Jack ansah. Sein Blick war traurig und er lenkte sofort von sich ab: „Hier bleibt wohl alles so, wenn du weg bist." Dabei setze er sich auf mein Bett uns sah sich schmunzelnd in meinem Zimmer um." Ich fragte: „Hat Dad was zu dir gesagt?" „Natürlich", sagte er verwundert, „dass du auf deinem Zimmer bist und ich hochgehen soll.“ Dabei erblickte er den Plattenspieler, stand auf, betrachtete die Schallplatte und schaltete ihn wieder ein. Ich fragte nach: „Und sonst noch etwas?“ „Nein. Was soll er gesagt haben? Oder gab es Ärger, weil du nicht nach Hause gekommen bist?“ „Nein, alles in Ordnung, ich habe nur so gefragt.“ Kurz war nur das Knistern der Schallplatte zu hören und der erste Song begann, *Love me Tender.* Ich stand am Fenster. Ich blickte zu Jack und wagte, ein letztes Mal zu fragen: „Willst du nicht doch mitkommen zum Flughafen?“ Er kam auf mich zu und sagte: „Bitte versteh' das Katy, es ist besser, wenn wir uns hier in Ruhe allein verabschieden.“ Er nahm meine Hände, legte meine Arme auf seine Schultern und umfasste mich. Ich glaube, er roch an meinen Haaren. Wir begannen langsam zu tanzen und ich verstand, warum er hier bleiben wollte. Wir tanzten bis zum letzten Song. Ich blickte zu Jack hinauf, er lehnte seine Stirn an meine und schloss wieder die Augen. Mir war jetzt nach einem Kuss, ich strich ihm durchs Haar an seinem Hinterkopf und küsste ihn einfach, obwohl ich mich eigentlich gar nicht traute. Ich wollte es vermeiden, aber wieder weinte ich. Mir rollten die Tränen, während wir uns küssten und das erste Mal seit damals am Tunnel sah ich auch bei Jack Tränen. „Ich hasse Abschiede“, sagte er leise und versuchte vergebens, seine Tränen zu stoppen. Er betrachtete mein Haar und küsste meine Stirn. Dann ließ er los. Er ging rückwärts und sagte: „Leb' wohl, Katy, ich werde dich vermissen. Komm' wieder und vergiss' dein zu Hause nicht.“ Er wischte sich mit dem Ärmel sein Gesicht trocken und öffnete die Tür. Mir fehlten die Worte und ich weinte nur. „Bye. Jack“, sagte ich noch leise, als er das Zimmer verließ. Ich fiel weinend auf mein Bett und wusste, dass ich mich jetzt schnell beruhigen musste, weil es Zeit für den Aufbruch war und ich nicht wollte, dass meine Eltern die Tränen bemerken würden. Ich schaltete den Plattenspieler aus, verpackte die Schallplatte, steckte sie in meine Tasche und verließ mein Zimmer. Ich war gerade auf der Treppe, als meine Mutter sagte: „Ach, da kommt sie schon, Ted. Bist du soweit Schatz? Hast du alles?“ Ich nickte nur. Sie sah mich verständnisvoll an, als wüsste sie alles und würde mit mir fühlen. „Steig’ schon in den Wagen, Dad kommt gleich.“ Wir saßen im Auto, als ich mich umsah und bemerkte, dass Jacks Ford nicht mehr vor dem Haus stand. „Er ist gerade weggefahren“, sagte Mum zu mir. Jacks Eltern kamen aus dem Haus und wünschten mir eine gute Reise und alles Gute für London. „Wir werden dich vermissen, unsere Kleine, aber da sind wir wohl nicht die Einzigen. Jack hat sich aus dem Staub gemacht.“ Brian lachte. Inzwischen stieg auch Dad in den Wagen und wir verließen schließlich die Farm. Meine Eltern waren wegen meiner Reise und des Fluges aufgeregter als ich. Ich hatte andere Probleme. Der Abschied von meinen Eltern fiel mir schwer und es bedeutete, dass ich ab jetzt auf mich allein gestellt sein würde und erwachsen werden musste. Am Flughafen umarmte ich sie fest, weinte, tröstete meine Mum, der auch die Tränen über das Gesicht liefen. Daddy strich mir übers Haar und sagte „Pass auf dich auf, mein Kind! Ich liebe dich. Schreib’ uns bald, hörst du?“ Mein Dad so weich, das gab es selten. Ich nahm meine Tasche, sagte: „Ich liebe euch auch! Ich werde euch vermissen. Macht euch keine Sorgen. Ich schreibe gleich morgen einen Brief an Euch. Auf Wiedersehen, und Danke für alles! Bye Mum, bye Dad.“ Ich ging zügig durch die Kontrolle und drehte mich nur noch einmal kurz um. Meine Eltern winkten, während Dad seinen Arm um Mum legte.

Im Flugzeug setzte ich mich auf meinen Platz am Fenster. Ich betrachtete alles genau und klammerte mich an meine Tasche, das einzige Vertraute hier. Neben mir nahm eine alte Frau Platz, sie sah very british aus und wirkte sehr nett und gepflegt. Sie war sicher reich. Ich blickte ein letztes Mal auf Chicago und das Flugzeug begann zu rollen. Als ich aus dem Fenster sah, traute ich meinen Augen nicht. Da stand Jacks Pickup hinter dem Gitterzaun neben der Rollbahn. Ich weinte vor Freude und winkte ihm zu, obwohl mir klar war, dass er mich nicht sehen konnte. „Du bist ein Lügner, Mister Denver!“, sagte ich leise und schaute solange zurück nach unten, bis der Wagen nur noch ein kleiner hellblauer Punkt am Rande des abendroten kleinen Chicagos war.
Das Abheben des Flugzeuges hatte ich gar nicht bewusst wahrgenommen. Ich war gerade sehr glücklich darüber, dass Jack sich den Weg nach Chicago gemacht hatte. Ich trug die Jeans von gestern und wollte den Stein aus meiner Hosentasche holen. Er war verschwunden. Ich suchte ihn überall, wo er nicht sein konnte, er war doch heute Morgen noch in dieser Hosentasche! Langsam glaubte ich, bald keine Tränen mehr zu haben, so viele ich geweint hatte.
„Dein Liebster? Ihr scheint sehr glücklich zu sein.“ Die Dame neben mir war zu dem ziemlich neugierig, aber sehr freundlich. „Nein, er ist nicht ...“ Was sollte ich jetzt eigentlich antworten? Ich wusste es ja selbst nicht. „Wie lange werdet ihr euch denn nicht sehen?“ Ich antwortete ziemlich kühl, so wie es wirklich war: „Wir sind kein Paar. Wir sind Freunde. Wir werden uns sehr lange nicht sehn’.“ Die Dame war etwas enttäuscht, sie wollte sicher etwas Romantisches von mir hören. Damit konnte ich in diesem Moment nicht dienen und zeigte ihr, dass mir gerade nicht nach Smalltalk war, indem ich meine Jacke nahm und sie mir in

den Nacken legte. Ich schloss die Augen, drehte mich zum Fenster und weinte heimlich.

Minuten später kam die Stewardess und sprach die Dame an: „Mrs. Wellington, darf ich ihnen etwas zu trinken anbieten? Eine Limonade wie sonst? Oder hätten sie gern einen Wein?“ „Eine Limonade nehme ich gern, vielen Dank!“ Eine Limonade. Sie nimmt eine Limonade. Ich verfolgte das Gespräch der beiden mit geschlossenen Augen und wunderte mich. Ich hatte fest damit gerechnet, dass sie einen Wein nehmen würde.

„Und die junge Dame neben mir nimmt sicher auch eine Limonade, die können sie hier herstellen“, fügte meine Platznachbarin hinzu. Und sie hatte mich erneut überrascht. Diese britische Lady lenkte mich doch tatsächlich von meinen Gedanken ab und machte mich neugierig. Ich tat so, als würde ich aufwachen und erblickte die Flasche mit der Limonade vor mir. „Du magst doch Limonade, oder? Das dachte ich mir so und habe eine bestellt.“ „Das ist sehr nett, vielen Dank.“ Ich dachte mir, ich sollte jetzt etwas freundlicher zu der netten Lady sein und bemühte mich, mit dem Erwachsenwerden zu beginnen und wenigstens für die Zeit des Fluges meine gemischten Gefühle zu unterbinden. Schließlich gab sie sich Mühe, eine angenehme Reisebegleitung zu sein. „Das war Jack.“ Ich begann ein Gespräch. Die ältere Dame hatte mich gleich verstanden und sagte: „William stand damals am gegenüberliegenden Bahnsteig, mit seinem rostigen Fahrrad, nachdem er mich nicht zum Zug bringen wollte. Ich war auch mal jung.“

„Und? Haben sie sich wieder gesehen?“ Ich war neugierig geworden. „Ich heiße Helen“, stellte sie sich lächelnd vor und reichte mir ihre Hand. Ich gab auch ihr meine Hand und sagte: „Ich bin Kate. Kate Robinson.“ Sie beantwortete meine Frage und erzählte weiter: „Nett, dich kennenzulernen, Kate. Natürlich haben wir uns wiedergesehen. Heute haben wir drei Kinder und vier Enkel.“ Ich war erfreut darüber, was diese Helen mir da erzählte, obwohl ich ihr Leben gar nicht kannte.

„Ich werde Jack mehrere Jahre nicht sehen. Es sieht wohl nicht danach aus, als würde diese Geschichte wie ihre weiter gehen, Helen.“ In diesem Augenblick hatte ich gehofft, dass sie mir widersprechen würde, ich wollte die letzten Stunden mit Jack so gern weiterträumen.

9. Kapitel

London

Da stand ich nun, an diesem Nachmittag im grauen Septemberlondon. Schwarze Mäntel spiegelten sich in Pfützen und Menschen liefen wie Filmdarsteller an mir vorüber. Von oben betrachtet war ich eine von ihnen, aber hinter meinen Augen war ich die Einzige in dieser Stadt. Neben mir stand mein Koffer, um meine rechte Schulter hing meine kleine Tasche und in der Hand hielt ich die Serviette aus dem Flugzeug, auf der die Adresse von Helen stand. Ich stellte meine Tasche ab, zog die Schultern frierend nach oben und versteckte meinen Mund hinter dem Kragen meiner Jacke.

„Kate Robinson?", jemand berührte meinen Arm von der Seite. Ich erschrak, denn ich hatte ganz vergessen, dass ich hier vor dem Flughafen verabredet war. „Ich bin Annabelle Parker. Du bist doch Kate, oder?" „Ja, das bin ich. Entschuldigung, ich war in Gedanken." Ich betrachtete Annabelle und spürte gleich Sympathie. Sie hatte schwarzes kurzes Haar und war sicher erst Anfang Zwanzig. „Nun, du bist ja auch gerade erst angekommen. Ich soll dich abholen. Herzlich Willkommen!" Freundlich reichte sie mir die Hand und zeigte auf meine Tasche, die auf dem Koffer lag. „Kann ich dir behilflich sein? Unser Wagen steht da vorn." Erleichtert nahm ich das Angebot an, gab ihr die Tasche, nahm meinen Koffer und folgte ihr zum Wagen. Ein schwarzer Jaguar war es. Ich kannte diese Autos nur aus Filmen, aber er war leicht an der Kühlerfigur zu erkennen, ein nobler schwarzer Wagen, zu dem zweifelsohne ein Chauffeur gehören musste. Schon fast unangenehm war mir der Aufwand, den man betrieben hatte, um mich zu empfangen, als tatsächlich ein Mann ausstieg, der aussah wie sein Wagen, schwarz und äußerst souverän. Er ging zum Kofferraum, öffnete die Klappe und reichte mir die Hand, während er mit der Linken seinen Hut vor die Brust hielt. „Ms. Robinson, you're welcome!“ Er fasste sich kurz und lächelte freundlich. „Das ist Jacob, unser Fahrer“, erklärte mir Annabelle. Auf dem Rücksitz erzählte sie lebendig weiter, als hätte sie vorher eine Liste gemacht, damit sie auch gar nichts Wichtiges vergessen würde. Ich dachte schmunzelnd daran, dass sie glauben könnte, ich reise morgen wieder ab, denn dann würde es keinen Gesprächsstoff mehr für uns geben. Ich war nahezu überfordert von all' den Informationen, doch bemühte mich, ihr zu folgen. Manche ihrer Worte waren mir unbekannt und sie hatte eine gehobene britische Aussprache, an die ich mich gleich zu gewöhnen begann. Zudem kamen die optischen Eindrücke, die die faszinierende Stadt bleibend bei mir hinterließ. „Es ist ein Jammer, dass wir dich im Regen begrüßen müssen“, lachte sie herzlich, als würde sie über eine Person sprechen und nicht über irgendein Wetter. Ich lachte und sagte etwas unsicher: „Der gehört hier wohl zur Familie?“ Annabelle lachte noch lauter, Jacob sah in den Rückspiegel und war auch sichtlich amüsiert über meinen zweiten Satz in London. „Du hast Humor, das gefällt mir. Herzlich Willkommen, Kate.“ Sie strich mit ihrer Hand kurz über meine und sah aus dem Fenster, gönnte uns eine kurze Redepause und schwatzte dann munter weiter. Als es schien, als hätten wir fast ganz London durchquert, bog

Jacob in einen gepflasterten Weg ab, fuhr durch ein offenes schmiedeeisernes Tor direkt auf eine Villa zu. Es war ein wunderschönes weißes Haus, vor dem sich ein rundes Rosenbeet mit einer Laterne befand. In der Mitte stand ein Fahnenmast, an dem die britische Flagge klamm herunter hing. Der Weg bildete einen Kreis um das Beet. Für einen kurzen Moment dachte ich an Jack. Ich weiß nicht, warum, ich dachte einfach an ihn. Ein kurzes Zwicken durchfuhr meinen Magen, als hätte er mir gerade zugeflüstert: „Vieles kann sich ändern Ms. Robinson, aber nicht der Ort, von dem du herkommst." Er hatte nie etwas Derartiges von sich gegeben, aber dieser Satz hätte einer von seinen sein können. Jacob hielt vor der Eingangstreppe des Hauses, öffnete uns die hinteren Türen des Jaguars, holte mein Gepäck aus dem Kofferraum und begleitete uns zur Tür. Das, was wir im kleinen ländlichen Greenville Veranda oder Flur nannten, präsentierte sich hier als Saal, geschmückt mit Ölgemälden und antiken dunklen Möbeln, die glänzten, als wären sie nass. Geradezu befand sich eine dunkle Holztreppe, die mit einem roten Teppich bekleidet war. Ein geschwungenes Holzgeländer begleitete meinen Blick nach oben, wo hohe helle Wände mit noch mehr Bildern mein Erstaunen steigerten. Es duftete nach Holz, Wohlstand lag in der zufriedenen Luft. „Hier wohnen wir." Annabelle drehte sich kurz, als würde sie tanzen und zeigte mit ihrer Hand in die Runde. Sie zog sich sofort die Schuhe aus. Ich erschrak und tat das auch gleich, dabei hatte ich mir doch vorgenommen, es auf keinen Fall zu vergessen, nachdem ich mich zu Hause mit einigen britischen Gewohnheiten vertraut gemacht hatte. „Jacob, bring' doch bitte Kates Gepäck auf ihr Zimmer, wir trinken erst einmal einen Tee in der Bibliothek." „Natürlich Anna", antwortete er, wobei er schon längst damit beschäftigt war. Anna führte mich durch die Tür rechts in die Küche und sagte: „Übrigens kannst du auch Anna zu mir sagen, das tun alle.“ „In Ordnung, Anna, vielen Dank“, antwortete ich und folgte ihr in die Küche, die etwas kleiner als der Eingangsbereich war. Alles war weiß in diesem Raum. Die Möbel, das Geschirr, die Gardinen, sogar die Blumentöpfe und die Tischdecke. Weißes Holz und Glas, überall wo man hinsah, nur der Fußboden war schwarz und glitzerte wie eine Art Gestein. „Setz dich, ich mache uns Tee.“ Anna nahm einen Kessel, füllte ihn mit Wasser und stellte ihn auf den Herd. Ich beobachtete sie dabei, verwandelte diesen Raum gedanklich in die Küche meines Elternhauses und sah meine Mutter die Kanne aus dem Schrank nehmen und den losen Tee in das Sieb einfüllen. Sie hatte plötzlich eine Schürze um und stellte die Tassen auf den Tisch. „Dann zeige ich dir dein Zimmer, du kommst erst einmal an und wir Essen. Morgen früh zeige ich dir das Haus und den Garten.“ Weit entfernt hörte ich ihre Worte, aber verstand sie nicht. „Du musst erschöpft sein von dem Flug und den ganzen neuen Eindrücken. Kate? Ist alles in Ordnung?“

„Bitte? Ja. Es ist alles in Ordnung. Ich war nur kurz in Gedanken. Es ist schön hier. Ein sehr schönes Haus.“ Ich war zurück, hier am Küchentisch, bei Familie Parker in London. Ich war angekommen. „Kein Wunder, nach dieser Reise. Das ist ja alles so fremd für dich und der Gedanke, dass du lange nicht zu Hause sein wirst …“ Ich richtete meinen Blick nach oben und sah sie an. Sie unterbrach kurz ihren Monolog und fügte dann hinzu: „… Entschuldige. Ich rede und rede und du bist sicher völlig überfordert von meinem Geschwätz. Aber eines sage ich dir noch, ich bin froh, dass eine Dame unser Gast geworden ist. Nichts gegen den Sohn der Reynolds, aber das wäre wirklich langweilig geworden, mit einem Jungen im Haus. Endlich habe ich eine Gesprächspartnerin, wir könnten zusammen ausgehen und einiges erleben. Ich freue mich, dass du hier bist und bin sicher, dass wir gut miteinander auskommen werden. Manchmal ist es ziemlich langweilig hier, allein mit meinem Vater."

„Wieso? Wo ist deine Mutter?" Ich war verwundert, denn ich hatte erwartet, dass Anna hier mit ihren Eltern leben würde. „Sie ist tot. Seit zwei Jahren inzwischen. Deshalb hat mein Vater sich entschieden, mit Studenten wieder Leben ins Haus zu holen. Wir haben ja Platz." „Ach so ist das. Das tut mir leid. War sie denn krank?" „Eigentlich nicht. Sie ist nur eines Morgens nicht mehr aufgewacht." Anna klang sehr sachlich und schien den Tod ihrer Mutter mit Abstand zu betrachten. Ich war geschockt über die Sache selbst und darüber, wie Anna damit umging. Vielleicht musste sie so sein, um sich selbst zu schützen. Vielleicht lebte sie anders mit ihrer Trauer, als ich es von mir selbst denken würde.

„Also lebt ihr hier allein? Dein Vater und du?"

„Ja, mit Jacob, unserem Butler, er ist immer hier gewesen, da haben wir ihm angeboten, hier ein Zimmer zu bewohnen. Seitdem leben wir drei hier zusammen. Glaub mir Kate, das ist wirklich langweilig manchmal. Also, ich bin froh, dass du jetzt hier bist." Wir gingen in die Bibliothek. Ein überwältigender Raum mit großen Holzregalen, die bis unter die mit Stuck verzierte Decke des Raumes reichten. Ich konnte mir keine Zahl vorstellen, wie viele Bücher sich hier befanden und wie lange es dauern würde, sie alle zu lesen.

Wir tranken unseren Tee, mit Milch, wie ungewöhnlich, Anna redete inzwischen nicht mehr so hastig wie zuvor. Während wir uns noch etwas unterhielten, wurde es draußen dunkel und Anna begleitete mich später die Treppe hinauf in mein Zimmer.

Das war also mein neues zu Hause für die nächste Zeit, ein riesiger Raum, mit hohen Decken und fast ebenso hohen Fenstern. Es war ein heller, gemütlicher Raum mit moosgrünen Vorhängen, die fast den Boden berührten. Rechts stand ein großes Bett aus Holz, mit einem Himmel, der mit Stoffen behangen war, die dieselbe Farbe wie die Vorhänge hatten. Vor einem der Fenster stand ein großer rustikaler Schreibtisch mit einer Messinglampe, der zum Arbeiten einlud. Ein gewaltiger offener Kleiderschrank versprach Übersichtlichkeit meiner Kleider, die in meinem ziemlich verloren wirkenden Koffer davor standen. Ich sah mich weiter um und fand, wonach meine Augen suchten. Ein Plattenspieler stand auf einem kleinen Tisch neben dem antiken weichen Ledersessel, den ich sofort prüfte. Annabelle lächelte und sagte: „Den Rest des Hauses zeige ich dir morgen. Hinter dieser Tür dort ist dein Bad.“ Sie deutete auf eine schmale Tür neben dem Kleiderschrank, die ich bisher nicht wahrgenommen hatte. Ich war begeistert von diesem Zimmer und darüber, ein eigenes Bad nutzen zu dürfen. „Ruh’ dich aus, wir essen in einer Stunde. Dann rufe ich dich. Vater wird dann auch zu Hause sein.“ Anna ging rückwärts zur Tür und ließ mich allein. Ich ließ meinen Kopf nach hinten auf die Lehne des Sessels fallen und schloss meine Augen. „War das ein Tag!“, dachte ich, „der aufregendste meines Lebens.“ Dann korrigierte ich mich, indem ich wieder einmal laut dachte: „Nein, der aufregendste Tag war es nicht, aber die letzten Stunden waren die intensivsten, die ich je erlebt hatte.“ Denn alle Gefühle hatten mich in den letzten achtundvierzig Stunden aufgesucht. So intensiv, dass ich das Blut in meinem Körper

rauschen hören könnte und meinen Pulsschlag über dem Magen spürte. Alle waren sie da, Neugier, Angst, Unsicherheit, Freude, Wärme, Kälte. Und Heimweh, Heimweh schon bevor ich Greenville gestern Nachmittag verlassen hatte.
Ich öffnete die Augen und sah den Betthimmel, blickte dann zu meinem Koffer und stand auf. Ich öffnete ihn, nahm die Schallplatten heraus und versuchte mich an dem Plattenspieler, der teuer aussah und Zweifel aufkommen ließ, dass bis heute je eine Platte darauf gespielt wurde.

Die ersten Tage in London waren überaus fremd, doch die Briten waren sehr herzlich und gaben mir das Gefühl, willkommen zu sein. Während des Fluges hatte ich ein angenehmes Gespräch mit Helen, man kann fast sagen, wir haben uns schon in den ersten Stunden angefreundet und uns sehr gut verstanden. Sie bot mir deshalb an, dass wir uns treffen könnten, wenn ich in London angekommen war und einmal Redebedarf haben würde. Bald stellte sich heraus, dass der Zufall es so wollte, dass sie die Frau meines Professors war, den Mr. Reynolds kannte. So trafen wir uns früher, als ich mich womöglich je bei ihr gemeldet hätte. Es tat mir gut mit ihr zu reden, als wäre sie eine Freundin in meinem Alter, mit dem Unterschied, dass wir uns in zwei verschiedenen Zeiten getroffen haben.

Die nächsten Wochen hier in der Fremde waren sehr schwer für mich. Heimweh und die Sehnsucht quälten mich, sodass ich mir eine Erkältung einfing, die mich wochenlang einfach nicht in Ruhe lassen wollte. Ich hatte kaum Appetit. Statt einmal den Stift zu nehmen und Jack wie besprochen zu schreiben, suchte ich wiederholt den Weg zu Helen, die irgendwie eine Verbindung nach Hause für mich verkörperte. Ich schüttete ihr mein Herz vor die Füße und lauschte interessiert den Geschichten und Erfahrungen, die sie mir bei stundenlangem Zusammensein in der Bibliothek der Universität anvertraute.

Die Studenten, die Professoren und die übrigen Menschen, die mir in London begegneten, waren sehr herzlich und nett, aber ich konnte mich nicht wirklich öffnen. Erste Einladungen schlug ich mit dem Vorwand, keine Zeit zu haben, aus. Oberste Priorität waren für mich das Studium und das Lernen und ich befasste mich auf meinem Zimmer fast ausschließlich mit den Arbeiten, die damit zu tun hatten.

Nachdem ich am Tag meiner Ankunft an dem Versuch gescheitert war, den Plattenspieler zu bedienen, hatte ich es nicht noch einmal versucht. Es regnete fast jeden Tag und der Duft von Wiesen und Heu fehlte mir zunehmend. Ich konzentrierte mich gefühlsblind auf das, was ich ungerechterweise meinen Feind nannte und tat so, als könnte die Tiefe der Arbeit dessen Dauer verkürzen. Bis ich eines Abends, zwei Wochen vor Weihnachten Stift und Papier nahm, um Jack zu schreiben. Es war ein kurzer Brief, doch alles war gesagt. Ich schickte ihn nie ab. So war es dann öfter. Ich schrieb Briefe, die ich nie abschickte. Ich legte sie zu den Schallplatten, in der stillen Hoffnung, dass ihre Lieder meine Worte heimtrugen.

London, 13. Dezember 1959

Liebster Jack,

ich schaffe es nicht. Ich kann Dir nicht schreiben. Es ist Sonntagnachmittag. Ich möchte Dir nichts von hier erzählen. Nichts ist so wichtig, dass ich es Dir berichten müsste. Ich möchte nur, dass die Zeit vergeht. Ich möchte zurück. Zurück nach Hause, zurück zu Dir. Egal was es ist, was es war oder was es werden könnte, es ist vollkommen egal. Ich möchte nach Hause.

Denkst Du manchmal an mich? Ich werde stark sein. Ich darf nicht daran denken, wie viel Zeit noch vor mir liegt. Ich möchte, dass es Dir gut geht, dass Du gesund bist und lachst. So wie es immer war.

Nichts bleibt anders.
Manchmal ist es nicht leicht.
Kann Einer ohne den Anderen?
Viel mehr braucht es, das Leben.

Künstliches Licht macht keinen Sinn.

Flut kommt nur nach Ebbe.

Ich verlange nicht, dass gleich morgen alles anders ist. Aber ich hoffe, dass alles so anders wird, wie es war, und dass es dann bleibt. Bis sich Anderes ändert.

Du fehlst, Deine Katy

So träge, wie der Schnee auf London fiel, vergingen auch die Monate. Die Weihnachtszeit und die Menschen, mit denen ich sie verbrachte, waren herzlich und warm, aber halfen nicht gegen meine Depressionen, die ich glaubte zu haben. Ich sehnte das Frühjahr herbei und besuchte im Februar die Geburtstagsparty von Milla, einer Studentin, mit der ich manchmal meine Freizeit verbrachte, weil sie eben so gern fotografierte wie ich.

Wir waren manchmal in London unterwegs und sahen oft gleiche Bilder. Eines Freitags war dann ihre Party, so dass ich zum ersten Mal in dieser Stadt einen Grund hatte, mir ein schönes Kleid anzuziehen.

Ich erinnere mich, dass ich mich fast ein wenig darauf gefreut hatte, mit anderen zu reden, zu lachen und vielleicht sogar einmal wieder zu tanzen.

An diesem Abend lernte ich Morten kennen. Seine äußerst lustige Aussprache machte mich auf ihn aufmerksam. Er erzählte mir in einem lustigen Gespräch, dass er in Stockholm geboren sei und erst seit einem Jahr hier in London lebte. Seine Mutter hatte einen Briten geheiratet und er war deshalb mit ihr nach Basildon, einem Vorort von London, gezogen.

Unsere Unterhaltung war sehr amüsant und ich konnte seit langem wieder einmal lachen. Es war ein schöner Abend.

Während weitere Wochen vergingen, in denen ich auf den Frühling wartete, verbrachte ich die Abende manchmal mit Morten. Er sagte irgendwann, dass er mich lieben würde. Es schnürte mir die Kehle zu und ich wehrte mich gegen jedes warme Gefühl, das drohte aufzukommen. Ich begann lieber, dem Regen am Fenster ins Gewissen zu reden.

Ende März empfing ich einen Brief, von dem ich zunächst dachte, er sei die Antwort auf die letzte Post an meine Eltern. Mein Herz machte Luftsprünge, als Anna unten an der Treppe stand und sagte:

„Du hast Post Katy! Aus Greenville."

Während ich ihr die Treppe hinunter entgegenlief, wendete sie den Brief und las fragend den Absender:

„Jack Denver? Der Jack, von dem du erzählt hast?"

Ein angenehmes Stechen durchfuhr meinen Bauch und ich glaubte es kaum. Anna wedelte grinsend mit dem Brief, als wollte sie ein Spiel mit mir spielen. Ich war so erfreut, dass ich die letzten Stufen zu ihr hinuntersprang und ihr dabei dieses wichtige Stück Papier aus der Hand riss. Mit einem eiligen „Thanks, my dear!", stürzte ich wieder hinauf in mein Zimmer. Ich legte mich auf das Bett und öffnete behutsam den Umschlag. Dieser Brief war wirklich von Jack. Ein halbes Jahr hatte ich außer kurzen Botschaften meiner Eltern, dass alles in Ordnung sei, nichts von ihm gehört. So lag ich auf dem Rücken und zog ein Blatt Papier aus dem Umschlag.

Greenville, März 1960

Liebste Kate,

ich habe ein schlechtes Gewissen. Ich denke oft an Dich, aber ich schreibe Dir nie. Doch Du schreibst mir auch nicht, obwohl ich weiß, dass Du auch oft an mich denkst, da bin ich sicher. Ich merke es, wenn ich abends zum Mond schaue. So wie wir es früher gemeinsam getan haben.

Ich habe das Gefühl, dass Du Dich langsam dort einlebst, obwohl es sicher schwer ist. Ich kann Dich verstehen. Eigentlich bist Du immer hier. Es ist, als würden uns unsere gemeinsamen Lieder zusammenhalten. Ich weiß nicht was es war, was es ist oder was es geworden wäre, aber ich erinnere mich mit Wärme und Glück an die Jahre, in denen Du hier gelebt hast.

Was die Zukunft bringt, weiß niemand von uns.

Ich schreibe Dir aus dem Grund, weil ich Dir etwas sagen möchte. Ich habe den Weg zu Elaine wieder gefunden und sie gefragt, ob sie mich heiraten möchte.

Sie hat „Ja", gesagt.

Liebe Katy, ich möchte, dass es Dir gut geht, dass Du glücklich bist und lachst, wie es immer war.

Du bist immer in meinem Herzen, du fehlst,

Dein Jack

Das konnte nicht wahr sein. Welten stürzten ein, Schmerz durchfuhr jede Faser meines Körpers. Mir wurde schwindlig. Während ich starr an die Decke blickte, lief eine Träne entlang meiner Schläfe direkt in mein Ohr. Sie störte mich, aber ich konnte meine Hände nicht von dem zerknüllten Papier lösen, das in einem Augenblick seinen Wert verloren hatte.

Ich glaube, es dauerte Stunden, bis ich herausgefunden hatte, wie ich mit dieser Tatsache umgehen sollte. Ich hatte mich entschieden, den einfachsten Weg zu gehen, indem ich Jack böse sein würde. Er würde es einerseits nicht merken und zum anderen sah ich eine Möglichkeit, dass es ein wenig gegen die Sehnsucht helfen könnte. Natürlich hatte ich nicht das Recht, Jack zu verübeln, die Frau zu heiraten, die er liebt. Und doch tat ich es, weil es half. Allerdings dauerte dieser Zustand nur zwei Tage an. Ich konnte Jack also nicht einmal böse sein, wenn er nichts davon merkte. Ich wusste, dass er Elaine schon damals sehr liebte, als sie zum ersten Mal ein Paar waren und ich freute mich auch für ihn. Er war in dem Alter, eine Familie zu gründen und hatte es verdient, geliebt zu werden. Ich habe nie verstanden, warum Elaine Jack zuvor überhaupt verlassen hatte. Ich konnte mir nicht vorstellen, einen Mann wie Jack nicht zu lieben und ihn loslassen zu können. Nun passte alles wieder zusammen und so sollte es sein.

Ich war traurig, dass ich nicht die Frau an seiner Seite sein durfte und es nun auch keine Chance mehr für eine Zukunft dafür gab.

Tage vergingen, Wochen und Jahre, Menschen gingen an mir vorüber, einige verweilten mit mir. Taubstumm Briefe schreibend verbrachte ich die Zeit in einer Art Leerlauf, als hätte jemand mein Leben angehalten. Ich war nicht ganz, nur offen für Ereignisse und Bilder, die nichts mit meinem Leben zu tun hatten. Ohnmächtig, ich glaube, fast depressiv, verfolgte ich mein Ziel, ignorant jedem Gefühl gegenüber, das mich an Greenville denken ließ, wo währenddessen der Fluss unter der Brücke weiter die Steine schliff.

10. Kapitel

Wirbelsturm

Wie sie sich wieder näher kamen, habe ich nie erfahren. Ich habe mich bis heute nie getraut, Jack danach zu fragen, ob es Elaine war, die irgendwann wieder auf ihn zuging, nachdem ich fort war. In London stellte ich mir vor, dass es in Greenville sein würde, als hätte es mich nie gegeben. Eine trotzige Art, die ich mir nach der Neuigkeit mit Jacks Hochzeit angeeignet hatte, half mir, Abstand von den Dingen zu gewinnen, die ich nicht ändern konnte.

Ich erkundigte mich nie nach dem Alltag zu Hause, er würde nur wehtun. Die Gewissheit, dass es allen gut geht, genügte mir immer. Wäre ich nicht in der Lage gewesen, mich mit dieser Kälte zuzudecken, hätten mich die Sehnsucht und der Wille, die Dinge zu ändern wahrscheinlich dazu gebracht, in London alles hinter mir zu lassen und nach Hause zu fliegen. Im nächsten Moment mit Gedanken dieser Art wurde mir klar, dass es dort nicht anders gewesen wäre: Ich hätte neben Jack und seiner Frau gewohnt. Was war besser? Was hätte das Schicksal mit uns vorgesehen? Was wäre an dem Tag geschehen, an dem sich in Greenville die ganze Welt veränderte?

(gleiche Zeit, Greenville)

Der Duft von Holzspänen und herumliegende Werkzeuge waren jetzt Alltag, wenn Jack täglich vom Flugplatz kam und bis in die Nacht am neuen Haus arbeitete. Kreischende Sägegeräusche übertönten in diesen Tagen das Brüllen der Rinderherde auf unserer Farm. Mit der Hochzeit ging es ziemlich schnell und Zeit für eine Reise der frisch Vermählten gab es nicht. Jack stürzte sich schon immer lieber in Arbeit und setzte unerbittlich seine Träume in die Realität um. Elaine war auch nicht die Frau, die Wert auf Luxus und Freizeit legte. Sie war nicht nur hübsch und intelligent, sondern auch eine sehr tüchtige Frau. Sie scheute nicht davor, sich die Hände schmutzig zu machen und half Jack beim Bau, wenn sie von ihrem Dienst als Krankenschwester aus dem Hospital in Rockfort heim kam. Gleich neben dem Haus von Melissa und Brian entstand ein wunderschönes Blockbohlenhaus, das bisher nur in Jacks Kopf existierte. Daddy fragte sich oft, ob es irgendetwas gäbe, das Jack nicht konnte. Manchmal fragte er ihn lobend und bekam die Antwort: „Vieles kann ich nicht. Es sind die Dinge, die ich nicht wirklich will. Ich kann nur, was ich muss." Wenn ich mich erinnere, hatte er Recht damit.

Die Tage wurden länger, die Nächte kürzer, die Mittagsstunden heißer und das Haus war fast fertig, als die Sonne in den Juli zog. Jack war wegen der Heuernte seines Vaters jetzt immer früher vom Flugplatz zurück und fuhr an einem Dienstagnachmittag eilig über die Holzbrücke mit der polternden Bohle, die nie jemanden störte. Heute war nicht das Heu der Grund für seine Eile. Auf dem Flugplatz hatte ihn zuvor ein beunruhigender Funkspruch erreicht. Ein heftiges Unwetter drohte vom Lake Michigan heranzuziehen. Bis vor wenigen Stunden herrschte eine unerträgliche

Hitze und jetzt zog ein kühler unheimlicher Wind auf. Der Himmel leuchtete in wunderschönen Farben, die ebenso beängstigend für die Menschen wurden. Jack bereitete sich auf ein Unwetter vor, warnte seine Eltern und bat meine Mum, einen zweiten Pickup von der Nachbarsfarm zu holen, um die Pferde so schnell wie möglich in Sicherheit zu bringen. Die starken Temperaturunterschiede in der kurzen Zeit veranlassten ihn zu Vorbereitungen auf starken Sturm und Gewitter. Daddy und die Männer vom Flugplatz schufen Platz in den Flugzeughallen, denn Jack und Mum wollten die Pferde hierher bringen. Währenddessen war Elaine in Rockfort, ihr Dienst sollte bis zum nächsten Morgen dauern und Jack war sicher, dass sie im Krankenhaus gewarnt und in Sicherheit sein würde. Hier wusste man früher und genauer als jeder andere über Unwetter Bescheid. Mum war gekleidet wie ein Farmer, als sie mutig half, die Pferde zu verladen und mehrmals die Strecke von der Farm zum Flugplatz fuhr. Jacks Eltern waren damit beschäftigt, die Häuser, Nebengebäude und die Rinderweide zu sichern, so gut es ging. Mit der letzten Tour und Miles im Anhänger erreichten Jack, seine Eltern und meine Mum die Einfahrt vom Flugplatz, wo schon wie nach einem Countdown der Sturm tobte. Der Himmel über der Rollbahn war schwarz-rot und Sand wirbelte auf, dass es schwer war, die Gebäude zu erkennen, als sie sie erreichten. Jack sagte ernst: „Ihr macht gar nichts! Ihr lauft nur in die zweite Halle! Schnell!" Das Alter von Brian und Lavinia brachte es mit sich, dass sich die Rollen veränderten und sie sich jetzt auf die Worte ihres Sohnes verließen. Jack schien sicher und genau zu wissen was er tat. Während die anderen sich die Hüte hielten und sich schützend die Arme vor die Augen legten, öffnete Jack die Klappe des Pferdeanhängers und rief Brian nach: „Dad, haltet mir den

Torflügel auf, wenn ich mit Miles komme!“ Brian rief: „Ja, sei vorsichtig Junge und beeile dich!“, die Frauen waren sicher im Hangar angekommen. Brian beruhigte die Pferde, die mit ihnen in Sicherheit waren, mein Dad stand am Tor und wartete auf Jack mit Miles. Der Himmel war schwarz, als wäre es tiefe Nacht, Jack lief mit seinem Pferd auf das Tor zu, übergab Miles seinem Vater und sagte: „Dad, bleibt alle hier drinnen. Ihr seid hier sicher. Ich habe kein gutes Gefühl, ich muss nach Rockfort zu Elaine.“ Mein Vater hörte das und holte gerade Luft, um etwas zu sagen, als Brian ihm zuvorkam: „Ted, du würdest doch auch zu deiner Frau fahren. Ich kenne meinen Sohn, jedes Wort ist verlorene Zeit für ihn.“ Lavinia entgegnete: „Nein! Jack du kannst doch jetzt nicht in diesen Sturm fahren! Junge, sei doch vernünftig! Elaine ist sicher im Krankenhaus!“ „Seid still, ich möchte darüber nicht diskutieren. Ihr bleibt jetzt alle hier und es wird nichts passieren.“ Jack war überzeugt von dem, was er vorhatte und wollte aufbrechen. Draußen tobte ein heftiges Unwetter. Es blitzte am Horizont und schien näher zu kommen. „Ich fahre jetzt, bevor der Sturm hier ist. Mein Weg führt in die andere Richtung.“ Ted öffnete mit aller Kraft einen Torflügel, den der Wind zudrückte. Er sah durch einen Spalt nach draußen und rief mit zerzaustem Haar von dort aus hinein: „Das ist verrückt! Junge, du fährst nirgendwo hin! Hast du das Leben satt?“ Jack erwiderte: „Ted, ich muss zu Elaine! Lass’ mich raus, ich schaffe das schon, aber ich muss jetzt fahren.“ Jack lief an Ted vorbei, drängelte sich durch das Tor, das sich wie selbständig gegen das Schloss drückte.

Ein plötzlicher heftiger Windstoß schleuderte den Torflügel auf und riss ein Scharnier aus. Melissa sah mit starrem Blick auf die Rollbahn, über der sich ein riesiger schwarzer

Kegel zeigte, wie sie ihn bisher nur in schlechten Filmen gesehen hatte. Sie stieß Lavinia an und sagte mit stockendem Atem: „Mein Gott!“, ohne ihren Blick davon abzuwenden. Lavinia und Ted sahen den Rüssel des Tornados jetzt auch und Ted rief: „Weg vom Tor, kommt rein!“ Jack drehte sich um und sah, was sich hinter ihm auftat. Er kam rückwärts zurück in die Halle und rief: „Mum, Melissa, geht nach hinten zu den Pferden! Ted, ich fahr’ die Skyranger vor die Öffnung, sonst fliegt uns hier gleich alles um die Ohren!“ Das Flugzeug, das den herumfliegenden Gegenständen und dem Sturm standhalten sollte, stand neben dem Tor. Brian versuchte, den noch festen Torflügel zu sichern. Währenddessen sah niemand von ihnen, dass Daddy versuchen wollte, den herausgerissenen Flügel des Tores zu schließen. Jack war jetzt klar, dass er nicht mehr dort hinaus kann und beruhigte sich mit dem Gedanken, dass Elaine sicher lange vor den Menschen auf dem Land gewarnt wurde und im Hospital in Sicherheit war. Womöglich würde die das Unwetter die Gegend um Rockfort sogar völlig verschonen.

Auf dem Flugplatz waren nur zwei alte Maschinen zurückgeblieben, die Jack noch herrichten wollte. Sie standen neben dem ersten Hangar von dreien. Als Jack die Skyranger langsam vor die Öffnung des beschädigten Tores gefahren hatte und aus der Kabine stieg, hatte Brian gerade den noch festen Torflügel mit Stangen gesichert. Jack rief, mit den Augen suchend: „Wo ist Ted?“ Brian sah sich eilig um und konnte ihn nicht sehen. Geduckt, mit dem Unterarm vor dem Gesicht, versuchte er herauszufinden, wo Ted gerade war. Jack kam der Gedanke, dass er versuchen könnte, etwas an dem Tor zu retten, so kannte er ihn. Und er hatte Recht, als er unter dem gelben Flugzeug zu Brian nach vorn ging und nach links hinaussah, erblickte er Ted draußen an der Wand neben dem Torflügel. Er versuchte mit aller Kraft, das große verformte Blech zu bewegen. Jack rief: „Ted, lass' es gut sein! Komm' herein!“ Er wollte gerade am Tor Halt suchen und Ted von seinem Vorhaben abhalten, als ein großes Blech direkt an seinem Kopf vorüberflog und sich in der Birke an der Schräge über ihm verfing. Er sah in die Richtung, aus der das Blech kam und dachte an die alten Flugzeuge. Es war dunkel, laut, unheimlich und kaum etwas war zu erkennen, als Jack bemüht war, Ted zu packen und zu den anderen in die Halle zu holen. Brian schrie laut: „Passt auf!“ Die Frauen hatten sich weiter hinten bei den Pferden aufgehalten und beobachten beunruhigt die ernste Situation am Tor. Es knallte und polterte über ihnen und die Pferde waren nervös. Jack rief noch einmal nach Ted, der scheinbar hilflos an dem offenen Tor Halt suchte und nur irgendwo dort im Dunkel zu erahnen war. Jack griff nach einem Seil und knotete es um seinen Bauch. Der Tornado musste genau über ihnen sein. Sand, Gestrüpp, Holzstücke und kleine Gegenstände schmetterten gegen die vordere Blechwand der Halle, Brian griff das Ende des Seils, das Jack sich um den Körper gelegt hatte und wickelte es um die Achse des Flugzeugs. „Du kannst jetzt raus!“, rief Brian seinem Sohn zu, dessen Vorhaben er gleich verstand. „Pass' auf deinen Kopf auf, Jack!“ Jack nickte und suchte Halt auf dem Boden, als er zu Ted kroch und gegen den Sturm und Unrat kämpfte. Er drehte sich einen Augenblick zurück, um sich umzusehen und sah plötzlich ein Propellerblatt, das wie einen Bumerang auf ihn zukam. Er drehte sich mit dem Gesicht und den Armen über dem Kopf zur Wand und rief: „Verdammte Scheiße! Gott, lass' es vorübergehen!“ Vor Anstrengung stöhnend erblickte er endlich Teds Arm und dessen linkes Bein.

Hinter sich hörte er seinen Vater mit aller Kraft rufen, was er nicht verstehen konnte. Äste, Gegenstände, Blech, alles Mögliche flog durch die Luft und schmetterte gegen die Wand der Halle und in Jacks Rücken. „Verdammt!“, fluchte er vor Schmerzen. Dann sah er, was er nie mehr vergessen sollte. Das Propellerblatt steckte in Daddys Oberschenkel. Der Lärm und die Dunkelheit ließen es wirken, als steckte er in einem leblosen Gegenstand, aber Jack wurde klar, dass das die brutale Realität war, in der sie sich alle gerade befanden. Für einen Moment beruhigte sich der Sturm, Jack konnte Dad greifen und schließlich in die Halle ziehen. Ted war nicht ansprechbar und regte sich nicht. Jack legte ihn erschöpft an den Boden und hielt Daddys Kopf. Er rief: „Bringt Decken! Er ist verletzt!“ Die Frauen sprangen auf und liefen zu Jack und Brian, vor denen Ted am Boden lag.

Die Welt schien stillzustehen und die dunkelste Nacht, die Greenville je gesehen hatte, schien endlos. Durch ein Chaos aus Metallteilen, Bäumen, Teilen von Dächern, toten Tieren, weinenden Menschen an den Straßen standen Reste von Häusern, neben denen fünf Meter weiter unversehrtes Hab und Gut standen, als wäre nie etwas passiert. Jack fuhr wie in einem Schockzustand durch Tränen und Leid, Menschen, die sich umarmten und sprachlos vor Trümmern standen, ließ seinen Pickup über den Asphalt rollen, der von Schlamm und Gestrüpp bedeckt war. Neben ihm lag Ted, stöhnend vor Schmerzen und blutend, durch Tücher, mit denen die Frauen die Wunde am Oberschenkel zunächst versorgt hatten.

Melissa saß auf der anderen Seite der Sitzbank, hielt Teds Kopf in ihren Schoß und streichelte ihm beruhigend durchs Haar. Sie sah sprachlos aus dem Fenster. Lavinia und Brian waren bei den Tieren in der Flugzeughalle geblieben und wollten in den Morgenstunden nach der Farm sehen. Als Jack und meine Mutter mit meinem verletzten Vater im Wagen Greenville durchquert hatten, sagte Jack: „Es tut mir leid. Ich bin ein Idiot."

Die Landstraße nach Rockfort schien endlos. „Bist du nicht, du hast ihn gerettet. Ohne dich wäre er dort draußen umgekommen", erwiderte Mum. „Ohne mich wäre er nicht hinaus gegangen, Melissa!" Nach kurzem Schweigen im Wagen fügte Mum hinzu: „Hör' auf damit! Willst du auch noch Schuld am Wetter sein? Alles wird wieder gut." Dabei sah sie zu Daddy hinunter, hielt seinen Kopf und flüsterte es noch einmal leise: „Alles wird wieder gut." Eine Vollbremsung riss die betäubende Situation ab. Jack stoppte mitten auf der Landstraße, legte so heftig den Rückwärtsgang ein, dass es im Getriebe krachte, er fuhr mit Vollgas rückwärts. Der Pickup rutschte über Laub, als er nach zehn Metern wieder zum Stehen kam. Er stand quer auf der Straße, das Scheinwerferlicht schien in die Bäume. „Was um Himmelswillen?" Mum beobachtete erschrocken, wie Jack aus dem Wagen sprang und durch Gestrüpp in die Bäume lief. Dann erblickten ihre weinenden Augen den Unterboden eines Autos. „Nein!", schluchzte sie leise. „Nein!", schrie Jack laut weinend in die Bäume. Wie Jack dieses Auto je bemerken konnte, ist unerklärlich, aber es war Elaines Wagen. Mum nahm vorsichtig Daddys Kopf, legte ihn auf die Sitzbank und rutschte unter ihm hinweg, um auszusteigen. „Jack?", rief sie in schattiges Gebüsch. Sie lief zu dem Autowrack, an dem Jack mit einem Stamm die Heckscheibe einschlug und weinend rufend hineinkletterte. „Elaine! Elaine! Baby ich komme, antworte!" Mum kroch hinunter zu der Öffnung am Auto, das schlammbedeckt auf dem Dach lag. „Ich hab sie. Ich hab sie. Baby halt durch. Ich hab dich!“ Schreiend vor Anstrengung und Erschöpfung, blutend im Gesicht und an den Armen zog Jack seine Frau aus dem Heck des Autos. Erschöpft zog er die leblose Elaine auf seinen Arm und sah Mum an: „Und sie ist doch gefahren!“ „Jack, wie hast du...?“, fing Mum zu fragen an und schwieg gleich wieder. „Wir passen nicht alle in die Kabine“, rief Jack gestresst und ratlos. Keiner der beiden Verletzten war überhaupt transportfähig, schon gar nicht auf der Ladefläche des Pickup. „Hole Decken heraus Jack, leg mir Elaine auf der Ladefläche in den Arm, ich halte sie.“ So war ihre Idee. Sie öffnete die Klappe, Jack legte Elaine auf die Ladefläche und kramte Decken unter dem Sitz vor, auf dem der stöhnende Ted lag, der etwas sagen wollte. „Ted, es geht gleich weiter, wir sind bald im Krankenhaus“, sagte Jack zu ihm, und strich vorsichtig über seine Schulter. „Hier, setz’ dich hin Melissa!“ Jack sprang auf die Ladefläche, legte ihr Decken zwischen die Beine, nahm Elaine vorsichtig, legte sie bei Mum ab und wickelte die Decken um den regungslosen Körper seiner Frau. Er hielt ihren Kopf für einen Moment, küsste ihre blutige Stirn, wischte sich die Tränen, schniefte, sah Mum in die Augen und sagte: „Wir schaffen das jetzt alle!“ Mum nickte und hielt Elaine fest. Jack sprang hinunter, schloss die Klappe am Heck, sprang in die offene Seite hinters Lenkrad, blickte kurz zu Dad, klopfte ihm auf die Wade, „Wir kriegen das hin!“, und fuhr weiter. Im Rückspiegel sah er immer wieder Mums Haare fliegen, natürlich wäre er am liebsten der gewesen, der Elaine jetzt hält und mit ihr redet, doch er war der Einzige, der unter diesen Umständen fahren konnte und redete ununterbrochen mit Dad, damit er halbwegs wach bleibt. „Noch vier Meilen, wie sind gleich da. Ted, sag jetzt etwas, ich halte das nicht aus!

Schrei mich an, tritt mich, mach irgendwas!“ Verzweifelt, wie nie, sehnte Jack das Ziel herbei, und die letzten Meter vor dem Krankenhaus fuhr er schneller. Nach dieser Nacht waren sie nicht die einzigen, die vor der Tür von Schwestern und Ärzten empfangen wurden. Mum schrie schon bevor Jack gehalten hatte: „Hier. Eine schwer verletzte Frau, Hilfe, bitte!“ Jack sprang aus dem Wagen, öffnete die Tür der anderen Seite und erklärte hastig zwei Krankenschwestern Teds Verletzung. Männer mit Tragen kamen und legten Ted darauf. „Geh mit, Melissa!“, sagte Jack, während er Elaine auf seinen Arm nahm und anderen Leuten mit einer Trage entgegenlief. Mum folgte den Ärzten, die Dad versorgten. „Bitte warten sie hier im Flur, Miss“, sagte ein junger Arzt und strich ihr über die Schulter, wir müssen operieren. Sie nickte und setzte sich weinend zu anderen besorgten Menschen. Um sie herum, verbundene Arme, Beine, Kopfverbände soweit der weiße Flur reichte. Sie suchte Jack zwischen den Leuten. Am Ende des Flurs sah sie ihn. Sie lief zu ihm. „Was haben sie gesagt, Jack? Was ist mit Elaine? Ted wird operiert.“ „Ist sein Bein zu retten?“, fragte Jack leise, immer noch abwesend und schockiert. Mit einem Tuch wischte er sich dabei Blut von Gesicht und Armen.

„Ich weiß es nicht. Komm setz’ dich doch Junge, wir müssen warten.“ Von hinten sprach sie ein Arzt an: „Mister Denver?“ Beide drehten sich neugierig um: „Das bin ich!“, sagte Jack erwartungsvoll. Der Arzt zögerte und sagte dann: „Sie hat dort zu lange gelegen. Die Blutungen waren zu stark. Wir konnten leider nichts mehr tun.“ Der Arzt stand den Tränen nah und sagte weiter: „Es tut mir sehr leid für ihre Frau und das Baby.“ Er legte seine flache Hand an Jacks Oberarm, der erwiderte weinend und lachend: „Nein, wir reden nicht von der selben Frau, Elaine war nicht schwanger! Sie meinen eine andere!“ „Ich rede von unserer Kollegin Elaine, Mister Denver, sie haben erst geheiratet und sie war schwanger. Ich habe das auch nicht gewusst.“ Mum stockte der Atem, sie traute sich kaum, Jack anzusehen oder ihn zu berühren. „Möchten sie...? Kommen sie, ich bringe sie zu ihr.“ Jack sagte nichts. Er blickte ins Nichts. Erschöpfung und Tränen beherrschten sein zerkratztes Gesicht. Ohnmächtig ließ er sich von Mum in den Raum führen, die schweigend dem Arzt folgte. Hier blieben sie allein an Elaines Liege zurück.

Da lag sie, nasses braunes Haar, ein makelloses Gesicht, als hätte sie nur geduscht und würde jetzt ruhen. Nur blass war sie wie nie und kalt, wie es nicht zu ihr passte. Jack stand da, vor ihr, traute sich keine Bewegung zu, blickte an dem Tuch an ihr herunter. Seine Augen verweilten dort, wo ihr Bauch unter der Decke war. Leise weinte er: „Das war es? Das war unser Leben?“ Mum legte ihren Arm um ihn und sagte: „Gott nimmt sie zu sich.“ Jack drehte langsam den Kopf zu Mum, sah sie mit roten Augen an und sagte zitternd: „Gott? Gott? Es gibt keinen Gott!“ Mum wusste, dass kein Wort hier her passte und ging leise aus dem Raum. Jack senkte seinen Kopf, sank in die Knie und legte seine Hände und sein Gesicht auf Elaines leblosen Arm. Mum stand hilflos in der Tür, fassungslos vom Geschehen der letzten Stunden, orientierungslos wie in einer fremden Welt stand sie da und sah auf Jack und Elaine, die hier die letzten Minuten miteinander verbrachten. Sorge um Ted, Trauer um Elaine, Enttäuschung über das Schicksal und fassungsloser Schmerz erschwerten jeden Atemzug. „Mrs. Robinson?“, sprach sie leise eine Krankenschwester an: „Sind sie die Frau von Ted Robinson?“, bedrückt antwortete sie; „Ja. Was ist mit ihm?“ Die Schwester nahm Mum am Arm und ging mit ihr durch den Flur zu einem Zimmer am Ende des Ganges. „Wir können unseren Freund nicht allein dort lassen, er hat seine Frau verloren!“ „Man kümmert sich um ihn, wir wissen Bescheid, kommen sie.“ Die Schwester wirkte sehr vertraut und beruhigend und erklärte Dads Zustand: „Er wird wieder gesund. Er hat sehr viel Blut verloren. Wir mussten ihm eine Bluttransfusion geben. Das Bein konnten die Ärzte nicht retten. Sie haben es kurz über dem Knie abnehmen müssen.“ „Was? Das Bein? Oh mein Gott!“ „Ihr Mann lebt, Mrs. Robinson und mit Geduld wird er vielleicht mit einer Prothese wieder laufen können! Es tut mir leid, aber seien sie dankbar, kurze Zeit später wäre er verblutet. Gut, dass ihr Freund so schnell reagiert hat und sie die Wunde richtig versorgt haben.“ „Kann ich zu ihm?“ „Bitte warten sie noch hier. Sie werden geholt.“ „Danke Schwester!“ „Alles Gute, Mrs. Robinson!“

Dad wurde am nächsten Tag klar, wie sich das Leben in den letzten Stunden verändert hatte. Mum und Jack fuhren schweigend zur Farm. Die Sonne ging wie an jedem normalen Morgen über Greenville auf. Die Holzbrücke war verschont geblieben. Die Farm lag wie in einem Bett aus Grün und Sonne im Tal, als würden gleich alle zum Frühstück erwachen, Dad zum Flugplatz fahren, Mum die Wäsche aufhängen, Brian und Lavinia das Gemüse wässern und Elaine die Balken am neuen Holzgeländer weiterschleifen.

Jack hielt den Wagen vorm Tor. Da standen sie. Sie blickten auf die zwei alten Farmhäuser und die neue Blockbohlenhütte, die vor ihnen standen, als wäre heute Gestern. Lavinia und Brian kamen aus dem Haus. Mit Hilfe der

Männer vom Flugplatz hatten sie die Pferde schon nach Hause gebracht. Lavinia ging auf ihren Sohn zu, Brian blieb auf halben Weg stehen. „Wie geht es Ted?“, fragte Lavinia Mum, während sie besorgt ihren Arm um sie legte. Jack fuhr seinen hellblauen Pickup unter die Eiche und stieg aus, umarmte kurz seinen Vater, kam zu Lavinia, küsste sie auf die Stirn, sagte: „Mum, Dad, ich liebe euch“, und verschwand mit gesenktem Kopf in der Blockhütte. Mum sagte: „Ted wird wieder gesund. Kümmert euch um Jack.“ Brian sah die Frauen fragend an: „Was um Himmelswillen ist denn los?“ Mum erzählte, dass Elaine auf dem Weg nach Greenville war, sie wollte wohl alle warnen, sie erzählte von der Horrorfahrt durch die Nacht. Und sie erzählte ihnen, was mit Elaine passiert war. Sie waren fassungslos und hilflos in dieser Situation.

Greenville und seine Leute hielten in diesen Wochen zusammen, räumten auf, reparierten, trauerten und planten. Elaine wurde eine Woche später auf dem Friedhof beigesetzt. Ihr Vater, Doktor Henson, brach an Jacks Seite zusammen, nachdem er ihm ermutigend auf die Schulter klopfen wollte.

Der Wirbelsturm hatte zwei Menschen aus Greenville das Leben gekostet, ein Dutzend waren verletzt, zehn Häuser mussten neu errichtet werden. Das Stadtzentrum hatte keinen Schaden genommen. Die Männer vom Flugplatz beseitigten kleine Schäden an den Hallen und rissen ein Gebäude nieder, das fast völlig zerstört war. Selbst die Weidezäune und die Rinder haben den Sturm überstanden. Dad fühlte sich in seinem Rollstuhl nicht mehr als Mann und war bei seiner Heimkehr aus dem Krankenhaus unausstehlich. Mit der Zeit war er jedoch dankbar, dass es Mum gut ging, dass das Haus noch da war und der Flugplatz weiter für die Ernährung der Familie sorgte. Mum war tapfer und passte alles im Haus an die neuen Umstände an, Brian und Lavinia arbeiteten auf ihren Feldern wie zuvor. Anders war es bei Jack. Er war wochenlang nicht zu sehen, sprach nicht, fuhr nur von der Farm, um Bier und Zigaretten zu holen oder ein Pferd nach dem anderen zu verkaufen. Bis auf Memory.

11. Kapitel

Jacks Plan

Ein heißer Sommer ging zu Ende, die Blätter lagen bunt am Boden, wie in Zucker getaucht, es war der erste Frost. Ted saß in seinem Rollstuhl, eingewickelt in eine Decke auf der Veranda und starrte auf das Haus gegenüber. Wochen hatte er Jack nicht gesehen. Es war nach zwei Uhr morgens und Mum ging zu meinem Vater hinaus. Ohne sich zu bewegen, bat er sie, ihm auf Jacks Veranda zu helfen. Mum widersprach und riet ihm, mit einem Gespräch bis zum Morgen zu warten. Plötzlich warf er seine Pfeife zu Boden und sagte wütend: „Ich schaffe es auch ohne deine Hilfe, Melissa!“ Er lenkte seinen Rollstuhl zur Rampe, ließ ihn hinunterrollen und kippte dabei fast um. Meine Mutter wollte ihm zur Hilfe gehen, doch er stieß sie fort. „Es ist jetzt an der Zeit, diesen Feigling aus seinem Haus zu holen!“ Sie wollte ihn aufhalten, aber er war nicht zu stoppen. Mum folgte ihm, machtlos der Situation gestellt. Als Dad an den Stufen zur Veranda nicht weiterkam, rutschte er vom Sitz und zog sich am Geländer die Treppe hinauf. Hinter der Haustür war ein schwaches Licht zu sehen und leise Musik zu hören. Daddy klopfte mit der Faust gegen die Tür. Sie blieb verschlossen. Er bat Mum, nach Hause zu gehen: „Geh’ zurück Melissa! Ich habe etwas zu klären.“ Noch einmal versuchte sie ihm zu sagen, dass das mitten in der Nacht keinen Sinn machen würde. „Ted, ist es nicht

besser, wenn wir ...“ Er unterbrach sie und sagte deutlich: „Melissa! Verschwinde! Ich warte nicht mehr!“ Er nahm den Besen, der neben der Tür stand.
Mum befürchtete, dass es einen Streit geben würde, trat etwas zurück, doch ging nicht hinüber ins Haus. Dad schlug mit aller Gewalt gegen die Tür, die nach dem dritten lauten Schlag aufsprang. Er war sehr wütend, schleppte sich in Jacks Haus und kroch in die Küche, als wüsste er, dass Jack dort sitzen würde. Der Plattenspieler spielte und Jack war tatsächlich in der Küche und beschimpfte lallend meinen Vater:
„Bist du vollkommen verrückt? Was soll das? Du hast meine Tür eingetreten!“ Dann begannen sie, sich anzuschreien: „Ich habe deine Tür nicht eingetreten, weil ich es nicht kann!“ Den Rücken an den Küchenschrank gelehnt, zwischen leeren Dosen und Flaschen, saß Jack auf dem Küchenboden und starrte meinen Dad an, der wütend hilflos vor ihm lag und sein Bein heranzog. „Ist es dir aufgefallen? Das musst du schon selbst tun! Du kannst ja noch aufstehen! Na mach’ schon! Steh’ auf, worauf wartest du, du Feigling?“ Jack war kaum noch in der Lage, deutlich zu sprechen. Sichtbar bewegt, von dem Bild, das er vor sich sah, sagte er leise: „Lass’ mich in Ruhe Ted.“
„Ich werde dich nicht in Ruhe lassen! Ich werde dafür sorgen, dass du aufstehst aus diesem Dreck!“
Jack saß da wie ein anderer Mensch, ohne jedes Gefühl, scheinbar seit Tagen unrasiert. „Ich stehe nicht mehr auf. Das Leben hat mich in die Knie gezwungen und ich habe keine Lust mehr auf dieses beschissene Spiel... lass’ mich doch einfach allein!“
Jack wurde leiser und nahm einen Schluck Dosenbier, begoss sich dabei und wischte sich mit dem Arm das Kinn. Mein Vater nahm seine Kräfte zusammen und kroch in

diesem Moment zu Jack, um ihm die Bierdose aus der Hand zu schlagen. Sie flog gegen den Schrank, fiel und rollte über den Küchenboden. Das restliche Bier floss über die Holzdielen. Jack blickte mit fremdem, wütendem Blick in Daddys Augen, schwieg kurz und sagte weinend: „Lieber hätte ich beide Beine verloren, als meine Familie!“ Tränen verließen seine müden roten Augen und er rieb sich die Nase mit dem Arm. Mein Vater verstand, was Jack sagen wollte. Er fühlte auch mit ihm, aber Mitleid half niemandem in dieser Situation. Nachdem der Versuch, Jack zu provozieren nicht wirklich erfolgreich war, versuchte Daddy sich weiter daran, Jack aufzubauen. „Junge, ich werde das nicht mit ansehen! Was ist mit Countrywings?“ Er schwieg kurz, zog sich am Schrank hoch und setzte sich so neben Jack, dass ein Fremder seine Behinderung nicht wahrgenommen hätte. Er nahm sich selbst ein Bier von den Dosen, die herumstanden. Dann fuhr er fort: „Du hättest lieber beide Beine verloren? Wofür? Damit du deiner Familie zur Last wirst, nicht mehr fliegen und arbeiten kannst? Damit du deinem Sohn nicht das Reiten beibringen kannst und er dich stattdessen als Krüppel vor sich herschiebt, während andere Jungen spielen? Nein Jack, das glaube ich dir nicht. Du hättest dir in den ersten Tagen danach das Leben genommen! Ach nein! selbst dazu bräuchtest du ja Hilfe, weil du ein Krüppel wärst!“ Dad senkte seinen Kopf und betrachtete die Bierdose in seiner Hand. Er schwieg und schniefte mit der Nase. Jack schienen die Worte sehr unangenehm, er richtete sich etwas auf und sah Dad an: „Du hast immer noch das andere Bein, und meine Tür hast du auch aufbekommen.“ „Ja Jack, natürlich, aber ich habe Angst wie du. Angst, meiner Familie bei Gefahr nicht helfen zu können. Und ich habe Angst vor dem Blick meiner Tochter, wenn sie nach Hause kommt und ihren behinder-

ten Dad sieht. Ich war die meisten Jahre meines Lebens gesund und dafür bin ich dankbar. Nur so konnte diese Familie entstehen und überleben. Nur so ist Countrywings entstanden. Dann bist du ins Geschäft eingestiegen. Wir sind gewachsen mit all den Aufgaben, die Gott uns gegeben hat. Gott weiß, was er tut, auch wenn er nimmt. Mit jedem Nehmen, gibt er uns etwas.“ Dann schwieg Dad nachdenklich.
Jack sah ihn fragend an, dann starrte er in die Luft. Für einige Minuten saßen die beiden Männer schweigend am Küchenboden. Dann rollte Dad sich zur Seite und rief nach meiner Mum: „Melissa, du bist doch noch hier, wie ich dich kenne! Hilf deinem alten Mann hier raus!“ Mum trat mit weinenden Augen von der Treppe hervor und kam in die Küche. Jack sah sie erstaunt an und schämte sich dabei. Wortlos sah er zu, wie Mum Daddy half, das Haus zu verlassen. Noch einmal drehte sich Dad kurz zu Jack um und sagte erschöpft: „Es bleibt nicht mehr viel Zeit, bis ich die Flugzeuge verkaufen muss“, und meine Eltern verließen Jacks Haus durch die zerstörte Tür.

Als Mum am nächsten Morgen aus dem Küchenfenster sah, konnte sie Jacks Pickup nicht sehen, der zuvor wochenlang schmutzig und mit Laub bedeckt unter der Eiche stand. Sie ging aus dem Haus und sah, wie Lavinia Heu zu Memory brachte. Sie ging zu ihr: „Guten Morgen, meine Liebe!“ „Guten Morgen Melissa!“ Lavinia lächelte kurz und teilte ihr mit: „Unser Sohn hat nach Wochen sein Haus verlassen. Vielleicht ist es bald vorüber. Ich kann diesen Zerfall nicht mehr lange mit ansehen. Ich hoffe er wird wieder der Alte.“ „Ted hat letzte Nacht mit ihm gesprochen. Vielleicht hat es etwas in ihm bewegt. Ich hoffe es sehr. Das Gespräch war sehr intensiv. Ich glaube, Jack wird sich wieder fangen.“ „Glaubst du das, Melissa? In den letzten Monaten glaubte ich oft, meinen Sohn verloren zu haben. Woher soll ich die Kraft nehmen, ihn nach diesem Schicksalsschlag aufzubauen? Umso schwieriger ist es bei einem Sturkopf wie Jack. Mum nahm Jacks Mutter in den Arm und sicherte ihr zu: „Alles wird gut Lavinia. Jack wird weitermachen. Ich bin ganz sicher. Es braucht nur etwas Zeit.“ An diesem Tag wurden weder Jack, noch sein Wagen auf der Farm gesehen, aber besorgt war niemand, nachdem meine Eltern Lavinia alles vom nächtlichen Gespräch erzählt hatten. Die Wintersonne verschwand pünktlich gegen drei Uhr am Nachmittag hinter den Hügeln und auch am Abend kam Jack nicht nach Hause.

8. Februar 1963, Lake Michigan

Liebste Kate,

verdammt kalt ist es hier draußen. Ich stehe mit dem Wagen am Lake Michigan, hier wo wir die Nacht vor Deiner Abreise verbrachten. Es schneit. Mir ist verdammt kalt. Ich habe Dir lange nicht geschrieben. Es tut mir leid. Ich war verhindert. Ich habe mich selbst gehindert. Ich war ein Idiot. Ich fahre nach Hause. Ich kehre zurück ins Leben und mache weiter. Ich habe einen genialen Plan. Ich weiß, er würde Dir gefallen. Wenn Du irgendwann nach Hause kommst, dann möchte ich Dich lachen sehen. Und wenn es soweit ist, bitte sieh Deinen Vater nicht so an, als wäre er behindert. Er ist ein Held.

Du fehlst, Dein Jack

20. Dezember 1963

Liebste Kate,

Kennedy wurde ermordet. Das Leben ist doch verrückt – und es kann so schnell zu Ende sein. Wie schwach und bedeutungslos wir doch sind gegen das Schicksal. Aber es wird schon wissen, was es tut. Ich hoffe, es hat für uns vorgesehen, dass wir das Weihnachtsfest im nächsten Jahr wieder gemeinsam verbringen. Es hat sich alles geändert. Nachdem der Sturm '61 so Vieles mit sich nahm, wurde das meiste wieder aufgebaut oder repariert. Kaum zu glauben, aber unsere Brücke blieb vom Unwetter verschont. Nach dem Sturm lag sie im Morgentau, als wäre nichts passiert. Nur eine Bohle fehlte. Tag für Tag habe ich mir vorgenommen, sie zu ersetzen und es doch nie geschafft. Heute habe ich endlich eine neue aufgenagelt. Es war die Fünfte von vorn. Aber *warum schreibe ich dir so etwas Unwichtiges? Es wird Dich sicher nicht interessieren. Am liebsten würde ich Dich bitten, Heim zu kommen, aber ich werde Deinen Weg nicht beeinflussen und lege diese Zeilen wieder an den Ort, der nur uns gehört.*

Liebste Kate, Du fehlst, komm bald nach Hause.

Dein Jack

12. Kapitel

Alles auf Anfang

Die Vorbereitungen liefen auf Hochtouren. Es war im Februar 1964, noch sehr kalt und Schnee bedeckte die Rollbahnen. Jack hatte die Neueröffnung für Mitte April geplant. Die Bauarbeiten auf dem Flugplatzgelände waren kurz vor dem Winter beendet worden, so waren Jack und die anderen damit beschäftigt, die Innenraumarbeiten fertigzustellen. Inzwischen gab es ein neues Büro und einen Schulungsraum für Piloten. Ein kleines Diner, das jetzt noch eingerichtet werden musste, sollte das letzte Projekt sein. Die gesamten Ersparnisse der letzten Jahre, in denen Jack auf dem Flugplatz gearbeitet hatte, waren nun fast aufgebraucht, aber sein Plan schien zu funktionieren. Er hatte alles auf eine Karte gesetzt. Von Alkohol hatte er nach dem eingehenden Gespräch mit meinem Vater und der Einsicht, dass das Leben weitergehen muss, großen Abstand genommen und sich voll und ganz auf die Zukunft von Countrywings konzentriert. Neun Wochen hatten die Männer noch Zeit, alles für die Eröffnung vorzubereiten und Jack hatte sich nun für einen Koch und eine Bedienung für das Diner entschieden und gerade das Schild mit dem Namen „Skipper's Bar“ über dem Eingang montiert. Die Beleuchtung funktionierte bereits und verschiedene Leute waren damit beschäftigt, die Küche einzurichten und die Bar aufzubauen. Alles lief nach Plan.

Greenville, 11. Februar 1964

Liebste Kate,

ist es in London auch so kalt? Sicher. Womöglich beklagst du Dich ständig über das schlechte Wetter und sehnst Dich nach dem Frühling, so wie Du es immer getan hast. Trotz des Schnees schaffen wir viel am Flugplatz, besonders im Innenbereich. Du wirst erstaunt sein, wenn Du Heim kommst. Schade, dass Du bei der Eröffnung Ende April nicht dabei sein wirst. Deine Eltern haben mir erzählt, dass Du im Juni endlich nach Hause kommst. Dabei bleibt es doch? Du glaubst nicht, wie sehr ich mich darauf freue. Ich bin mit meiner Arbeit fast rund um die Uhr beschäftigt, aber es ist jeden Abend schwer, die Haustür öffnen zu müssen, ohne dass jemand auf mich wartet. Ich versuche, irgendwie damit umzugehen und mich daran zu gewöhnen, aber die Tage, an denen hier mehr Leben war, fehlen mir sehr. Früher war alles anders. Vielleicht weil ich ein Anderer war. Ja, ich habe erkannt, dass ich ein Anderer geworden bin und ich bin Deinem Vater sehr dankbar für die lauten klaren Worte, mit denen er mich aufgerichtet hat. Womöglich würde ich heute noch unrasiert zwischen leeren Flaschen auf dem Küchenboden sitzen und mich bedauern. Mein Gott, ich hoffe, Du wirst das nie erfahren. Ich bin froh, dass Du Heim kommst, wenn das alles vorüber ist und ich wenigstens einen Teil meines Plans umgesetzt habe. Ich bin überzeugt, dass es laufen wird. Ich war mir nie so sicher bei einer Sache. Ich bin übrigens stolz auf Dich. Zugegeben, fand ich deine Entscheidung nach London zu gehen vollkommen falsch, aber das hatte ich wohl nur auf mich bezogen. Deine Eltern erzählen mir die Neuigkeiten aus Deinen Briefen und wie es mit dem Studium läuft. Die Grüße richten sie auch immer aus und ich freue mich sehr darüber. Es ist doch verrückt. Jetzt, wo Deine Rückkehr absehbar ist, kann ich es kaum erwarten, Dich wiederzusehen und würde gern die Tage zählen. Als ich Dir damals diesen einen Brief schrieb, den ich als einzigen abschickte, war ich hin und her gerissen. Meine bevorstehende Hochzeit mit Elaine, Dein neuer Freund, von dem Dein Dad mir erzählte. Nein, ich mochte ihn nicht, ohne ihn zu kennen. Ich hoffe, Du bringst ihn nicht mit. Ich hoffe auch, ich kann Dir bald sagen, wie sehr Du hier gefehlt hast, wie sehr Du mir gefehlt hast und wie sehr ich Dich in meinem Leben brauche. Immer mehr beschäftigt mich die Frage, wie ich die ganzen Jahre ohne Dich durchgehalten habe, wo doch die letzten Wochen bis zu Deiner Heimkehr kaum auszuhalten sind. In Gedanken schicke ich Dir die Sonnenstrahlen, die ich heute Morgen in den Eistropfen auf den Tragflächen der „Skyranger", für Dich *eingefangen habe. Auch diesen Brief bringe ich gleich morgen unter unseren Baum. Du fehlst,*

Dein Jack.

Am folgenden Tag war es nach Fünf am Nachmittag, als alle nach Hause fuhren. Jack blieb in der Bar zurück, testete die Schalter hinter dem Tresen und erfreute sich an den bunten Leuchtreklamen in den Fenstern. Die kleinen Tischlampen warfen ein warmes Licht auf die fünf leeren Tische. Er strich über die noch in Folie verpackten roten Barhocker und sah sich zufrieden um. Als er die Jukebox erblickte, deren Kabel noch auf dem Boden lag, ging er hinüber und durchsuchte die Titelliste nach Ben E. King. An diesem Abend hatte er beschlossen, heute nicht zu gehen, bevor mein Lieblingssong, *Don't play that song* aus der Jukebox ertönen würde. Er machte sich an die Arbeit. Als kurz vor Mitternacht auch die Folien der neuen Barhocker zu Boden gefallen waren und Ben E. Kings Stimme aus der Jukebox klang, setzte sich Jack müde auf eine der Lederbänke, legte unverschämt seine Beine auf den Tisch, zündete sich eine Zigarette an, lehnte sich entspannt zurück und genoss den Feierabend in seiner eigenen Bar. Er sah sich weiter um und stellte sich vor, wie die ersten Hot Dogs über den Tresen gereicht werden. Er dachte erfreut an die bevorstehende Eröffnung und ihm fiel ein, dass er in wenigen Tagen seinen Achtundzwanzigsten Geburtstag feierte und ich ein letztes Mal nicht dabei sein würde. Er beschloss, hier in „Skipper's Bar", in einer kleinen Runde zu feiern, um die Küche und das neue Personal zu testen. Ein weiterer Tag in Greenville war vergangen, Jack schaltete die Lichter aus und fuhr zufrieden zur Farm.

(Währenddessen in London)

In London taute der Schnee. Es hatte fast den ganzen Januar geregnet. Mir war das egal. Wenn ich nicht in der Universität war, dann verbrachte ich die Zeit am Schreibtisch auf meinem Zimmer. Die letzte Prüfung stand bevor und ich wusste, wenn ich sie beim ersten Mal zu meiner Zufriedenheit bestehen würde, kann ich alle mit meiner früheren Heimkehr überraschen. Ich hatte mir fest vorgenommen, zu Jacks Geburtstag zurück nach Hause zu fliegen. Vorfreude erfüllte mich, aber auch Aufregung und Neugier, was inzwischen aus Greenville und den Leuten geworden war. Ich war etwas besorgt darüber, dass ich noch nicht wusste, wie ich mit Jack umgehen sollte, nachdem er seine Frau verloren hatte. Ich wusste nicht, wie es ihm inzwischen gehen würde und wie sich die Dinge bis heute verändert hatten. Ich konnte fast nicht glauben, dass er nach Elaines Tod einfach so weitergemacht haben soll, wie mir von zu Hause berichtet wurde. Ich glaubte ihn zu kennen und hätte vermutet, dass er in ein tiefes Loch stürzen würde und einen Verlust dieser Art nur schwer verkraften könnte. Ich hätte auch gedacht, dass er sich zurückziehen und Kontakt meiden würde, umso mehr war ich überrascht, als Dad mir schrieb, dass Jack jetzt ein Flugplatzprojekt plant, um die Trauer zu bewältigen. Ich war beeindruckt, aber ich wollte es nicht wirklich glauben. Wenn ich an die Nacht zurückdachte, in der er entscheiden musste, Sully zu erschießen, um sie von ihren Qualen zu befreien, erinnerte ich mich an seine großen Schuldgefühle und die unendlich traurigen Augen. Einfach weiter zu machen war nicht seine Art. Er schien nach außen immer so sachlich und geradeaus, aber so war er nicht. Er war nur ganz außen kühl, für die normalen Menschen in seinem Leben, doch wer ihn näher kannte, der wusste von seinem warmen, weichen Inneren. Im Verborgenen durfte ich früher einige Male seine angenehmen Schwächen sehen und war davon angetan, wie er so herrlich ungeschickt versucht hatte, sie zu verbergen. Andere merkten es meistens nicht, er war ein sehr guter Schauspieler.

Anfang Februar war es soweit. Ich hatte es geschafft. Alle meine Prüfungen und Arbeiten hatte ich bestanden. Meinen Eltern hatte ich davon berichtet, weil ich zu sehr aufgeregt war, um es vor allen zu verheimlichen, dass ich früher nach Hause kommen würde. Jetzt durfte ich mich Journalistin nennen und hatte mein Examen in der Tasche. Ich dachte manchmal an Steve Reynolds und daran, wie es ihm wohl in den Jahren mit seiner Krankheit ergangen sei. Sein Vater war inzwischen über sechzig Jahre alt und ich fragte mich, ob er die Arbeit im Buchladen und die Zeitung noch lange allein bewältigen konnte und ob Steve gesundheitlich in der Lage wäre, das Geschäft zu übernehmen. Zugegeben, mit gefiel der Gedanke, dass ich dieses Geschäft vielleicht eines Tages führen könnte. Doch das Wichtigste in diesen Tagen war zunächst meine Rückkehr. Zurück nach Hause. Das klang so wunderschön. Mir wurde warm ums Herz, wenn ich an meine Eltern, unsere Farm und an Memory dachte, eng verbunden mit dem sonnigen Gedanke an Jack und den Klang der Flugzeugmotoren. Ich konnte es kaum erwarten. Wie er wohl reagieren würde, wenn ich überraschend zurückkomme. Ob er sich freuen würde? Er hat mir nur einen einzigen Brief geschrieben. Die ganzen Jahre hat er es auf einen einzigen

Brief geschafft, darüber war ich enttäuscht, aber ich rettete mich in die Entschuldigung, dass er für gewöhnlich nie viel gesprochen hatte, sondern lieber zuhörte und beobachtete. Meinen Eltern haben ihm sicher immer berichtet, was es Neues aus England gab und meine Grüße ausgerichtet.

Von Tag zu Tag war ich mehr aufgeregt, abends spielte ich im Kopf die ersten Begegnungen zu Hause durch und die Freude stieg wie mein Interesse an der Frage, wie ich es die ganzen Jahre durchgehalten habe, wo doch die letzten Tage hier kaum auszuhalten sind. Ich kaufte inzwischen kleine Geschenke für Menschen, die mir wichtig waren. Für Steve Reynolds und seinen Vater zum Beispiel, kaufte ich beim Archiv der LONDON-TIMES je ein Originalexemplar, das an ihrem Geburtstag erschienen war, für Mum hatte ich schon vor Wochen Ohrringe gekauft, für Dad eine wahnsinnig teure Fliegeruhr, auf die ich auf keinen Fall verzichten wollte, obwohl ich wusste, dass er sie nicht täglich tragen würde, aus Angst, sie zu verlieren. Am meisten freute ich mich auf Jacks Reaktion, wenn er sein Geschenk auspacken würde. Pünktlich zu seinem achtundzwanzigsten Geburtstag sollte das Paket Greenville erreicht haben. Ich legte alle Geschenke geschützt und sorgfältig verpackt in eine Kiste, die ich drei Wochen vor meiner Abreise nach Hause schickte, wo Mum sie bereits erwartete, um sie vor Allen zu verstecken.

Der Tag war gekommen. Alle meine Kleider, meine Unterlagen und Bücher waren gepackt. Die letzten Tage verbrachte ich überwiegend damit, mich von den Menschen zu verabschieden, mit denen ich hier gelebt hatte und denen ich viel zu verdanken hatte. Wir tranken Tee miteinander und saßen gesellig beisammen. Dieses disziplinierte Großbritannien war so offen und freundlich und mir inzwischen richtig ans Herz gewachsen. Mit großer Freude und ein wenig Wehmut, stieg ich zu Jacob in den Jaguar und wir fuhren in den frühen Morgenstunden zum Flughafen am anderen Ende von London. Ein letztes Mal bewunderte ich die bunten verzerrten Lichter der Stadt, die hinter den Regentropfen an der Seitenscheibe an mir vorüberzogen. Von den anderen hatte ich mich bereits gestern Abend verabschiedet. Ich bevorzugte diesen Abschied im kleinstmöglichen Rahmen zu vollziehen, weil ich ein schlechtes Gewissen hatte, dass meine Freude über meine Heimkehr nach immerhin sechs Jahren den Abschiedsschmerz um ein Vielfaches überstieg. Ich befürchtete, man hat es mir angemerkt. Jacob war zwar inzwischen auch ein vertrauter Freund geworden, aber ich betrachtete die Sache hier förmlicher und konzentrierte mich in diesem Fall darauf, dass er das alles nur beruflich machte. Er half mir mit der Tasche und brachte mir noch den Koffer an das Transportband. Er umarmte mich sehr diskret und deutete je einen Kuss auf meinen Wangen an. Er sagte: „Farewell, my dear". Und ich glaubte, eine Träne gesehen zu haben. Mir ging es wie ihm. „Jacob, Goodbye. Thank you."

(Zurück in Greenville)

Ich zählte die Stunden bis zu meiner Ankunft in Chicago und spielte mit der Zeit, die ich während des Fluges überlisten konnte. Wäre es doch auch mit den Jahren so einfach gewesen. Gegen zwei am Nachmittag würde ich dieses Flugzeug in meiner Heimat verlassen. Ich konnte meine Freude kaum zügeln und bin irgendwann mit einem Lächeln eingeschlafen. Als ich aufwachte, bot mir die britische Stewardess einen Tee an, wobei ich mir vornahm, diesen heute symbolisch ein letztes Mal mit Milch zu genießen. Die Stimme des Captains klang aus den Lautsprechern: „Ladies and Gentlemen, in about one hour we'll arrive in Chicago. We hope you had an enjoyable flight and wish you a pleasant abidance in Chicago." Mein Herz schlug schneller, die Aufregung stieg. Ich dachte für einen Moment daran, unter welch' verschiedenen Aspekten man doch die Flugangst betrachten könnte. Als ich damals mit Jack zum ersten Mal mit der Skyranger geflogen war, wäre es wirklich – zumindest für uns beide – egal gewesen, ob wir hier enden. Kurz darauf, bei meiner Reise nach London, spielte es auch keine Rolle für mich. Doch jetzt, auf dem Flug in diese Richtung wollte die Panik versuchen, meinen Körper zu packen und mich aus der Ruhe zu bringen. Jetzt, so kurz vor dem Ziel, nach diesen Jahren, die dann umsonst gewesen wären, war der Gedanke an einen möglichen Absturz grauenvoll. Mir wurde heiß und schwindelig und ich versuchte mich mit der Frage abzulenken, wie ich einen Zeitungsverlag nennen würde. Ich wusste, dass ich mich in diese Angst nicht hineinsteigern darf. Ich dachte darüber nach, Jack in den nächsten Tagen davon zu erzählen, dass ich den Stein nicht mehr habe, den er mir vor meiner Abreise am Strand geschenkt hatte. Das bedrückte mich sehr. Mit diesem Gedankenchaos habe ich den Rest des Fluges überstanden und setzte mit Genuss meinen rechten Fuß zuerst auf den Asphalt von Chicago. Ich nahm einen tiefen Atemzug amerikanische Luft in mich auf und folgte den Reisenden zum Terminal. „In wenigen Minuten sehe ich meine Eltern", dachte ich, wieder einmal laut. Ich ließ die Tür, die durch das Flughafengebäude direkt nach Hause führte, nicht mehr aus den Augen. Im Gebäude hörte ich Ansagen durch Lautsprecher, sah Menschen, die sich in die Arme fielen, Andere, die sich verabschiedeten, ich sah Taschen auf Wagen mit Rollen, eilige Männer mit Aktenkoffern. Ich sah das Chicago von 1964 und die schönste Frau, die ich kannte, meine Mum.

Keinen Tag gealtert, sechs Jahre schöner und das vertrauteste Gefühl, für das es keinen Namen gibt. Sie nahm ihre Hände vor Mund und Nase und blickte mich erstaunt und scheinbar fassungslos an. Ich wurde verlegen, denn als auch Daddy die Fassung verlor und in seinem Rollstuhl auf mich zukam, wusste ich, welchen Wert ich für diese wundervollen Menschen hatte. An den Anblick des Rollstuhls hatte ich mich inzwischen gewöhnt, indem ich ihn Tag für Tag auf dem Foto betrachtete, das Mum mir geschickt hatte. Ich setze alles daran, mir nicht anmerken zu lassen, wie hilflos und unsicher ich jetzt meinem Dad gegenüber war. So machte ich einen Haken hinter diesen Flug, „erdete", mich und fiel meinen Eltern in die Arme. Wir sprachen nicht, wir weinten, minutenlang. Dann legte Mum ihre Hände um mein Gesicht und sagte: „Mein Kind, mein großes Kind. Du bist wohl auf. Jetzt kann ich es sagen: Es war kaum zu ertragen, dich gehen zu lassen." „Ich weiß, Mum, ich weiß. Es war auch kaum zu ertragen, zu gehen", sagte ich leise." Um unsere Emotionen zu beruhigen sagte Daddy ein wenig stockend aber sachlich: „Es war die richtige Entscheidung und jetzt ist es ja überstanden." Mit Schrecken fiel mir ein: „Ihr habt doch niemandem erzählt, dass ich komme, oder?" „Nein, natürlich nicht", sagte Dad, „auch Jack nicht. Ich habe ihm erzählt, dass ich heute zum Doktor muss." Dad war gealtert. Er sah nicht gesund aus. Ich konnte es an nichts festmachen, vielleicht war es der Rollstuhl. Ich hoffte, der Eindruck sei vorübergehend. Ich nahm jeden von ihnen noch einmal fest in den Arm und wir holten meine zwei Koffer. „Ist die Kiste angekommen?", fragte ich Mum, „Ja, Schatz, ist sie. Was ist denn da drin, die ist ja schwer, als hättest du den Briten die Bibliothek über die Jahre ausgeräumt.“ Sie lachte. Daddy fand das auch lustig, aber wusste scheinbar nicht, wovon wir sprachen. „Was denn für eine Kiste?“, fragte er. „Eine Überraschung, für jeden von euch“, antwortete ich. Wir nahmen mein Gepäck, gingen zum Wagen, und Dad begann stolz zu erzählen, wie erstaunt ich sein werde, was sich alles getan hat in den letzten Jahren, während Mum ihm gekonnt auf den Beifahrersitz half und ihn anschnallte. Unbeabsichtigt trübte ich von einem Augenblick auf den anderen die Stimmung, indem ich fragte: „Es war schlimm, nicht wahr?“ Beide wussten, dass ich vom Wirbelsturm sprach. „Ja“, sagte Mum. Daddy erwiderte: „Auch das haben wir überstanden. Es war eine harte Zeit. Aber wir haben uns nicht verloren, das ist das Wichtigste.“ Mum fügte noch hinzu: „Vielleicht, Kate, war es Schicksal, dass du weit weg warst.“ Auf der zweistündigen Fahrt nach Greenville beobachtete ich neugierig die vorbeiziehende Landschaft, meine Blicke suchten Gebäude, von denen ich genau wusste, hinter welcher Kurve sie stehen und wir redeten und redeten. Wir hatten uns so viel zu erzählen. Gegen 4 Uhr am Nachmittag erreichten wir Greenville. „Welcome to Greenville“, stand auf dem Schild, das ziemlich neu zu sein schien. Es strahlte in leuchtenden Farben im Abendlicht und die Scheinwerfer unseres Wagens ließen im Vorüberfahren einen Lichtstreif über die Schrift gleiten. Ich begutachtete jedes Haus, meine Augen hielten Ausschau nach Reynold’s Buchhandlung und das schräg gegenüberliegende Geschäft von den Faradays. Als ich Bob’s Garage sah, durchfuhr ein warmes Kribbeln meinen Bauch, das sich zu meinem Hals hinaufschlich und sich dort in eine Gänsehaut verwandelte. Als wir zum anderen Ende der Stadt kamen und rechts in die County Farm Road einbogen, wollte dieses Gefühl nicht nachlassen und verabreichte mir aufs Neue Gänsehaut und die Erinnerung an unsere tägliche Fahrt mit dem Schulbus, bei jedem Wetter. Ich kannte jeden einzelnen Baum in seinen verschiedenen Kleidern. Sie standen da, leer und braun, wie es im Februar nun einmal ist, aber ich sah sie im Blütenmeer, in vollem Grün, in buntem Gold und in glitzerndem Weiß. Gleich war es soweit. Schweigend schloss ich schnell meine Wette ab. Die Bohle der Holzbrücke. Die fünfte von der Farmseite aus. Ich war ganz sicher, sie würde immer noch locker sein, ich hatte schließlich immer gewonnen." Was mache ich, wenn ich verliere?", fragte ich mich in Gedanken. Es gab nichts. Nichts, was irgendeine Form von Unannehmlichkeit gewesen wäre. Es gab nichts in diesem Moment, das ich als Verlust gesehen hätte. Also wettete ich einfach so und grinste, mit einem siegessicheren Gefühl. Ich kurbelte die Seitenscheibe ein Stück hinunter, sodass ich durch den Spalt die Geräusche von draußen wahrnehmen konnte. Ich rutschte auf die Mitte der Rücksitzbank und legte meine Hand auf Daddys linke Schulter. Er drehte sich kurz zu mir um und legte seine Hand auf meine. Wir lächelten uns an und ich blickte erwartungsvoll nach vorn. Da war sie. Unsere Brücke. Das Scheinwerferlicht durchflutete die Durchfahrt, sodass die Bedachung überblendet wurde. Wir kamen näher auf sie zu und Daddy sagte: „Nach dem Sturm war sie fast völlig unbeschädigt. Ich dachte erst, es würde sie nicht mehr geben, so wie der Wald aussah." „Ach so?", erwiderte ich nur kurz und konzentrierte mich auf die Geräusche, während Mum die Brücke befuhr. Das Poltern blieb aus! Unglaublich, kein Poltern. Ich war enttäuscht. Wahrscheinlich war ich die Einzige auf diesem Planeten, die enttäuscht gewesen ist, dass ein Brückenschaden behoben wurde. „Wir packen deine Koffer ins Haus und dann kannst du ja gleich los“, sagte Mum. „Wie, los?“, fragte ich, „Wohin soll ich denn?“ „Du möchtest doch sicher Jack begrüßen, oder nicht?“ Da war es wieder, dieses Kribbeln, aber diesmal kam es als Stechen zurück. „Wo ist er denn? Auf dem Flugplatz?“, fragte ich nach. Daddy sagte: „Sicher. Sein Wagen wird nicht da stehen. Er ist meistens nicht vor Sieben abends zu Hause. Gibt noch Einiges zu tun da draußen. Fahr hin! Du musst es dir ansehen.“ Dad klang selbst ganz aufgeregt und ich musste mich nicht überreden lassen. Natürlich wollte ich Jack so schnell wie möglich überraschen und seinen Blick sehen, wenn ich plötzlich zurück bin. Die Erzählungen über den Flugplatz hatten mich im Übrigen sehr neugierig gemacht. Wir durchfuhren die Einfahrt der Farm und ich sah das langersehnte Bild. Die beiden gegenüberliegenden Häuser unserer Eltern. Etwas hatte sich verändert. Das Weidegatter war nicht mehr vorn am Stall und versetzt hinter dem Haus von Jacks Eltern, stand ein kleineres sehr schönes Haus. Meine Mutter zeigte auf das neue Haus und sagte: „Lavinia und Brian wohnen in dem neuen Haus. Jack hat es für Elaine gebaut. Er konnte dort nicht einziehen, nachdem ... so haben sie getauscht. Sie haben es wunderschön dort drinnen.“ Beim Gedanken an Elaines Tod war mir nicht wohl. Es fiel mir schwer, damit umzugehen, die Situation war für mich nicht einzuordnen. Ich hatte Elaine vom ersten Tag an als eine Art Konkurrentin gesehen, aber irgendwie nicht im negativen Sinne. Ich bewunderte sie und wäre gern wie sie gewesen, mit diesen unendlich langen schwarzen Haaren. Schon an der Greenville High war sie diejenige, die in der Masse auffiel, durch ihre solide und trotzdem zurückhaltende Art. Sie hatte ein geheimnisvolles Auftreten und schien unerreichbar. Gerade ist mir aufgefallen, dass sie viele Eigenschaften hatte, die denen von Jack ähnelten. Ob sie sich verstanden haben? Nur so ein Gedanke, was kommt dabei heraus, wenn zwei so gleich sind und beide die Eigenschaft haben, nicht wirklich viel zu reden? Nun gut, es sind Fragen, die mich nichts angehen. Aber es war ja auch so, dass ich Jack ohne Worte verstand, warum sollte sie das nicht gekonnt haben. So wird es sicher gewesen sein. Sie waren sicher glücklich. Ich kam mir dumm vor, ich würde es fast ein schlechtes Gewissen nennen. Ich wusste nicht, was das zu bedeuten hatte, aber es störte mich. Ich hatte Angst, ihm deshalb nicht helfen zu können.

Wir stiegen aus dem Wagen, Mum half Dad in den Rollstuhl. Ich stand etwas unbeholfen daneben. Daran musste ich mich erst gewöhnen und lernen, wie ich meinem Vater helfen kann. Mum schob ihn zur Holztreppe an der Veranda und zog ihn rückwärts eine präzise angefertigte Rampe hinauf, die genau auf die Spur des Rollstuhls abgestimmt war. Sie bremste den Rollstuhl an und drehte Dad so, dass er zum Wagen und ins Haus blicken konnte. Immer mehr wurde mir klar, was meine Mum jetzt bewältigen musste. Sie führten ein ganz anderes Leben und ich war all die Jahre nicht da gewesen, um ihnen zu helfen. Wir brachten mein Gepäck ins Haus. Dann gab ich mir einen Ruck und ging von hinten an den Rollstuhl. Meine Blicke suchten die Fußbremse, die Mum betätigt hatte. Ich wollte sie wie selbstverständlich lösen, aber ich fand sie nicht. Ich beugte mich suchend hinunter, Daddy drehte sich um und brummte: „Da, der Hebel." Es war ihm peinlich. Er schämte sich, dass er in diesem Ding saß. Ich spürte es. Mir war das alles noch viel peinlicher. So schob ich ihn ins Haus und sagte: „Ihr Lieben, ich würde jetzt gern viele Dinge tun, euch beschenken, mich auf diese Couch fallen lassen, mein

Zimmer sehen, ein ganzes Stück Schinken verdrücken und in Ruhe ankommen. Zu Hause! Endlich zu Hause!“

Ich sah mich um, ging zum Küchentisch, der unverändert ein paar Meter schräg links von der Haustür stand. Daneben die vanillefarbigen Küchenschränke. Es roch wie früher, nach Leder, Holz und Gewürzen. Unverkennbar. Das Meiste war wie früher, aber alles war anders. „Und weil das alles die ganze Nacht dauern würde, fahre ich jetzt zu eurem Flugplatz, Daddy! Seid mir bitte nicht böse, ich sage Jack Guten Tag und dann komme ich an.“ „Fahr' nur Kind! Sieh dir an, was der Junge auf die Beine gestellt hat.“ Daddy war stolz auf den Sohn, den er nie hatte. Ich machte mich gleich auf den Weg, lief zum Wagen meiner Eltern, stieg ein. Doch bevor ich zum Flugplatz hinaus fuhr, musste ich noch kurz an der Brücke halten, um sicherzustellen, ob wirklich jemand die Bohle repariert hatte. Ich hielt den Wagen vor der Brücke an, ließ den Motor laufen und ging den Gang entlang, ohne nach unten zu sehn. Plötzlich, als ich das Geländer und die eingeritzten Erinnerungen in den Balken im Abendlicht sah, schien mir die Bohle so unwichtig, dass ich zum Wagen eilte, kurz hinunter schaute, dass hellere Brett an fünfter Stelle erblickte und eilig meine Fahrt fortsetzte. Drei Meilen waren es bis dort draußen. Früher bin ich sie so oft mit dem Fahrrad gefahren. Ich erfreute mich an jedem Baum, jedem Loch in der Straße, an der einzeln stehenden Scheune, die scheinbar nur noch vom geschlossenen Tor zusammengehalten wurde und fuhr immer schneller. Das große Tor zum Flugplatz war weit geöffnet. Als ich in die Einfahrt fuhr, orientierte ich mich an den alt bekannten Gebäuden und fuhr in die Richtung, in der ich Lichter sah. Inzwischen war es dunkel. Ich sah sicher „very british“, aus heute, wie damals mein erster

Eindruck von Helen im Flugzeug gewesen war. Ich nahm meinen schwarzen Hut ab und warf ihn auf den Sitz neben mir. Mein Herz schlug unbeschreiblich schnell und ich atmete schwer. Da kam mir ein Pickup entgegen. Es war nicht der hellblaue, den ich kannte. Als er neben mir war, hielt der Fahrer und öffnete seine Scheibe: „Melissa, wenn du Jack suchst... Kate? Ich dachte deine Mutter... Kate! Bist du es wirklich? Ich glaube es nicht, die kleine Robinson!“ „Hi, Skipper! Schön, dich zu sehen! Ich bin gerade angekommen.“ „Jack hat gar nichts von deiner Ankunft erzählt!“ „Er weiß es nicht, Skipper. Ich wollte ihn überraschen. Ist er noch ...?“ „Der wird Augen machen. Fahr weiter, dort hinten! Geh in die Bar. Er ist im Lagerraum dahinter und wird gleich wieder kommen. Du kannst da auf ihn warten, geh einfach hinein!“ Skipper lachte und redete noch etwas, während er die Scheibe hochkurbelte und weiter fuhr. Ich sah nach vorn, fuhr auf die Bar zu und hielt direkt davor. Ich stieg aus dem Wagen, ging zur Tür. Alles war neu hier, es roch nach frischem Leder und Farbe. Zarte Lichter ließen Metall und hochglanzpolierte Flächen glänzen. Die Schwingtür vom Vorraum schloss ohne jedes Geräusch. Es war still. Niemand war zu sehen. Ich sah mich um. Es war, als wäre die Welt inzwischen eine andere geworden. Das letzte Mal, als ich hier an dieser Stelle den Boden berührte, wuchs unter mir wildes Gras aus dem Asphalt.

Kleine Lampen standen auf den hellen Tischen. Rote, mit Leder bezogene Sitzbänke mit hohen Lehnen standen dazwischen. In den großen Fenstern hingen Leuchtreklameschriften von Coca-Cola und Budweiser. Auf dem Tresen standen Flaschen, Kartons und Werkzeuge. Am Boden lag Pappe und Folie. Ich sah vorsichtig durch die offene Tür in die Küche. Ich hörte nichts und ich sah niemanden. Jack war sicher noch in dem Lager, von dem Skipper gesprochen hatte. Ich traute mich nicht in die Küche und beschloss deshalb, hier zu warten. Als ich mich weiter umsah erblickte ich eine Jukebox.

Sie war sehr schön und in mir stieg das Verlangen, nach einem ganz bestimmten Song zu suchen. Ich ging herüber und durchsuchte die Titelliste nach *Don't play that song.* Da war er. Der Titel mit der Nummer Achtzehn. Ich sah den Stecker auf dem Boden liegen und steckte ihn in die Steckdose. Die Beleuchtung der runden Umrandung erstrahlte und die Box machte Geräusche, als würde sie sich auf ihre Arbeit vorbereiten. Dann war sie still. Ich drückte auf den grün leuchtenden Knopf neben der Achtzehn und wartete gespannt ab.

Dass Jack währenddessen ganz hinten in der Küche unter dem Herd lag und ein Kabel anschloss, wusste ich zu diesem Zeitpunkt nicht. Man hatte mir ja gesagt, er wäre irgendwo draußen und ich solle hier warten. Also wartete ich. Die Jukebox wählte leise die Platte und begann zu spielen. Eine Gänsehaut überkam mich, als die ersten Töne meines Lieblingssongs aus den Lautsprechern überall in diesem wunderschönen Diner klangen und mir bewusst wurde, dass ich von diesem Song genauso lange getrennt war, wie von zu Hause. Ich hatte die Platte mit nach London genommen, doch nie gehört. Das klang so wunderbar. Ich drehte mich um und sah zu den Lautsprechern an der Decke. Ich lächelte und genoss jeden Atemzug. Plötzlich hörte ich ein lautes blechernes Geräusch und ein schmerzhaftes Stöhnen aus der Küche. Sekunden später trat Jack langsam an die offene Tür. Er wischte sich mit der Hand einen Tropfen Blut von der Stirn und stand da wie versteinert. Vollkommen überrascht sah er mich an und flüsterte: „Katy?“ Er stand dort hinter dem Tresen und bewegte sich nicht. Ich konnte ihn nicht länger so stehen sehen und lief eilig zu ihm. Er war so verändert. Ein anderer als der, der im Sommer 1958 mit tränenden Augen rückwärts aus meinem Zimmer gegangen war. Er war jetzt der, den ich früher immer gesehen hatte, der er aber nie sein wollte. Als ob er jetzt eine Maske abgenommen hatte, weil sie mit den Jahren nicht mehr passte. Morgen war sein achtundzwanzigster Geburtstag und er war erwachsen. So stolz und so reif sah er aus, trotzdem er jetzt weinte und mich umarmte, wie ein kleiner Junge, der größer war, als ich. Er hielt sich an mir fest und ich lehnte mich zurück, um ihm das Blut von der Stirn zu wischen. Ich war in diesem Moment so sicher, dass ich Greenville nie wieder ohne Jack verlassen würde. Er flüsterte: „Bist du wirklich hier? Wo kommst du denn her?“ Ich weinte und versuchte zu sagen: „Aus London. Du blutest ja.“ „Dieser blöde Herd. Es tut nicht mehr weh“, antwortete er. Er legte seine Hand an meine Wange und sah mich an. Er schüttelte ungläubig den Kopf und sagte leise: „Welcome back home.“ Ich nahm ein Tuch von der Bar und wischte das Blut aus seinem Gesicht. Er stand still vor mir, sah mich an und lächelte. „Es tut mir leid“, sagte ich ernst zu ihm. „Es tut mir alles so schrecklich leid!“ Ich hatte in den letzten Minuten dieser Umarmung so viel Schmerz und Trauer in mich aufgenommen, dass es für ein ganzes Leben reichte. Es fiel mir jedoch nicht schwer, ich war bereit dafür gewesen. Ich dachte an einen Satz, den Jacks Vater einmal an der Pferdekoppel gesagt hatte: „Du kannst den wildesten Mustang beugen, wenn du ihm nur überlässt, wann er es tut.“ Ich dachte, so ist es auch mit manchen Menschen. Ich war mir nicht sicher, ob es noch möglich war, Jack wie damals einfach nur lange zu umarmen. Er selbst war sich dessen nicht einmal sicher, so schien es mir. Also trat ich einen Schritt von ihm zurück, um ihm nicht zu nahe zu treten. „Setzen wir uns?“, fragte er. „Skipper’s Bar“, wird das sein. Wie findest du sie?“ „Es ist wunderschön hier. Unglaublich, was du hier gemacht hast. Wie kommst du nur auf solche wunderbaren Ideen?“ „Naja, wer hier fliegt, hat auch Hunger. Das ist purer Egoismus. Jedes Mal musste ich in die Stadt zum Essen. Das ist doch umständlich.“ Er lachte verlegen und ich hörte ihm gar nicht zu. Ich sah ihn nur an und nickte, um ihn nicht spüren zu lassen, dass ich mich zurückhalten musste, ihm einfach nur in die Arme zu fallen. Ich war so unendlich glücklich wieder hier zu sein. Er zeigte mir sein neues Restaurant und sagte: „Du musst dir unbedingt alles am Tage ansehen. Ich würde mich freuen, wenn du morgen herkommst. Naja, wir feiern ein wenig meinen Geburtstag. Das war so geplant. Aber jetzt haben wir wirklich allen Grund dazu. Lass’ uns hier morgen feiern, ja?“ „Klar! Nur deshalb bin ich hier Mr. Denver.“ Ich sagte es so gern, dieses ‚Mister Denver’. Ich lachte und konnte es nicht lassen, ihn noch einmal zu umarmen. Er hielt sich an mir fest, als wollte er gleich fallen und stützte sein Kinn auf meinen Kopf, wie er es früher beim Tanzen getan hatte. „Das ist das schönste Geburtstagsgeschenk aller Zeiten. Ich habe nicht damit gerechnet, dich jetzt schon wieder zu sehen. Ich bin froh, dass du da bist.“ Dann lehnte er sich plötzlich zurück, als bekäme er einen Schreck, legte seine Hände auf meine Schultern und sah mich fragend an: „Wo ist Morten?“ Ich tat so, als würde ich überlegen und fragte: „Wer ist Morten?“ Jack lächelte, schluckte und schüttelte mit dem Kopf. Leise sagte er: „Sie ist wieder hier. Unsere Katy ist zu Hause, ich kann es nicht glauben.“ Er legte seinen Kopf wieder auf meinen und ich glaube, er roch wieder an meinem Haar, um sich zu vergewissern, dass dieser Moment real ist. „Wie geht es Miles?“, fragte ich. „Miles?“ Jack nahm meine Hand, führte mich an einen der Barhocker und sagte: „Ich hole uns mal ein Bier. Möchtest du?” „Ja, gern.“ Ich wartete auf seine Antwort. Während er um den Tresen ging und den Kühlschrank öffnete, sagte er: „Ich habe ihn verkauft. Ich habe alle Pferde verkauft, außer Memory. Nach dem Sturm. Ich hatte einfach keine Zeit mehr. Dann kam das mit dem Flugplatz. Es war richtig so.“ „Du hast Miles verkauft? Du hättest mich fragen können, ob du Memory verkaufen kannst. Dann hättest du ihn behalten können.“ Jack unterbrach mich bestimmend: „Nein. Memory war ein Geschenk. Es stand außer Frage ihn zu verkaufen. Er gehört dir, Katy. Wir brauchen darüber nicht reden.“ Er reichte mir das Bier und setzte sich neben mich. Er starrte auf seine Flasche und spielte mit dem Deckel in seiner Hand. Ich bemerkte, dass er mir ein Bier gegeben, aber sich selbst eine Cola genommen hatte. Früher hätte ich ihn bei meinem jetzigen Verdacht zur Rede gestellt. Heute nicht mehr. Ich wagte nicht, ihm weitere Fragen zu stellen. Ich dachte in diesem Moment, dass hier in Greenville inzwischen mehr passiert sein musste, als man mir erzählt hatte. Ich lenkte vom Thema ab: „Und der gute F100? Dein Baby? Er sieht aus, als hätte er schon zwanzig Jahre gearbeitet.“ Ich wollte Jack wieder lachen sehn. Kurz war es mir gelungen. Dann begann Jack zu erzählen: „Es ist viel passiert Katy. Ich war kurz davor, Benzin und Streichhölzer zu nehmen. Dieses Leben hat uns so bestraft. Was haben wir falsch gemacht?“ Ich musste schlucken: „Hey, niemand hat etwas falsch gemacht. Wir haben alle alles richtig gemacht. Das ist das Leben. Es stellt uns manchmal ganz schön auf die Probe, nicht wahr?“ „Auf die Probe!? Nein, es hat mich an meine

Grenzen gebracht. Ich habe es verflucht. Ich habe dieses Leben verflucht, diese verdammte Stadt. Und ich habe mich verflucht. Ich habe versagt. Ich hätte nach Rockfort fahren müssen. Stattdessen habe ich diese verdammten Rinder in Sicherheit gebracht! Ich kann ihrem Vater nicht mehr in die Augen sehen!" Jack sah geradeaus in die Luft, er knickte den Metalldeckel zwischen Daumen und Zeigefinger und zitterte, als wäre es gestern gewesen. Ich hatte keine Argumente dagegen und gab ihm schweigend Recht. Ich stand auf und legte meine Arme von hinten um ihn. Er ließ seinen Kopf auf den Tresen in seine Arme fallen und weinte so hilflos und enttäuscht, während er die Glasflasche anhob und wieder heftig auf die Oberfläche stellte, dass ich zusammenzuckte. Ich lehnte mich an seinen Rücken und ließ ihn weinen. Ich hatte nichts zu sagen. Es hätte nicht geholfen. Mir liefen Tränen. Wir schwiegen lange. Die Jukebox übernahm die Unterhaltung. Wir waren einfach nur gemeinsam dort, in dieser Bar und versuchten Freude und Trauer irgendwie zeitgleich zuzulassen. Irgendwann drehte sich Jack zu mir um, strich mit seiner Hand über meine Wange und sagte: „Schön, dass du wieder da bist. Lass' uns abhaun', du musst doch wahnsinnig müde sein. Wir können noch so viel reden. Du bleibst doch. Oder?" „Natürlich bleibe ich. Ich bin jetzt Journalistin. Ich bin fertig, für's Erste." Er stupste mich mit seinem Arm: „Wow, Ms. Robinson ist jetzt Journalistin." Er nahm seine Jacke und öffnete mir die Tür. „Ich bin stolz auf dich!" Als wir zu den Autos gingen fragte er: „Ist es in Europa auch noch so kalt?" Er schüttelte sich und zog sein Kinn in den Kragen seiner Jacke. „Ja, es war verdammt kalt, aber so ganz ohne Sonne. Und es hat den ganzen Januar geregnet." „Du und der Regen", lachte er frierend, „Hier war wenigstens Sonne, die Tage sind kalt, aber sehr schön. Wir können fliegen, wenn du möchtest, ist schön bei dem Wetter." „Ich weiß nicht, ich glaube, ich habe wieder Angst." Schließlich gab es jetzt mehr zu verlieren. „Ach, du spinnst, ...", kopfschüttelnd öffnete er seinen Pickup, und ich stieg in den Wagen meiner Eltern, „Los, erst mal nach Hause." Wir fuhren zur Farm und ich folgte dem hellblauen Blech, das von den Scheinwerfern angestrahlt wurde. Auf der Fahrt sah ich auf die Uhr und bemerkte, dass Jack in gut zwanzig Minuten Geburtstag haben würde. Er fuhr zügig über die Holzbrücke und wir kamen zur Farm. Ich stieg aus dem Wagen und sagte zu Jack: „In zwanzig Minuten hast du Geburtstag. Kommst du noch mit herein? Dann kann ich dir zuerst gratulieren?" „Nein, ich flüchte schnell, du weißt doch, wie blöd ich das finde. Wir müssen jetzt schlafen, damit wir morgen lange feiern können. Wir feiern deine Rückkehr, okay?" „Nein!" Ich wiedersprach ihm: „Ich mache dir einen Vorschlag. Ich gebe dir nur kurz das Geschenk, das ich für dich habe und dann kannst du nach Hause gehen. Es kann nicht warten." Jack lachte verlegen. „Also gut, das muss ja etwas großartig Sonderbares sein, was du da für mich hast. Ein Geschenk, was kann das sein? Jetzt bin ich neugierig", murmelte er vor sich hin, während er mir ins Haus folgte. „Komm' rein", sagte ich leise. Meine Eltern schliefen bereits, alles war still. Ich lief in den Wohnraum, wo die Kiste noch verschlossen stand, die ich vor einigen Wochen nach Hause geschickt hatte. Ich glaube, ich war mehr aufgeregt, als Jack, denn ich wusste ja, was es war. Ich öffnete die Kiste und kramte in dem Papierberg, der das gelbe Flugzeug aus Blech schützte, das ich in einem Secondhandladen in der Londoner Innenstadt entdeckt hatte. Während ich mich schützend davor hockte und die gelbe *Piper* vom öligen Papier befreite sagte ich: „Ist aber nicht schick eingepackt."

Ich nahm sie in die Hand und drehte mich zu ihm. Ich streckte ihm das Agrarflugzeug entgegen und konnte in diesem Moment gar nichts weiter sagen. Kurz blickte ich zur Uhr über dem Kühlschrank und sagte: „Happy Birthday, Mister Denver." Jack sah auf das Flugzeug, seine Augen glänzten und er schüttelte verlegen mit dem Kopf. Er grinste und sagte leise: „Du bist so wundervoll!" Er begutachtete den Doppeldecker und sagte: „Eine'Piper'. Wo hast du die denn her? Die bekommt man doch so schlecht! Ich glaub's nicht!" Ich werde sie über die Bar hängen. Da gehört sie hin." Er legte das Flugzeug vorsichtig auf das Sofa neben sich und umarmte mich. Plötzlich ging die Tür hinter uns auf. Es war das frühere Arbeitszimmer, Dad rollte uns in seinem Rollstuhl entgegen. Er trug seinen gestreiften Schlafanzug wie früher und rieb sich die Augen mit der einen Hand. Jack trat einen Schritt von mir zurück und sagte: „Hey Ted, entschuldige, haben wir dich geweckt?" Dad sah uns müde an. Jack schien das sehr unangenehm zu sein und nahm das Flugzeug. Unsicher hob er etwas höher und lächelte mich an: „Danke Katy. Sie ist wunderschön." Trocken und kühl sagte Dad: „Herzlichen Glückwunsch, Jack." „Danke!", erwiderte er unsicher und ging zur Tür. „Bis morgen, schlaft gut!" „Ja", konnte ich nur noch sagen und Jack verschwand. Ich sah Daddy an: „Entschuldige, dass wir dich geweckt haben, ich wollte ihm nur kurz ..." Dad unterbrach mich. Ich hatte einen Kloß im Hals, es fühlte sich komisch an, was gerade passiert war. „Darum geht es nicht. Ich habe noch gelesen. Hätte das nicht bis morgen warten können?", fragte er etwas zornig, während er seinen Rollstuhl zum Zimmer hinter sich drehte. „Wir haben uns Jahre nicht gesehen, Dad!" „Wir dich auch nicht! Gute Nacht." So kannte ich meinen Vater nicht. Ich war erschrocken. Was war nur passiert? Ich erinnerte mich an den Morgen des letzten Tages vor meiner Abreise. War das Eifersucht? Die einzige Vermutung, die ich hatte, war, dass er sich schwer tat, zu akzeptieren, dass ich nicht mehr sein kleines Mädchen war. Ich nahm meine Tasche mit den wichtigsten Sachen und schlich mich die Treppe hinauf in mein Zimmer. Ich genoss den Moment, in dem ich die Tür öffnete und alles frisch duftete. Mum hatte mir sogar das Bett vorbereitet, als wäre ich nie weg gewesen. Ich ließ die Tasche fallen, warf meine Kleider über meinen Sessel und kuschelte mich in mein geliebtes Bett. Die Gedanken um meinen Vater ließen mich nicht los. Womöglich hatte er unsere Umarmung nur falsch gedeutet und war enttäuscht in Bezug auf Elaines Tod. Das hatte er sicher falsch verstanden. Irgendwann schlief ich ein.

Als ich am Morgen aufwachte, wurde mir erst nach einigen Sekunden klar, dass ich wirklich in meinem Bett zu Hause in Greenville lag. Ich hatte wunderbar geschlafen und konnte es kaum erwarten, die Kiste mit den restlichen Geschenken zu öffnen und sie zu überreichen. Als ich die Treppe hinunter in die Küche kam, erwartete mich der Duft von Kaffee, von dem ich nicht gewusst habe, wie sehr ich ihn vermisst hatte. Mum lächelte erleichtert, als sie sich umdrehte und mich sah. Sie wirkte, als war sie bis eben nicht sicher, ob ich tatsächlich heim gekommen war. Dann redete sie, als wäre ich nie weg gewesen: „Guten Morgen, Schatz, das Frühstück ist fertig.“ Dabei sah Dad mich kurz streng an und achtete darauf, dass Mum diesen Blick nicht sehen würde. Ich war verwundert darüber, ließ es aber niemanden merken. „Ist das schön“, sagte ich. Als ich mich am Tisch sitzend im unteren Teil des Hauses umsah, stellte ich mir die Frage, wie meine Eltern das Problem mit der

Treppe umgangen sind, da ja Vater nicht mehr laufen konnte. Ich fragte: „Und Daddy schläft jetzt unten, ja?" Mum sagte: „Nun, als er nach dem Unfall vom Krankenhaus nach Hause kam, habe ich ihm zunächst ein Bett im Arbeitszimmer zurechtgemacht. Das passte alles nicht wirklich, also half mir Lavinia dabei, die Sachen aus dem Arbeitszimmer nach oben zu bringen und das Schlafzimmer nach unten zu verlegen. Wir schlafen seitdem hier." Dad sagte: „Ist schön geworden, das hätten wir auch früher so machen können, so ist man nachts schneller am Kühlschrank." Er lächelte etwas aufgetragen und rollte zur Tür. „Ich fahre mit Jack, aber wir kommen gegen Mittag zurück. Scheinbar gibt es ja heute eine Party."

Als Dad das Haus verlassen hatte, erzählte Mum: „Das Schlafzimmer hier unten zu haben, ist besser, so sind wir nachts wieder zusammen und er fühlt sich nicht mehr so ...", sie unterbrach kurz und suchte nach dem richtigen Wort: „ ... anders. Anfangs war es schwer mit ihm. Er war ein Dickkopf und ließ sich nicht helfen. Manchmal glaubte ich, er hätte die Lust am Leben verloren. Bis er diesen Streit mit Jack hatte."

In diesem Moment merkte ich, dass sich meine Mutter gerade, als sie den letzten Satz ausgesprochen hatte, schon über ihre Aussage ärgerte und vom Thema abzuschweifen versuchte. „Es ist auch viel besser hier unten, das Zimmer ist größer und ich frage mich auch, warum wir es nicht schon früher so gemacht haben." Sie lachte unsicher, ich wollte ihrer Aussage auf den Grund gehen: „Welchen Streit meinst du? Was war hier los?" „Ach, das war nichts weiter, es ging um den Flugplatz, wie immer." Wieder versuchte sie, mir ein Lachen zu verkaufen, aber als sie im selben Moment merkte, dass sie im Lügen nicht gut war, setzte sie sich zu mir. Sie stützte ihre Arme auf den Tisch, fuhr sich durchs Haar und nahm die Haarklemme heraus um sie zu verbiegen, damit sie besser hielt. Sie spielte damit in ihrer Hand und starrte in die Luft, als überlege sie noch, was sie mir jetzt erzählen würde. Ich wusste, dass es nicht um den Flugplatz ging, sondern dachte eher daran, dass hier nach dem Sturm und Elaines Tod nichts mehr so sein konnte, wie es vorher gewesen war und dass Jack nicht einfach so weitergemacht haben kann. „Hatte er sich aufgegeben?“ „Dein Vater? Nein, nein Kind, das hat er nicht.“ „Ich meine nicht Vater! Ich meine Jack. Ihr könnt mir doch nicht erzählen, dass er einfach nur traurig war und Tag für Tag alles so weiterlief. Warum sind die Pferde weg? Warum hat er alles verkauft? Er ist ein Anderer. Was war hier los?“ Ich fühlte mich belogen. Man hatte mir vorgemacht, dass ich mir keine Sorgen machen müsse, dass ich meinem Studium nachgehen soll und es hier nichts für mich zu tun gäbe. Obwohl ich immer ein anderes Gefühl hatte, nachdem ich von dem Sturm erfahren hatte, hatte ich mich nach wiederholter Nachfrage auf das Wort meiner Eltern verlassen. Ich wäre nach Hause geflogen. Ich hätte London verlassen, um für meine Familie da sein zu können, für meinen Freund, der Frau und Kind verloren hatte, ich hätte es versucht. Das wäre wichtiger gewesen, als dieses Studium. Ich hatte das Gefühl, als hätte man mich um eine Entscheidung beraubt. Denn man hatte mir vorenthalten, was hier wirklich passiert war, wie stark das Ausmaß war. Wer durfte das entscheiden, wenn nicht ich. Fragen kamen in mir auf und ich stellte meine Mutter zur Rede: „Ihr habt mich belogen. Das ist nicht fair, Mum. Ich wäre für euch da gewesen! Ich habe es die ganze Zeit vermutet. Ich hätte hier sein müssen, um euch zu unterstützen in dieser Zeit! Warum hast du mir vor einem halben Jahr erst erzählt, dass Daddy nicht mehr laufen kann? Warum habt ihr gesagt, die Häuser sind verschont geblieben? Sind die Pferde überhaupt verkauft? Oder sind sie umgekommen?“

„Nein! Wo denkst du hin! Kate. Wir haben sie gemeinsam in Sicherheit gebracht. Wir haben alle nacheinander in die Hangar gefahren, wir hatten Stunden vor dem Sturm Zeit.“ „Aber alles andere, es ist doch alles gelogen. Was hat Jack getan, nachdem Elaine umgekommen ist?“ „Er hat sich zurückgezogen. Mehr war nicht. Er hat alles notdürftig repariert, die Tiere verkauft und hat sich im Haus eingeschlossen. Es war schwierig, ja, aber das hätte niemand ändern können. Wir hätten dich doch damit nur belastet. Du hättest nichts tun können.“ „Na schön, aber worüber haben sie sich dann gestritten?“ ... interessierte mich immer noch. „Schatz, das Geschäft stand auf dem Spiel, wir schulden der Bank noch Geld für den Flugplatz. Jack war das einfach egal, als er in dieser Trauer war. Als er schließlich gar nicht mehr hinaus fuhr und dein Vater nicht einmal allein den Hof verlassen konnte, war Skipper der einzige, der noch dort draußen war. Die Verantwortung lag bei uns. Dein Vater sah das richtig und erwartete von Jack, dass er trotz des Verlustes das Geschäft weiterführte. Schließlich hatte er seine Gesundheit noch. Jack wollte sehr lange nicht reden oder zuhören, bis dein Vater dann zu ihm ins Haus...“ Mum hatte Tränen in den Augen und erzählte mir, was in der Nacht geschehen war, als mein Vater genug von Jacks Selbstmitleid hatte:

>Ted saß hier im Rollstuhl auf der Veranda und starrte auf das Haus gegenüber. Wochen hatte auch ich Jack nicht gesehen. Ich ging hinaus zu deinem Vater, es war nach zwei Uhr morgens. Dann bat er mich, ihm auf Jacks Veranda zu helfen. Ich wiedersprach und riet ihm, mit einem

Gespräch bis zum Morgen zu warten. Ich habe deinen Vater nie so erlebt, er warf die Pfeife zu Boden und sagte, dass er es auch ohne meine Hilfe schaffen würde und lenkte seinen Rollstuhl zur Rampe. Er ließ ihn hinunterrollen und kippte dabei fast um. Ich wollte ihm zur Hilfe gehen, doch er stieß mich weg. Er sagte, dass es jetzt an der Zeit sei, diesen Feigling – so nannte er ihn- aus seinem Haus zu jagen. Ich wollte ihn aufhalten, aber er war nicht zu stoppen. Als er an den Stufen zur Veranda nicht weiterkam, rutschte er vom Sitz und zog sich am Geländer die Treppe hinauf. Hinter der Haustür war ein schwaches Licht zu sehen und als wir vor der Tür waren, hörten wir leise Musik. Jack musste noch wach sein. Ted klopfte mit der Faust gegen die Tür. Sie blieb verschlossen. Er bat mich, nach Hause zu gehen, er habe etwas zu klären. Noch einmal versuchte ich ihm zu sagen, dass das doch mitten in der Nacht keinen Sinn machen würde. Er sagte deutlich, ich solle verschwinden und nahm den Besen, der neben der Tür stand. Ich befürchtete, dass es einen Streit geben würde, trat etwas zurück, doch ging nicht zurück in unser Haus. Ted schlug mit aller Gewalt gegen die Tür, die nach dem dritten lauten Schlag aufsprang. Ich erschrak, dass er es geschafft hatte. Dein Vater war sehr wütend und schleppte sich in Jacks Haus. Ich folgte ihm vorsichtig. Während Ted in die Küche kroch, als wüsste er, dass Jack dort sitzen würde, blieb ich vorn an der Treppe nach oben stehen und wartete ab, was nun geschehen würde. Der Plattenspieler spielte und Jack war tatsächlich in der Küche und beschimpfte lallend deinen Vater: „Bist du vollkommen verrückt? Was soll das? Du hast meine Tür eingetreten!“ Dann begannen sie, sich anzuschreien: „Ich habe deine Tür nicht eingetreten, weil ich es nicht kann!“ Ich sah vorsichtig um die Ecke. Da saß Jack auf dem Boden.

Den Rücken an den Küchenschrank gelehnt, zwischen leeren Flaschen, eine davon in seiner Hand starrte er Ted an, der vor ihm am Boden lag.
„Ist es dir aufgefallen? Das musst du schon selbst tun! Du kannst ja noch aufstehen! Na mach' schon! Steh' auf, worauf wartest du?“ „Las' mich in Ruhe Ted.“ Jack war kaum noch in der Lage, deutlich zu sprechen. Er saß da wie ein anderer Mensch, ohne jedes Gefühl, scheinbar seit Tagen unrasiert.

„Ich stehe nicht mehr auf, lass' mich doch einfach allein.“ Er trank und begoss sich dabei mit Dosenbier.
Dein Vater kroch zu ihm, und schlug ihm die Bierdose aus der Hand, sodass es über die Holzdielen lief. Ich hörte Jack zu deinem Vater sagen, dass er lieber beide Beine verloren hätte, als seine Familie. Dein Daddy versuchte, ihn aufzubauen und sagte: „Junge, ich werde das nicht mit ansehen! Was ist mit Countrywings?“ Er nahm sich auch ein Bier und redete weiter auf ihn ein: „Du hättest lieber beide Beine verloren? Wofür? Damit du deiner Familie zur Last wirst, nicht mehr fliegen und arbeiten kannst? Damit du deinem Sohn nicht das Reiten beibringen kannst und er dich stattdessen als Krüppel vor sich herschiebt, während andere Jungen spielen? Nein Jack, das glaube ich dir nicht. Du hättest dir in den ersten Tagen danach das Leben genommen! Ach nein! selbst dazu bräuchtest du ja Hilfe, weil du ein Krüppel wärst!“ Diese Worte schienen Jack zu bewegen und er begann zu reden: „Du hast immer noch das andere Bein, und meine Tür hast du auch aufbekommen.“ „Ja Jack, natürlich, aber ich habe Angst wie du. Angst, meiner Familie bei Gefahr nicht helfen zu können.“ Er sagte auch, er habe Angst, wie du reagieren würdest, ihn bei deiner Heimkehr so zu sehen. Er redete noch eine

Weile auf ihn ein und sagte, dass die Zukunft von Countrywings in Jacks Händen liegen würde. Ich half deinem Daddy dann, das Haus zu verlassen und er drehte sich noch einmal kurz zu Jack um und sagte: „Es bleibt nicht mehr viel Zeit, bis ich die Flugzeuge verkaufen muss.“ Dann verließen wir Jacks Haus. Heute bin ich froh, dass ich deinen Vater in dieser Nacht nicht aufhalten konnte. In den darauffolgenden Tagen sah ich Jack ungewöhnlich oft. Er entsorgte Dosen und Flaschen und räumte sein Haus auf. Aber er redete nicht. Wir ließen ihn in Ruhe. Er kam wieder zu sich und war Wochen später fast wie früher, doch der alte Jack ist er nicht mehr. Ich bewundere ihn. Trotz dieser Zeit, in der er sich so gehen ließ und wir Angst haben mussten, alles zu verlieren, kann ich ihn verstehen. Ich glaube, dein Vater versteht ihn auch und hätte wohl nach einem Verlust dieser Art ähnlich reagiert. Es war ein neues Leben mit neuen Aufgaben. <

Die Worte meiner Mum rührten mich zu Tränen und ich verspürte den Drang, in diese schlimme Zeit reisen können, um irgendetwas zu tun. Ich hatte ein schlechtes Gewissen, nicht für meine Familie dagewesen zu sein und Jack nicht beigestanden zu haben. Andererseits hatte ich keine Antwort auf die Frage, wie ich das angestellt hätte. Mich jetzt noch darüber zu ärgern, dass mir niemand die Wahrheit nach London geschickt hatte, machte keinen Sinn. Es gab kein Richtig, kein Falsch, es war das Schicksal.

Dad und Jack währenddessen auf der Fahrt zum Flugplatz:

„Schönes Flugzeug hat sie dir mitgebracht. Was hat sie denn zum Flugplatz gesagt?“ Eine dumpfe Ironie gepaart mit Neugier klang in Teds Stimme. „Ja, hab mich sehr gefreut über das Flugzeug. Und sogar eine *Piper*, Geschmack hat sie, deine Tochter.“ Jack lächelte unsicher. „Ich mache mir so meine Gedanken, Jack.“ Ted begann gleich zu erzählen, was ihn schon länger zu beschäftigten schien. „Aber wenn wir dich geweckt haben, dann entschuldige bitte“, sagte Jack. „Du weißt, was ich sagen will, mein Junge.“ Ted sah aus dem Fenster, während er das sagte. Von Jack abgewandt wirkte er unzufrieden. Jack blickte kurz herüber und sah Teds ernsten Blick im Spiegelbild der Seitenscheibe. Er sah gleich wieder auf die Straße und fühlte sich angegriffen, ihm war unwohl und er begann, sich zu wehren. Auch er hatte in der Vergangenheit schon wiederholt das Gefühl, das Ted immer dann ein Problem hatte, wenn er mit mir unterwegs war oder wir erst spät Heim gekommen waren. „Was ist los, Ted? Wo ist das Problem? Sprich aus, was Du auf dem Herzen hast, ich kann das nicht leiden!“

„Genau das ist es doch! Immer, wenn es um Kate geht, kommen Probleme auf. Und das möchte ich nicht!“ Ted redete, ohne wirklich etwas zu sagen. „Du redest Unsinn. Du machst ein Problem, wo keines ist!“ Jack verstand den Ärger nicht. „Immer, wenn ich etwas mit deiner Tochter unternehme, wirst du zum Kotzbrocken. Ich frage mich, ob dein Problem ist, dass sie erwachsen wird. Sie ist nicht mehr dein kleines Mädchen!“ Das waren selten klare Worte von Jack.

„Oh nein!“, betonte Ted, „Nicht, dass sie erwachsen wird, ist es. Sondern, dass ihr euch scheinbar zu nahe steht!“ Jack hielt den Pickup am Straßenrand: „Was soll das denn? Das ist doch nicht dein Ernst! Ich habe Achtung vor deiner Tochter und habe sie immer beschützt … Außerdem wäre es das Beste, was dir passieren kann, wenn wir …“

„Sei still! Denkst du weiter? Kate weiß längst nicht, was sie will und schon gar nicht, welcher Mann zu ihr gehört!“
Ted war wütend und wäre wohl am liebsten aus dem Wagen gestiegen. Hast schon einmal darüber nachgedacht, wie es wäre, wenn ihr ein Paar sein würdet? Was ist, wenn ihr euch streitet? Dann trennt ihr euch und ihr Herz ist gebrochen. Dann lebe ich mit meinem Geschäftspartner und meiner Tochter auf einem Hof und es gibt nur Probleme! Du könntest nicht mehr mit mir arbeiten und für sie gäbe es keine Zukunft in unserem Familienunternehmen!“
Ted schien sich um Kopf und Kragen zu reden. Jack konnte es nicht glauben: „Du redest solch’ einen Unsinn! Was soll der Quatsch? Zum einen, sieht hier nichts danach aus, dass wir irgendetwas miteinander haben und zum anderen, denkst du viel zu absurd, wenn es so kommen würde!“ Ted unterbrach: „Scheinbar kannst du die Lage nicht einschätzen und bist blind, Jack! Ich sage es dir einfach deutlich: Kate kommt als Frau, wie du sie zu sehen beginnst, nicht in Frage!“ Jack war sprachlos. Er startete den Wagen und fuhr zügig schweigend zum Flugplatz, lud den Rollstuhl von der Ladefläche, stellte ihn ab, öffnete Ted die Tür und verschwand in einer der Flugzeughallen. Fassungslos überdachte er kopfschüttelnd die Worte und begann mit seiner Arbeit. Skipper kam auf ihn zu: „Alles Gute zum Geburtstag, Chef!“, er lachte, umarmte Jack und klopfte ihm auf die Schulter. „Danke, Skipper!“, lächelte er. „Da hast du bestimmt nicht schlecht aus der Jacke geschaut, als Kate gestern kam, nicht wahr? Ich glaube es immer noch nicht, die kleine Robinson ist zurück!“ Skipper war gut gelaunt und schniefte mit der Nase. „Deine Laune ist ja heute nicht gerade überragend, was ist los?“ Skipper wischte sich besorgt die mit Motorenöl verschmierten Hände an einem Tuch. Jack hockte vor einer Werkzeugkiste

und deutete mit dem Kopf nach draußen zu seinem Wagen, wo Ted sich in den Rollstuhl kämpfte. „Warum hilfst du ihm nicht?“ Skipper war verwundert. „Weil der alte Robinson Probleme hat, die er gar nicht hat.“ Ist er nicht glücklich, dass Kate zurück ist? Was hat er denn?“ „Doch, Skipper, natürlich ist er glücklich. Und im selben Atemzug wünscht er mich zum Mond!“ „Ach, Junge, ich verstehe, er ist eifersüchtig? Hast du dir einfach erlaubt, dir mit seiner Tochter die Nacht um die Ohren zu schlagen?“ „Das ist nicht witzig, Skipper, wenn wir das getan hätten, hätte er wahrscheinlich gleich heute Morgen diesen Schuppen hier zurückgekauft und mich danach gefeuert.“ „Jetzt übertreibst du aber!“ Skipper lachte und schüttelte mit dem Kopf. „Skipper, er hat ein ernsthaftes Problem damit, dass ich Kate mag, dass ich Katy mag.“ „Dieser Sturkopf!“ Skipper lachte lauter und fuhr fort: „Das ist doch das Beste, was ihm passieren kann! Der beruhigt sich wieder.“ Jack setzte den Schraubenschlüssel an: „Dein Indianerwort in Gottes Ohr“, murmelte er in sich hinein.

13. Kapitel

Ein alter Bekannter

... im Mai 1964

Im April hatte Jack gemeinsam mit Skipper den Flugplatz Countrywings offiziell für Touristen, Hobbyflieger und Sammler eröffnet. Einen Hangar auf dem Gelände hatten sie an einen Verein vermietet, der alte Flugzeuge sammelt und restauriert. Hier boten sie ihre Arbeit und halfen bei Reparaturen und der Beschaffung von Flugzeugteilen. Jack hatte nach seinem Flugschein noch eine Eignungsprüfung zum Pilotenausbilder abgelegt und eröffnete zugleich seine Flugschule. Für die Landwirtschaft war Countrywings weiterhin zuständig und jeder von Jacks Angestellten hatte zu tun. Das erweiterte Flugplatzprojekt brachte gutes Geld, so dass Jack davon leben und seine Eltern mitversorgen konnte. Dad war stolz und erleichtert, dass Jack, der irgendwie wie ein Sohn für ihn war, die Sache am Laufen hielt und seinen Traum weiterlebte. Mum arbeitete in der Verwaltung und kümmerte sich um die Finanzen. Oft fuhr Dad mit ihr hinaus zu den Flugzeugen. Er war gern auf dem Flugplatz, auch wenn er nur noch im Rollstuhl dort sein konnte. Lavinia, Jacks Mum blühte in der Küche von Skipper's Bar auf und versorgte die halbe Stadt mit Hot Dogs, wenn die Geschäftsleute in der Mittagszeit zum Flugplatz hinauskamen. Ich brachte die Idee ein, an den Wochenenden Tanzveranstaltungen in der Bar zu machen,

der Vorschlag gefiel Jack. Er war glücklich über sein Projekt, freute sich, wenn Dad ihn da draußen besuchte und flog manchmal mit ihm, weil er es selbst nicht mehr konnte. Es war schön, das zu sehen. Nach der Hektik der Startphase traf ich Jack abends öfter bei ihm und wir werteten die letzten Jahre aus. Von seinem tiefsten Punkt erzählte er mir jedoch nie.
Ich kam gerade aus „Faraday's" Laden, mit einer großen Tüte im Arm. Sie war ziemlich schwer, denn ich hatte Fleisch gekauft und das Gemüse hatte kaum noch oben drauf gepasst. Ich konnte die Stufen vor der Ladentür nicht sehen und machte einen vorsichtigen Schritt nach unten, während die Tür hinter mir mit einem Glockenklingeln ins Schloss fiel. Auf dem Weg zum Auto meines Vaters sah ich Jack auf der anderen Straßenseite. Er schaffte es nach all den Jahren immer noch, dass ich die Welt vergaß und nur noch ihn sah, wenn er irgendwo auftauchte. Er unterhielt sich mit Mr. Faraday vor seinem Lager und sie luden das Gemüse ab, das Jack ihm von seinem Vater brachte. Trotz der großen Tüte, die meine Sicht schon beeinträchtigte, hätte es Sinn gemacht, nach vorn zu sehen beim Laufen. Aber ich war ja abgelenkt. Und dann passierte, was passieren musste – ich stieß mit einem Mann zusammen und alles viel zu Boden. Oh Gott, war das peinlich! Die männliche Stimme sagte besorgt: „Oh! Entschuldigung! Das wollte ich nicht. Tut mir leid, warten Sie, ich ... „, er unterbrach seinen Satz, sah mich an, lächelte unsicher und fuhr fragend fort: „Kate? Wie lange...? Wir haben uns ja eine Ewigkeit nicht gesehen! Du siehst gut aus. Warte, ich helfe dir."
Volltreffer. Es war Billy. Billy Jones. Ich überlegte kurz und war etwas überrascht, dass ich gerade ihn hier treffe, denn er ist doch damals nach Mt. Pleasant gezogen. Das letzte Mal haben wir uns im Gerichtsgebäude gesehen und das

war vor fast zwölf Jahren. Ich gebe zu, er hatte sich sehr verändert und sah richtig gut aus, und wäre er nicht der gewesen, der er wirklich war, dann hätte ich ihn sicher auf einen Kaffee eingeladen, nachdem er wieder alles in die Tüte gepackt hatte.

Ich wusste nicht, wie ich jetzt reagieren sollte und sagte kurz und knapp: „Billy?! Hey. Was machst du denn hier?“ Normalerweise wäre ich jetzt sehr freundlich gewesen, schließlich war ich ja Schuld, dass alles zu Boden gefallen war. Er war sehr nett und hilfsbereit, eben nicht der Billy, den ich von früher kannte. „Wie lange ist das her, Kate? Ich dachte du wärst in England.“ Meine Blicke suchten Jack, denn er war gerade noch dort auf der anderen Straßenseite gewesen. Nun war er weg. Sein Pickup stand auch nicht mehr da. Ich ging davon aus, dass er mich nicht mit Billy gesehen hatte und war erleichtert, denn das hätte ihm gar nicht gefallen. Billy trug mir die Tüte zum Auto und fragte mich, ob ich heute Abend Zeit hätte: „Wir könnten Essen gehn’. Es ist alles ziemlich blöd gelaufen mit uns damals und wir sind doch erwachsen geworden. Du könntest mir von England erzählen und was du so gemacht hast.“ „Billy, es ist nett, dass du mich einlädst, aber ich denke nicht, dass ich das möchte.“ „Wegen Jack? Seid ihr noch befreundet? Hey, es tut mir leid, was damals alles war, das werde ich auch Jack noch sagen. Wir sollten uns aussprechen und uns in die Augen sehen können. Meinst du nicht, Kate? Komm schon, nur Essen. Ich möchte mich entschuldigen.“ „Du solltest dich bei Jack entschuldigen, Billy, nicht bei mir. Das war echt hart mit dem Tunnel, aber ich möchte auch gar nicht darüber reden.“
„Dann reden wir über etwas anderes, und ich werde mich bei Jack entschuldigen, das habe ich vor, jetzt, wo ich

wieder hier bin. Ich mache es gleich in den nächsten Tagen, also Acht Uhr? Ich hole Dich ab.“ „Nein!“, ich wollte auf keinen Fall, dass Jack oder unsere Eltern sehen, dass ich mit Billy Jones mitfahre. Ich hatte ein schlechtes Gewissen, aber irgendetwas veranlasste mich jetzt, seine Einladung anzunehmen. „Okay, Billy, um Acht, aber du holst mich bitte nicht ab.“ Wir verabredeten uns für diesen Abend in „Rosie’s Diner“, es war Mittwoch, da war nicht viel los in Rockfort. Ich weiß nicht, was in mich gefahren war, aber ich war neugierig, was Billy zu erzählen hatte, ob er sich wirklich so verändert hatte und warum er überhaupt wieder hier in Greenville war. Es klang, als würde er bleiben.
Als ich zurück zu unserer Farm fuhr, kam mir Jack mit seinem wieder voll beladenen Ford entgegen und hielt neben mir an. Ich kurbelte die Scheibe herunter und hatte dieses schlechte Gewissen schon wieder oder immer noch, es war ein komisches Gefühl und ich wusste nicht, was ich sagen sollte. „Danke für den Sonnenschein! Guten Morgen.“ Jack lehnte sich aus seinem offenen Seitenfenster und zeigte gut gelaunt nach oben. „Wie? Was? Ja, Guten Morgen!“ Ich sah in diese strahlenden blauen Augen und konnte mich diesmal gar nicht auf ihre Tiefe konzentrieren, weil ich damit zu tun hatte zu überlegen, ob ich Jack erzähle, dass ich Jones getroffen hatte. „Bist wohl etwas zerstreut heute Morgen?“ „Warum? Nein. Ich hab nur viel zu tun heute und bin in Eile. Meine Mutter braucht meine Hilfe und ich muss eigentlich noch Fotos entwickeln für die Zeitung morgen.“ „Aber es bleibt bei heute Abend. Oder?“ „Was?“ Was meinte er nur damit? Ich dachte ich könnte verbergen, dass ich überhaupt keine Ahnung hatte, wovon Jack sprach, aber er hatte es bemerkt. Er durchschaute

mich ja immer. Ich habe es gehasst. Niemand durchschaute mich wie Jack. Ich konnte fast nichts vor ihm verbergen. „Du wolltest zu mir kommen, wir wollten einen Wein trinken. Schon vergessen? Du wolltest die Fotos aus England mitbringen. Du hast es vergessen, du bist ja niedlich heute.“ Er lächelte und schüttelte mit dem Kopf. „Ach, Jack, das tut mir leid. Ich habe das vergessen, heute geht es wirklich nicht. Entschuldige, ich habe einfach zu viel zu tun. Können wir das am Wochenende machen?“ Kaum zu glauben, ich hatte Jack versetzt und sein Lächeln verschwand in Sekunden. „Okay Kate, du machst das schon, melde dich einfach, wenn du wieder Zeit hast. Ich muss dann mal weiter.“ Er deutete mit der Hand nach vorn auf die Straße und hinterließ eine Staubwolke neben mir. Jetzt war er mir böse. Das war deutlich zu spüren. Es tat mir leid. Und das alles wegen Jones. Immer wenn Jones in unserem Leben auftauchte, lag etwas in der Luft.
Am Abend fuhr ich trotzdem zu „Rosie's Diner“, und traf dort Billy. Er saß schon auf einem Platz am Fenster und bekam gerade eine Cola als ich kam. Ich setzte mich zu ihm und bestellte mir auch eine.
„Schön, dass du gekommen bist. Ich freue mich wirklich, dich zu sehn. Du siehst toll aus.“ „Danke, erzähl, was machst du in Greenville? Ihr seid doch weggezogen. Wie geht es Dir?“ Wir redeten eine Weile darüber, was wir die letzten Jahre erlebt hatten, über unsere Jobs und das, was wir vorhatten. Er hatte inzwischen seinen Schulabschluss verbessert und erzählte mir davon, dass er jetzt beim Militär einen wichtigen Rang hat. Dabei war ich mehr und mehr beeindruckt, was Jones für eine Laufbahn eingeschlagen hatte.
Er war hin und weg von seinem Job und geschäftlich sehr engagiert, so kannte ich ihn gar nicht. Manchmal in diesem

Gespräch erinnerte ich mich an Jacks Worte, wie er genauso energiegeladen und optimistisch seinen Traum anpackte und den Flugplatz zu seinem Lebensinhalt machte. Nur noch dieses Projekt gab dem Leben seinen Sinn, und ein Scheitern war völlig ausgeschlossen. Das bewunderte ich so an Jack, seine Ideen, seinen Mut und die Ausdauer. An diesem Abend wirkte Billy genauso. Das war verrückt, er war ein Anderer geworden, er war mir fast sympathisch. Ich fügte hinzu: „Seit Jack den Flugplatz übernommen hat und ein völlig neues Projekt aus dem Boden geschossen ist, haben wir wirklich mehr Gäste in Greenville, das Hotel ist schon seit April ausgebucht, das gab es in den Vorjahren nie. Viele Besucher kommen und er konnte schon einen zweiten Piloten einstellen. Er hat sogar den Auftrag, ein altes Agrarflugzeug für das Museum zu restaurieren." Plötzlich nahm unser Gespräch eine Wende. „Ja, aber sei doch mal ehrlich, die kommen doch nicht wegen dieser alten Flugzeuge", grinste Billy herablassend, und dann erzählte er, er sorge dafür, dass die US Air Force weitere Stützpunkte zur Ausbildung von Soldaten schaffen will, um endlich den Vietnamkrieg zu beenden. Ich fragte ihn: „Was hast du mit dem Vietnamkrieg zu tun? Was haben wir damit zu tun?" „Kate, das geht doch schon eine Ewigkeit, das konnte auch Kennedy nicht ändern."
Ich verfolgte aufmerksam Billys Erklärung, denn ich hatte mich in letzter Zeit nicht viel mit der Politik beschäftigt. Ich wusste nur, dass jetzt Lyndon Johnson unser Präsident war. Ich war ja vor Kurzem erst aus London zurück und erinnerte mich daran, wie ich am Morgen des 23. November 1963 in die Universität kam und das Kennedy – Attentat vom Vortag die Menschen bis Europa erschüttert hatte. Ich mochte John F. Kennedy, denn er hatte viel bewegt und er hatte die Bürgerrechtsbewegung unterstützt, die die

Aufhebung der Rassentrennung forderte. Ich war stolz, Amerikanerin zu sein, doch an jenem Tag nach der Ermordung schämte ich mich für meine Heimat, für das, was gestern passiert war. Währenddessen fuhr Billy fort: „Der hat doch nur geredet, da ist doch nichts passiert! Johnson macht jetzt Nägel mit Köpfen. Wir werden das westlich orientierte Südvietnam unterstützen und dann kann dieser Krieg ein Ende finden." Ich fragte nach: „Was heißt unterstützen? Wir werden in den Vietnamkrieg ziehen?" „Es ist nicht, wie es klingt. Es ist eher so, dass wir unsere Soldaten schicken, um den Krieg zu beenden. Und das ist der Punkt, Kate, ich setze mich dafür ein, dass unsere Soldaten umfangreich und sehr gut ausgebildet sind, wenn sie unser Land und uns verteidigen müssen." „Aber wir müssen uns in diesem Falle nicht verteidigen, Billy, dieser Krieg findet zwischen Nord- und Südvietnam statt, was sollen unsere Väter und Brüder dort?" Ich reagierte etwas gereizt auf dieses Thema, dieses alte Leid, das die Menschen mit sich tragen. Schon damals war es der Krieg in Europa, weshalb mein Dad lange nicht zu Hause war und ich meine Mum wortlos tröstete, wenn sie abends allein am Kamin weinte. Seine Briefe waren das wertvollste, das sie hatte und das Einzige, was bleiben würde, wenn er nicht nach Hause gekommen wäre. Später verstand ich ihre unerträgliche Angst und die tausend Tränen.

„Wenn alle auf dem Standpunkt wären, das eigene Land nur im Falle eines Angriffs zu verteidigen, dann würde keine Waffe gebraucht werden, weil niemand angreifen würde. Das ist doch ganz einfach, findest du nicht?"

Für mich war das ein ganz klarer Fakt und ich konnte es noch nie leiden, wenn Männer Krieg spielen mussten. Billy schien es unangenehm zu sein, dass ich seine Überzeugung nicht teilte, so versuchte er den ganzen Abend eine

Rechtfertigung für das, was er seinen Job nannte, zu finden.
Was hatte ich auch zu erwarten, ich hätte es wissen müssen. Billy mochte Kämpfe und Machtspiele und schon damals, als wir noch Kinder waren, gab es für ihn nur Gewinner und Verlierer.
„Jedenfalls kann ich Jack reich machen", sagte Billy, „Er muss nichts weiter tun." „Was meinst du damit?", fragte ich überrascht. Ich verstand überhaupt nichts mehr. „Ich bin aus geschäftlichen Gründen hier in Greenville." Billy kam auf den Punkt und teilte mir sein Vorhaben mit. „Jack hat etwas, was die Air Force gern hätte. Wenn du verstehst, was ich meine. Gut, er hat da gerade etwas angefangen und viele Umbaumaßnahmen ergriffen, um sein Konzept zu verwirklichen. Sein ganzes Vermögen steckt in diesem Flugplatz, und das ist nicht wenig …", ich unterbrach ihn: „Moment mal, Billy, woher weißt du das alles? Was soll das heißen? Ihr wollt ihm seinen Traum wegnehmen? Sein Lebenswerk und das meines Vaters? Das kannst du nicht!" Er legte seine Hand auf meine, mit der ich gerade unbewusst eine Serviette gefaltet hatte.
„Kate, niemand möchte ihm etwas wegnehmen. Er wird verkaufen." Ich erwiderte schroff und überzeugend: „Das wird er nicht! Um keinen Preis der Welt wird Jack diesen Flugplatz aufgeben!" „Warum reagierst du so zornig Kate? Jack würde reich werden und ihr könntet euch jeden Traum erfüllen. Er kann doch an einem beliebigen Ort etwas Neues anfangen, und hätte genug Geld für Euch übrig." „Warum redest du immer von uns, als wären wir ein Paar? Das sind wir nicht!" „Entschuldige, ich dachte, ihr wärt ein Paar. Ich meine, das sah doch schon immer danach aus und jetzt triffst du dich mit mir hier heimlich, dass es bloß niemand erfährt. Was soll ich da denken? Ich

merke doch an deiner Reaktion, wie viel er dir bedeutet. Aber wenn ihr kein Paar seid, dann ist ja alles noch einfacher, als ich dachte." Billy grinste und nahm sich eine Zigarette. Er bot mir auch eine an. Ich nahm sie an, obwohl ich fast nie rauchte. Er machte mich wütend mit seiner selbstsicheren Art und alles in mir begann zu kochen, die Erinnerungen kamen hoch und ich sah mich um, ob wir von anderen Gästen angeschaut werden. Ich hatte das Gefühl, als hätte ich gerade geschrien, aber ich hatte mich wohl glücklicherweise getäuscht. Ich lehnte mich etwas über den Tisch und sah Billy in die Augen. Ich sagte leise, aber deutlich zu ihm: „Egal, was du tust, Mister Jones, Jack wird nicht verkaufen. Ich dachte, du hättest dich geändert! Aber es geht wieder nur um Macht, Geld und deinen Egoismus!"

„Das ist es nicht Kate! Ich bin ein anderer geworden. Ich will niemandem schaden, lass mich doch erklären. Du hörst mir gar nicht zu!" Ich hatte auch keine Lust mehr, ihm weiter zuzuhören, aber ich wollte mehr über seinen Plan erfahren, um Jack zu warnen. Ich bemühte mich, ruhig zu bleiben, lehnte mich scheinbar entspannt zurück und lenkte das Gespräch in eine andere Richtung:

„Vielleicht hast du Recht und der Gedanke ist gar nicht so schlecht. Er hat ja kaum noch Zeit, sein Leben würde wieder ruhiger werden. Er könnte ein ähnliches Projekt starten. Schließlich hat er inzwischen seine Erfahrungen gemacht. Er hat neulich gesagt, dass er beim nächsten Mal einiges anders angehen würde." Ich hoffte, Billy täuschen zu können, indem ich naiv klingende Äußerungen von mir gab. Doch am liebsten hätte ich das Diner sofort verlassen, um Jack zu warnen.

„Das meine ich doch, Kate. Niemand hätte einen Nachteil, und wir brauchen diesen Stützpunkt. Dieser Ort erfüllt alle

Voraussetzungen für die Ausbildung von Fliegern bei der Air Force. Und er wird verkaufen, das ist sicher.“ „Wieso ist das sicher? Er muss zunächst überzeugt werden.“ Oh Gott, ich redete wie der Feind, um Billys Plan durchschauen zu können. Ich fühlte mich so schlecht dabei. „Wenn Jack nein sagt, dann hat sich das doch alles erledigt.“ „Eben nicht!“, entgegnete Billy selbstsicher, „egal, wie Jack reagiert, er wird verkaufen. Es gibt hundert Möglichkeiten, wie ich diesen Flugplatz binnen weniger Tage schließen lassen kann. Zum Beispiel das Naturschutzgebiet vor dem Lake Michigan, aber davon verstehst du nichts. Das heißt, ihm bleibt gar keine Wahl. Es liegt also an dir, ihn davon zu überzeugen, dass er offiziell verkauft, damit alles reibungslos abläuft. Wenn er ablehnt, wird er zur Schließung gezwungen. Naja, und ein geschlossener Flugplatz bleibt entweder ein geschlossener Flugplatz oder kann als nutzloses Gelände für ein paar Dollar verkauft werden. Was meinst du wohl, was besser ist? Es tut mir leid um deinen Freund, Kleines, aber wenn dir etwas an ihm liegt, dann bring ihn dazu, ohne Widerstand zu verkaufen.“

Das war jetzt genug. Ich konnte diese Situation nicht mehr ertragen. Ich stand auf, drückte die Zigarette aus, nahm meine Jacke, legte zwei Dollar für die Cola auf den Tisch und ging zur Tür. Billy stand auf und folgte mir. Draußen vor der Tür nahm er meinen Arm: „Kate, warte doch!“ „Nein Billy, nimm deine schmutzigen Finger von mir! Weißt du, was Träume sind?“, ich dachte an Jack und mir liefen Tränen übers Gesicht. „Kennst du Liebe, Billy Jones? Nein! Du bist ein jämmerlicher Versager und du wirst immer ein Verlierer bleiben. Du hast keine Freunde und du wirst einsam alt in einer Ecke sitzen, wenn dich niemand mehr braucht!“ Er sah mich geschockt an und ich glaubte fast,

ein wenig Reue in seinen Augen zu gesehen zu haben. Ich wandte mich von ihm ab und ging zum Wagen. Billy ging zurück ins Restaurant. Auf der Fahrt nach Hause wischte ich mir immer wieder die Tränen aus dem Gesicht und überlegte, ob ich jetzt noch bei Jack an der Tür klopfen sollte, um ihm alles zu erzählen. Sicher war er noch böse auf mich, so wie er am Nachmittag verschwunden war. Ich fuhr auf die Holzbrücke zu und sah, wie das Mondlicht durch die Lücken der Überdachung schien. Es war ziemlich kalt heute Abend. Die Scheiben waren so beschlagen, dass ich anhalten musste.
Da saß ich, in meinem Wagen, mitten auf der Brücke. Ich wischte wieder und wieder die Scheibe und meine Tränen. Was sollte ich Jack nur erzählen? Diese Situation schien so aussichtslos und ich hatte wieder das Gefühl der Angst, alles verlieren zu können. Damals war es Jacks Leben, das Billy fast auf dem Gewissen gehabt hätte. Jetzt war es kaum anders. Mit diesem Flugplatz hatte Jack nach Elaines Tod endlich wieder einen Sinn in seinem Leben gefunden. Wann hörte das auf? Warum sollte ihm immer wieder alles genommen werden? Hatten wir eine Chance gegen Billy Jones?

Hinter mir hielt ein Wagen auf der Brücke. Ich erkannte am Klang, dass es Jack war. Wo kam er jetzt noch her? Das Licht der Scheinwerfer erhellte den Brückengang neben mir. Ich versuchte, mein Gesicht zu wischen und sah in den Rückspiegel, ob mein Makeup der Augen verschmiert war. Jack stieg aus und kam neben meine offene Fensterscheibe. Ich wischte mit der Hand noch einmal die Scheibe und schwieg dabei. Auch er sagte nichts und ging dann langsam mit gesenktem Kopf zum Brückengeländer. Ich beobachtete ihn und konnte diese Situation nicht einschätzen. Er trug die schwarze Lederjacke und sein halb langes blondes Haar fiel ihm ins Gesicht, als er sich übers Geländer beugte. Er stützte seine Hände auf das Holz und blickte hinunter in den Fluss. Ich stellte endlich den Motor ab und stieg aus. Mit schlechtem Gewissen ging ich zu ihm und konnte kein Wort sagen. Es gab so viel, was jetzt zu sagen wäre und ich hatte das Gefühl, dass jede Minute zählt.

Trotzdem bekam ich kein Wort heraus, weil ich nicht wusste, welches das Erste sein sollte. Da standen wir schweigend nebeneinander und starrten ins Wasser, wo sich der Mond mit den Schatten der Bäume spiegelte. Eine Nachtigall unterbrach das Schweigen und sang für uns. Ich glaube wir hörten ihr beide zu. Nach einigen Minuten in der Stille, die nur vom leisen Fluss und der Nachtigall begleitet wurde, drehte sich Jack um, lehnte sich rückwärts ans Geländer und fragte in einem Ton, der mir das Gefühl gab, er würde wieder einmal die Antwort kennen. „Warum fährst du nicht weiter?“ Gerade kam es mir so vor, als hätten wir uns die ganze Zeit schon unterhalten. Wenn er so sprach, war er wieder dabei, mich zu durchschauen. Er stellte dann immer Fragen, von denen er die Antwort schon kannte. Da ich noch wegen des Gesprächs mit Billy so aufgeregt war, antwortete ich trotzig, als stünde noch er mir gegenüber: „Warum fragst du eigentlich, wenn du doch alles weißt?“

Jack sah mich überrascht an. Ich bemerkte, dass das sehr unfreundlich von mir war und wandte mich von ihm ab. Jack hatte mit meiner Reaktion nicht gerechnet und erwiderte in einem ähnlichem Ton: „Entschuldige, Miss Robinson! Was soll das eigentlich? Was ist los mit dir? Das ist nicht deine Art und auch nicht die feine Englische!“ „Ach nein? Was ist denn meine Art?“ „Ich dachte, du wärst zurückgekommen, aber seit London bist du wohl eine Andere!“ „Bin ich nicht! Ich bin nur erwachsen geworden, Mister Denver! Ich bin kein kleines dummes Mädchen mehr!“ Jack schrie mich an, dass ich zusammenzuckte.

Er hatte mich noch nie so angeschrien. „Bist du nicht? Wer bist du, wenn du mit Billy Jones ausgehst?“ Ich entgegnete laut. „Also doch, du weißt es ja! Du weißt ja immer alles! Du hast mich beobachtet! Was soll das?“ „Ich bin dir gefolgt, weil ich besorgt um dich war. Ich hab euch schon in der Stadt zusammen gesehen! Immer wenn dieser Typ auftaucht gibt es Probleme. Ich glaube das alles nicht, Kate! Ich dachte wir sind Freunde.“ Er wurde leiser.
„Du warst besorgt, ach hör doch auf! Warum besorgt? Was soll schon passieren?“ „Liebste Kate, genau diese Frage hast du mir auch schon gestellt! Erinnerst du dich an damals? ... Und was passierte dann?“ Wir schwiegen. Wir schwiegen und blickten ins Wasser. Die Nachtigall schien zu warten, wie es mit uns weitergeht. Ich versuchte Jack zu erklären, wie es dazu kam. „Ich wollte es erst nicht, und deshalb habe ich auch nichts erzählt. Ich hatte das Gefühl, dass es wichtig ist, diese Einladung anzunehmen.“ Jack war so wütend und unterbrach mich. Er sagte leise aber sehr angespannt: „Mit Jedem, Kate, geh mit Jedem aus, mach was du willst, aber warum dieses miese Schwein?“ Er schlug mit der Hand gegen einen Pfosten am Brückendach. Ich ging zu ihm und legte meine Hand auf seine Schulter. Ich schaute zu ihm auf und hatte das Bedürfnis, ihn einfach nur zu umarmen. So lange Zeit war er nicht in meiner Nähe gewesen und so lange Zeit hatte er mir gefehlt. Jede Minute, die wir mit Streit verbrachten, tat so weh und fühlte sich verloren an. Ich strich mit meiner Hand über sein Haar und dachte an den Flugplatz. Diese wunderbare

Eröffnung und wie ich Jack das erste Mal dort sah, vertieft in seine Arbeit. Ich erinnerte mich, wie er mir stolz alles zeigte und wie glücklich er meinen Vater gemacht hatte. Ich konnte meine Tränen nicht unterdrücken und sagte. „Er will den Flugplatz.“ „Was, wer? Wovon sprichst du?“ „Jones hat vor, dir den Flugplatz wegzunehmen. Wir müssen etwas tun Jack!“ „Das hat er gesagt? Was soll das? Mach dir keine Gedanken darüber, Kate.“ Jack schien das ziemlich entspannt aufzufassen. Ich merkte, dass ich ihm den Ernst dieser Situation nahebringen musste.
„Was will der überhaupt in Greenville? Er ist weggegangen damals, dahin soll er wieder verschwinden.“ Wir hatten uns beruhigt und Jack zog seine Jacke aus. Er hing sie mir über die Schultern und ging zu seinem Wagen, um das Licht auszuschalten. „Hast du Zigaretten?“, rief ich ihm zu, als er am Pickup stand. „Was? Kate!“ Er kam wieder, reichte mir ein ziemlich mitgenommenes Päckchen West und holte ein Feuerzeug aus seiner Hose. Er nahm sich auch eine und sagte: „Du hattest also das Gefühl, du müsstest dich mit Jones treffen...?“
„Jack es ist ernst, das sollte kein Rendesvouz sein!“
„Jaja, ich verstehe dich, nein ehrlich, es ist okay, aber lass dich doch bitte nicht einschüchtern. Wir ignorieren das alles. Lass’ uns nach Hause fahren, es wird sehr kalt heute Nacht.“ „Jack, du musst mir glauben, dass es nicht harmlos ist. Du wirst von ihm hören.“ „Lass uns einen Tee trinken und dann erzählst du mir mehr, wenn du das möchtest. Aber erst einmal fahren wir nach Hause. Los, steig’ ein.“
Jack war jetzt wieder ganz ruhig, aber ich merkte, dass er den Ernst der Lage noch nicht erkannt hatte. Die letzten Minuten auf dem Weg zur Farm überlegte ich, was Billy noch gesagt hatte. Ich hatte Jacks Jacke noch an und

genoss den Duft am Kragen, wie damals im Autokino. Ich dachte an unseren Kuss am Morgen meiner Abreise und war glücklich, wieder hier zu sein, als ich sein Scheinwerferlicht im Rückspiegel sah. Ich hielt vor unserem Haus und ging zu Jack hinüber, der gerade aus seinem Ford stieg.
Er spielte unsicher mit seinem Schlüssel und sagte: „Also, ich würde dir gern einen Tee anbieten, damit du dich aufwärmen kannst. Dann hast du mich wenigstens nicht ganz versetzt heute Abend." Er sah mich fragend an und lächelte. Ich lächelte zurück und folgte ihm ins Haus. Hier war ich jahrelang nicht. Seit meiner Rückkehr hatte es sich noch nicht ergeben. Irgendwie war mir auch nicht wohl dabei, weil ich das Gefühl hatte, das Private von Jack und Elaine zu stören. Auch wenn sie jetzt nicht mehr hier war, so war sie doch noch die Frau in seinem Leben und ich respektierte seine Trauer. Dieses Haus gab mir so ein heimisches Gefühl. Es hatte sich in den letzten Jahren etwas verändert, dadurch dass Elaine hier bei Jack lebte, aber der Duft nach Holz und das Klavier, der Kamin und der große Tisch, das alles war wie es schon immer gewesen ist. Gleich wenn man das Haus betrat, blickte man geradezu auf den Kamin, über dem ein Bild des Pferdegespannes von Jacks Großvater hing. Die Bilder, die auf dem Kamin standen, waren früher nicht dort. Ich zog meine Schuhe und Jacks Jacke aus und ging neugierig hinüber, um sie zu sehen. Jack ging nach rechts in die offene Küche. Ich hörte wie er einen Topf mit Wasser füllte und den Tee vorbereitete. Für einen Moment dachte ich an meine Ankunft in London zurück, wie ich in der Küche saß und Anna den Tee bereitet hatte. Ich war froh, jetzt hier zu sein.

Nun stand ich am Kamin und betrachtete die Bilder. Da war ganz links ein Bild von der Hochzeit seiner Eltern, das kannte ich. Daneben stand ein großes Bild in einem weißen Holzrahmen, auf dem Elaine war. Sie saß auf einem Pferd mit einem der wunderschönen Sättel von Brian. Ihr langes schwarzes Haar hing unter dem Cowboyhut über ihre zierlichen Schultern. Sie lachte auf diesem Bild und es schien, als blickte sie mir in die Augen. Sie trug eine weiße Bluse und schöne Lederstiefel. Ich konnte es nicht lassen das Bild in die Hand zu nehmen und vorsichtig mit dem Finger über die lange Mähne des Pferdes zu streichen. Ich hoffte, sie würde mir nicht böse sein, dass ich hier bin. In Gedanken sagte ich zu dieser Frau auf dem Bild, dass ich alles tun würde, um das zu erhalten, was Jack geschaffen hat, und dass sie sich keine Sorgen machen müsste. Ich kam mir nicht komisch dabei vor, denn es fühlte sich an, als wäre sie hier im Raum gewesen.
In diesem Moment stand Jack neben mir. Ich stellte das Bild wieder an seinen Platz. Ich war gerührt, von der Harmonie, die ich gerade spürte und sah ihn an.
Er sagte: „Elaine“, und deutete mit seinem Blick auf das Bild, als müsste er sie mir vorstellen. „Ich weiß“, antwortete ich leise, „Sie ist schön.“ Jack betrachtete noch einmal kurz das Bild und stellte dann die Tassen auf den Tisch vorm Kamin. „Ja, das war sie. Ich mache mal ein Feuer an, das ist ja wie im Herbst heute.“ Während er vor dem Kamin hockte, sah ich, dass eines der Bilder Jack zeigte, wie er ein kleiner Junge war. Er muss zehn oder elf gewesen sein und trug einen viel zu großen Hut von seinem Daddy.
Ich erinnerte mich an die Zeit, in der das Bild entstand, aber ich hatte es noch nie gesehen. Dann sah ich plötzlich ein Bild von mir. Es war beim Abschlussball entstanden. Ich hatte es ihm nie gegeben. Ich war erfreut, es zu sehen,

aber ich sagte nichts dazu. Er stand auf und das frisch angezündete Holz knisterte vor unseren Beinen. „Ich habe Melissa danach gefragt, als du weg warst. Sie hat es eingerahmt und mir an Weihnachten geschenkt. Du sahst so schön aus in diesem Kleid und du hast den ganzen Abend gelacht." Ich war jetzt etwas verlegen und entgegnete lächelnd: „Das weißt du doch gar nicht mehr, das sagst du doch nur so."

„Was? Dass du gelacht hast? Natürlich weiß ich das noch. Du warst sogar betrunken, als wir bei euch zu Hause weiter gefeiert haben. Ach, war das ein schöner Abend. Da wusste noch niemand, dass du bald wegfahren wirst." „Stimmt. Das wusste zu dieser Zeit noch niemand. Wir haben getanzt. Oder?" Jack lachte, während er sich setzte und uns Tee einschenkte. „Ja, das haben wir, wir haben gelacht und getanzt. Alle waren schon schlafen gegangen, und du wolltest tanzen, die ganze Nacht. Elvis und die Everly Brothers, gab es eigentlich etwas anderes für dich?" „Du machst dich lustig, Jack!" „Nein, das tu' ich nicht. Es war schön." Ich störte diese schönen Erinnerungen nur ungern, aber ich musste auf das Thema des heutigen Abends zurückkommen. „Jack, das mit Jones, ich muss dir noch erzählen was er vorhat. Er kann dir schaden. Bitte hör mir zu!" Jack stand auf und ging zum großen Regal unter der Treppe, in dem viele alte Bücher standen. Dort stand auch der Plattenspieler. Er kniete sich davor und durchsuchte die Schallplatten. Ich erzählte ihm, dass Billy jetzt für die US Air Force arbeitet. Vertieft im Durchsuchen der Schallplatten sagte er: „Wie kommt der zur Air Force? Der hat doch nicht einmal einen richtigen Abschluss geschafft?" „Doch, er hat die Schule in Chicago nachgeholt und einen sehr guten Abschluss geschafft. Dann ist er zum

Militär gegangen." Jack legte eine Platte auf und kam zu mir herüber. Er nahm meine Hand und sagte: „Und wieder hat Daddy Jones nachgeholfen ..." Die so geliebten Klänge von *Stand by me* klangen zum knisternden Kaminfeuer. Ich vergaß für heute Billy Jones. Er hatte hier keinen Raum mehr. „Lass uns morgen darüber reden Katy, bitte." Jack nahm mir die Tasse aus der Hand, stellte sie auf den Tisch und reichte mir die Hand. Ich stand auf und lächelte zu ihm herauf. Er legte meine Arme auf seine Schultern und umfasste mich, um mit mir zu tanzen. Wie schaffte er es nur immer wieder, an Tagen wie diesen noch in letzter Minute die Welt zu retten? Er überraschte mich wieder aufs Neue. Und jedes Mal gelang es ihm, mich verlegen zu machen, meinen Pulsschlag zu erhöhen und mein Herz zu erwärmen, als hätten wir uns vor Kurzem erst kennengelernt.

Nach dem, was ich an diesem Abend fühlte, zweifelte ich sogar daran, jemals wirklich in Morten verliebt gewesen zu sein. Das fühlte sich so anders an. Ich war nicht ganz, in England. Erst jetzt war ich wieder vollkommen. Das könnte ich Jack nie sagen, dachte ich. Und dann habe ich wieder einmal laut gedacht. „Wiederhole das bitte", sagte Jack leise. „Was? Habe ich etwas gesagt?" Ich war erschrocken. Warum hatte ich meine Gedanken nicht unter Kontrolle? Die waren nicht für Jack bestimmt. „Ja, du hast etwas gesagt, bitte sag's noch einmal." Ich fasste Mut und sagte: „Ich war nicht ganz, in England." Ich legte meinen Kopf an seinen Hals und spürte wieder seinen Puls. Wir tanzten kaum noch, standen nur ganz nah beieinander und bewegten uns leicht zu Kings Love Songs. Das hatte er doch alles geplant. Deshalb traute ich mich, den Satz weiterzuführen: „Erst jetzt bin ich wieder vollkommen." Dabei sah ich ihn

an. Er sah mir lange in die Augen. Sie glänzten mit Leben. Er nahm seine Hand, wischte mir die Träne von der Wange, die ich gerade ungewollt verloren hatte, lächelte mich an und küsste leicht mein Gesicht. Ich schloss meine Augen und ließ es zu, ich genoss die Zeit, darauf zu warten, bis sein Mund endlich an meinem angekommen war. Er küsste mich so leicht, dass ich fast den Boden unter den Füßen verlor, hätte er mich nicht gehalten. Es war wie der erste Kuss, in den frühen Morgenstunden am Lake Michigan, auf der Ladefläche seines Pickup. Doch dann musste ich daran denken, dass inzwischen viel passiert war und Elaine neben uns auf dem Kamin stand.
Durfte ich das tun? Sie war gerade zwei Jahre tot. War das ein ehrlicher Kuss?
Ich wandte mich langsam von Jack ab und sagte leise: „Ich sollte jetzt gehen. Ich muss ziemlich früh in die Redaktion.“ Jack wollte mich nicht loslassen und bat mich: „Geh’ nicht, Katy, bitte bleib’.“ Ich hatte keine Argumente gegen seinen Wunsch und sagte deshalb nur noch: „Du hast meinen Tag gerettet. Gute Nacht, Mister Denver.“ Ich küsste noch einmal seinen Mund und ging zur Tür. Er ließ mich gehen und sagte: „Gute Nacht Katy, du hast meinen Tag gerettet!“ Er folgte mir zur Tür und nahm noch einmal kurz meine Hand. Er lächelte mich an und sah zufrieden aus. Dass dieser Tag nach dem Treffen mit Billy und einer solchen Botschaft so wunderschön zu Ende geht, hätte ich nie geglaubt. Ich hätte zu gern gewusst, was in Jack vorgeht. Er war ein einziges Geheimnis für mich. Vielleicht spürte er, was ich für ihn fühlte, aber verglich mich einfach nur mit Elaine. Er vermisste sie sicher und er könnte glauben, dass er mich mag oder mehr, aber er könnte sich doch täuschen. Damit könnte ich nicht leben. Schließlich hatte er an der Brücke gesagt, dass es ihm gleich wäre, mit wem

ich ausgehe, solange es nicht Billy Jones ist. Deshalb wollte ich es lieber gar nicht wissen. Ich wäre zu gern bei ihm geblieben, aber ich hatte das Gefühl, es würde uns nicht gut tun. Ich ging hinüber ins Haus, fiel in mein Bett und dachte an alles Mögliche. Ich sah auf den Wecker und bemerkte, dass ich aufstehen muss. Ich hatte mich doch gerade erst ins Bett gelegt. Aber es war wirklich schon vor knapp fünf Stunden gewesen.
So stand ich nach gefühlten fünf Minuten Schlaf aus meinem Bett auf. Unter der Dusche ließ ich mir das Wasser über mein Gesicht rieseln und stand nur faul herum. Ich dachte an gestern Abend und ich dachte an Jack. Leise sagte ich zu mir: „Zu Hause." Mir fiel das Frühstück ein und ich wollte meine Eltern nicht warten lassen.
Als ich mich abgetrocknet hatte, wickelte ich mir das Handtuch um den Kopf und ging zum Fenster, um es zu öffnen. Aus diesem Fenster konnte ich Jacks Haus nie sehen, aber seinen hellblauen Pickup stellte er immer unter der großen Eiche ab, die neben seinem Holzschuppen stand. Ich erschrak, als ich Jack kommen sah, wie er sich auf den Weg zum Flugplatz machen wollte. Ich lehnte mich ein wenig zurück, so dass er mich nicht sehen konnte. Das würde ja aussehen, als ob ich nur auf ihn warte und ihn beobachten würde. Das sollte er nicht denken. Außerdem hatte ich noch nicht einmal etwas an. Er ließ Spencer auf die Ladefläche springen und stieg in seinen Wagen. Bevor er den Motor startete, blickte er kurz zum Fenster meines Zimmers hinauf. Hatte er gehofft, mich zu sehen? Ich war erfreut, dass er das getan hat, aber ich zeigte mich nicht. Jack verließ mit dumpfen Klängen die Farm, ich zog mich an und ging hinunter in die Küche, wo meine Eltern über Aktuelles aus der Stadt spekulierten.

„Habt ihr schon bemerkt, dass Jones wieder hier ist?“ Ich unterbrach die zwei bei ihrem Gespräch und küsste Daddy auf den Hinterkopf. „Guten Morgen, Dad!“ „Guten Morgen Kate. Jones? Der Jones? Welcher von ihnen?“
„Billy,“, sagte ich. „Er hat hier geschäftlich zu tun.“ In diesem Moment fiel mir ein, meinem Vater unmöglich von Billys Vorhaben erzählen zu können. Er würde sich nur aufregen und das täte ihm nicht gut. Ich fand es richtig, Jack die Sache klären zu lassen.
„Was will der denn geschäftlich hier? Billy Jones, hat der überhaupt einen Beruf erlernt? Sind sie nicht damals nach Chicago gezogen? Da wird sich ja Jack freuen. Weiß er es schon?“ Dad kaute sorglos an seinem Brot und hatte keine Ahnung, dass es um den Flugplatz ging. Ich war froh, wenn er so unbeschwert seinen Tag lebte und bemühte mich, dass das so bleibt. Ich versuchte, vom Thema abzulenken. „Jack ist natürlich nicht begeistert, ich habe es ihm kurz erzählt. Ihr wisst ja ...“
Ich nahm mir einen Kaffee und ging zu unserem vanillefarbigen Kühlschrank, der immer wackelte, weil man mit viel Kraft die Tür öffnen musste. Es war herrlich, das tat er immer noch. Ich nahm mir die klebrige Erdnussbutter heraus, die Mum wie jeden Morgen seit Jahren aus Protest vergaß, weil sie sie hasste. Alles war wie früher. Ich liebte diesen Morgen.
„Wolltest du nicht wegfahren gestern? Ich habe den Wagen gar nicht gehört, bevor du die Treppe hinauf gekommen bist.“ Mum fragte neugierig, aber vorsichtig. Ich merkte, dass es ihr inzwischen unangenehm gewesen war, gefragt zu haben, doch ihre Neugier war größer.
Mich störte das nicht. Auch nicht, obwohl ich jetzt dreiundzwanzig war. Hauptsache, alles war wie früher. Ein wenig wollte ich die Zeit, die wir verpasst haben noch

nachholen. Doch ich hatte vor, meinen Eltern schonend beizubringen, dass ich im Frühjahr in die Stadt ziehen werde. Über „Faraday's“, wird eine Wohnung unterm Dach bezugsfertig und die wollte ich gern beziehen. „Ja, ich war weg mit dem Wagen. Aber ich war schon gegen elf zurück. Ich war noch eine gute Stunde bei Jack. Er hat mich zum Tee eingeladen.“ Jetzt senkte Daddy seine Hand mit der Zeitung, blickte kontrollierend über seine Lesebrille und fragte mich kauend: „Jack hat Tee?“ Mum ermahnte ihn kopfschüttelnd wegen seiner Ironie: „Ted! Natürlich hat Jack Tee, warum nicht?“

Ich wunderte mich über Daddys Reaktion und sah fragend zu meiner Mum herüber, die abwinkte und zu mir sagte: „Dein Vater und seine Späße am Morgen, wundere dich nicht.“ Dad fügte hinzu: „Das war kein Spaß, Melissa. Als ginge es hier um den Tee! Was glaubst du, warum er unsere Tochter zu sich einlädt?“ Dabei sah er mich kurz an und nahm dann seine Zeitung wieder vor die Nase. Ich fragte vorsichtig nach: „Was ist denn das Problem? Hast du etwas dagegen?“ Ich sah Mum fragend an, die kopfschüttelnd von ihrem Brot biss. „Der soll anderen Frauen das Herz brechen, aber nicht unserer Tochter. Wir können uns so etwas hier nicht erlauben, Kate. Und das sage ich als sein Geschäftspartner, also haltet euch bitte daran.“ Dad drückte sich sehr deutlich aus. Er rollte sich zornig mit seinen Rollstuhl zurück und schlug die Richtung zur Tür ein. Er drückte sie auf und rollte auf die Terrasse. Mein Erdnussbutterbrot blieb mir beinahe im Hals stecken, plötzlich war ich satt. Dad hatte mir selten Vorschriften gemacht und Mum immer die Erziehung überlassen, aber wenn er einmal etwas so deutlich sagte, dann war es sein fester Standpunkt, nach dem ich mich zu richten hatte. Mum lief ihm nach und schob ihn die Rampe hinunter zum Weidezaun. Enttäuscht kam sie zurück in die Küche. „Was hat er nur heute Morgen?“ Sie begann, den Tisch abzuräumen. „Ich frage mich auch, was sein Problem ist. Von einem Tag auf den anderen darf ich nicht zu Jack? Ist zwischen den beiden etwas vorgefallen?“ „Zwischen den beiden ist nichts vorgefallen, Kate, das ist es nicht. Ich denke dein Vater hat eher Sorge damit, dass du erwachsen geworden bist. Du warst immer seine Kleine und dann warst du fort.“ Ich beobachtete, wie meine Mum versuchte, mir die Meinung meines Vaters nahe zu bringen. Ich saß noch schockiert am Tisch und vergaß völlig, dass ich bald in der Redaktion sein wollte. Ich glaube, sie verstand ihn, aber heute weiß ich, sie wusste schon lange mehr, als ich selbst, wenn es um Jack ging. „Was hat das damit zu tun, dass ich nicht mehr seine Kleine bin? Jack hat geheiratet, und ich denke, er war ein toller Ehemann, dann musste er diesen Schicksalsschlag erleiden, wo er doch fast eine Familie gehabt hätte. Was soll da Daddys Aussage, dass er Frauen das Herz brechen würde?“ „Du weißt doch, wie er ist.“ „Das ist nicht fair Mum!“ „Ja, manchmal ist er nicht fair. Aber ich glaube, er ist nur besorgt. Schließlich ist Jack auch nur ein Mann, und niemand wird über einen solchen besser urteilen, als der, der selbst einer ist. Du bist eine hübsche Frau geworden Schatz, und es ist nicht weit hergeholt, wenn man zwischen euch beiden mehr vermutet.“

„Das hat Billy auch gesagt.“ „Dieser Jones? Wann hat er denn das gesagt? Ihr redet miteinander?“ Das wollte ich gerade nicht sagen. Ich wollte es doch für mich behalten, dass wir uns getroffen hatten. So sagte ich: „Ach, ich kam gestern aus dem Laden, mit der großen Tüte, und da stieß ich mit ihm zusammen. Er half mir, alles aufzuheben und so kamen wir ins Gespräch.“ „So? Hat er denn etwas von damals gesagt oder ist das alles vergessen? Hast du Jack davon erzählt?“ „Ja. Ich meine nein. Erst nicht, aber er hat mich gestern Abend gefragt, denn er hat uns dort gesehen, auf der Straße. Er war etwas böse mit mir, weil ich mich solange mit Jones unterhalten habe. Das verstehe ich ja auch, schließlich, ach das ist ja auch alles egal. Was soll das werden mit Dad?“ Mich beschäftigte nur noch die Frage, warum Jack jetzt ein Problem für ihn war. „Schatz, der wird sich schon wieder beruhigen. Natürlich kannst du Jack wie immer treffen. Er hat nur Angst, dass das zwischen euch mehr werden könnte und es dann eine Enttäuschung gibt. Dann hätte er eine weinende Tochter und einen schlecht gelaunten Geschäftspartner. Es gibt genug andere Männer. Verstehst du ihn?“ „So ein Unsinn!“ Mich ärgerte das alles. „So eine altmodische Einstellung! Jack ist nicht irgendein Mann. Und wenn ich mich in ihn verliebe, dann hab ich mir das nicht ausgesucht!“ Mum setzte sich zu mir und fragte: „Hast du?“ „Nein!“, antwortete ich bestimmend. „ich meinte nicht, ob du die Wahl hattest, sondern vielmehr, ob du dich in ihn verliebt hast.“ Sie sah mich fragend an. Was sollte ich jetzt nur antworten? Ich war bestimmt so rot, wie die Kaffeekanne auf dem Tisch. „Dafür ist jetzt keine Zeit. Ich muss hier erst wieder Fuß fassen, meinen Job gut machen und Jack ist längst nicht bereit für eine andere Frau.“ Das war eine gute Antwort, dachte ich. Mum stütze sich auf dem Tisch ab und stand wieder von ihrem Stuhl auf. „Nun, er wird nicht allein bleiben wollen.“ „Oh Gott, schon kurz vor acht Uhr! Ich muss los, Mum.“ Ich stand schnell auf und reichte ihr noch ein paar Dinge vom Tisch. Nahm noch einen Schluck von meinem kalten Kaffee, stellte die Tasse auf den Schrank neben dem Spülbecken und gab ihr einen Kuss auf die Wange. „Du hast es schon nicht leicht mit uns“, lächelte ich sie an. „Bis heute Nachmittag. Ich fahre mit dem Fahrrad.“ Ich

verließ das Haus und fuhr zügig den Sandweg entlang. Es war noch kühl um diese Zeit, besonders dort, wo die Wiesen waren. Ich sah die Brücke und fuhr auf sie zu. Durch die Lücken im Dach schien die Sonne auf die Bretter. Mich umgab gleich wieder ein warmes Gefühl, denn hier an diesem Ort haben wir mindestens hundertmal gelacht, geschwiegen, gestritten, gelästert, philosophiert und manchmal geweint. Hier war das Tor zu unserem Heim, aber auch zu unserer Freundschaft.
Dann fiel mir das Problem mit Billy wieder ein. Ich musste unbedingt mit Jack reden. So nahm ich mir vor, nach der Arbeit zum Flugplatz hinaus zu fahren.
Als ich den Hügel hinab rollte und die Mainstreet entlang fuhr, grüßten einige Leute mit einem Kopfnicken, manche hoben kurz die Hand. Schon in den letzten Wochen fiel mir auf, dass es schien, als wäre ich nie weg gewesen. Die Stadt und ihre Leute hatten sich kaum verändert. Jeder kannte jeden, zumindest die Gesichter. Es war jeden Morgen das Gleiche. Und es war schön, sehr vertraut. Nur früher fiel es mir nie auf. Ich wusste nicht, ob es mir heute nur so bewusst wurde, weil ich fort war oder weil ich früher nur keinen Blick für das Selbstverständliche hatte. Ich war bei Reynolds Bibliothek angekommen und lehnte mein Fahrrad an das Geländer vor dem großen Glasfenster. „Gut, dass du schon da bist, Kate. Guten Morgen!“ Mister Reynolds stellte gerade sein Schild vor die Tür und wendete das „CLOSED“, in der Tür zu „OPEN“. Deine Arbeit beginnt doch um neun Uhr? Schon so früh auf den Beinen?“ Während er mich gut gelaunt begrüßte, lief er in die Bibliothek und redete vor sich hin, sodass ich ihm zwischen Bücher und Kisten folgen musste, um ihn zu verstehen. „Aber es ist gut, dass du schon da bist. Da war ein junger Mann, der nach dir gefragt hat. Ich habe ihm gesagt, dass du ab

neun Uhr arbeitest. Er kommt dann wieder." „Guten Morgen Mister Reynolds! Wer war es denn?", fragte ich neugierig. „Ach Kind, mir fällt der Name nicht ein. Ich überlege schon den ganzen Morgen, ich komme einfach nicht darauf. Ich kenne ihn, ein Lausbub war er früher." Oh nein. Ich wusste jetzt, wen er meinte. Bestimmt war es Billy, wie peinlich! Er wollte mich sicher fragen, ob ich schon mit Jack geredet habe. „Er wollte einen Zeitungsartikel aufgeben. Etwas Größeres, sagt er", fügte Mister Reynolds noch hinzu. Welch' ein Glück, dann kann es nicht Billy gewesen sein. Ich war erleichtert, dass ich einen normalen Kunden zu erwarten hatte. Vielleicht hatte Mister Reynolds das Gesicht falsch in Erinnerung und es war gar kein Lausbub, wie er ihn lustiger Weise nannte. „Ich habe noch einige Fotos zu entwickeln! ...", rief ich ihm aus meiner Kammer zu, „... für die morgige Ausgabe. Deshalb bin ich heute früher hier." „Du bist ein fleißiges Mädchen!", rief Mister Reynolds zurück. Ich lächelte, während ich meine Tasche und die Filme auspackte. Ich war immer sehr erfreut, wenn dieser kluge Mann mich lobte. Also begann ich, die Fotos zu entwickeln und Greenvilles Teil der Zeitung von morgen zusammenzustellen.

Ich hörte das kurze Klingeln an der Ladentür und hängte noch zwei Fotos zum Trocknen auf, dann ging ich nach vorn in den Verkaufsraum. Mister Reynolds war auch noch da, aber ich erwartete ja diesen Kunden. Es war inzwischen kurz nach neun Uhr. Wer stand da grinsend und freundlich grüßend mitten im Geschäft? Also doch Billy. Meine Laune änderte sich von einem Moment auf den anderen. „Ach, da sind sie ja wieder,", sagte Mister Reynolds freundlich, „Miss Robinson ist jetzt da, sie wird sich um ihren Artikel kümmern." Ich ging auf Billy zu: „Ja, Guten Morgen!" Ich hasste es, so freundlich sein zu müssen, dabei hätte ich ihm nach dem gestrigen Abend am liebsten eine Ohrfeige verpasst. „Kommen sie Mister Jones, wie kann ich helfen?“ Mister Reynolds folgte uns in meine Schreibecke: „Ach, jetzt weiß ich wieder, wer sie sind. Sind sie nicht der Sohn unseres ehemaligen Sheriffs?“ „Ähm, ja, aber ich habe kaum noch mit meiner Familie zu tun.“ Billy war es sichtlich unangenehm, dass er erkannt wurde. Mister Reynolds ging wieder nach vorn ins Geschäft und schien weiter zu grübeln, welche Geschichte zu diesem Gesicht passen sollte. Ich war innerlich so wütend, dass ich dieser Person nicht ausweichen konnte und sagte deshalb leise zu ihm: „Kein Wunder, dass dir nicht passt, dass er dich erkannt hat. Wenn ich eine Vergangenheit dieser Art hätte und dann noch Sohn eines Sheriffs gewesen wäre, dann hätte ich mich so geschämt, dass ich mich nur noch mit einem Sack über dem Kopf in meine Heimatstadt gewagt hätte.“ „Kate, etwas freundlicher bitte, du bist inkompetent.“ „Spielt doch keine Rolle, ob du mit deiner Familie zu tun hast oder nicht. Du allein bist schon genug Schande für ganz Greenville.“ „Jetzt pass mal auf, Kleine, ich frage deinen Boss, ob er mich nicht lieber beraten kann, weil du so unfreundlich bist. Dann kannst du dich bald nach einem neuen Job umsehen! Also, was hat er gesagt?“ Billy kam gleich zur Sache. Das war aber eine Angelegenheit, die nicht an meinem Arbeitsplatz besprochen werden sollte. „Du kannst vergessen, dass ich hier mit dir über deine Interessen spreche!“, sagte ich deutlich, aber leise. Ich wollte auf keinen Fall, dass Mister Reynolds davon erfuhr. „Kate, ich befürchte, wir werden das hier besprechen müssen. Ich würde auch lieber etwas trinken gehen mit dir, aber ich bin hier, um einen Artikel für die morgige Ausgabe der Zeitung aufzugeben.“ „Also ist es geschäftlich? Dann erzähle mir bitte, worum es geht.“ Ich wurde sachlich und wartete ab, was Billy mir zu sagen hatte. Er holte ein gefaltetes Blatt Papier aus seinem Hemd und legte es vor mir auf den Tisch. „Ich habe das schon vorgeschrieben. So etwa soll der Artikel erscheinen.“ Ich las flüchtig den Inhalt der handgeschriebenen Zeilen und wollte nicht glauben, was da auf dem Papier stand:

US AIR FORCE PLANT STÜTZPUNKT BEI GREENVILLE

Die US Air Force bildet im Dienste der Vereinigten Staaten junge Amerikaner aus, um unser Land in der Luft mit ständig wachsenden technischen Standards
und bestmöglichen Qualifikationen zu vertreten sowie im Ernstfalle verteidigen zu können. Der Luftraum, das Land um Greenville und der Michigan Lake bieten beste Voraussetzungen für die Ausbildung von Piloten. Der zwei Meilen südlich von Greenville gelegene „Countrywings Airport“, ist für den Umbau vorgesehen. Major Lukas Bill Jones vertritt die US Air Force in Greenville und ist bereits mit dem Eigentümer des Airports und dem Bürgermeister der Stadt in Verhandlungen getreten.
Greenville wird somit auch im zivilen Leben bereichert, denn viele der Flieger haben Familien, die sich hier in der Gegend niederlassen werden. Die Stadt wird wachsen, ihre Wirtschaft wird belebt und junge Menschen und Kinder werden Greenville bereichern. ...

„Das ist nicht dein Ernst!“ Ich reagierte geschockt, denn das, worüber ich am nächsten Morgen berichten sollte, waren bereits vollendete Tatsachen. Dieser Artikel bedeutete, dass die Öffentlichkeit über die Schließung des erst vor kurzem eröffneten „Countrywings Airport“, informiert werden sollte, bevor Jack selbst überhaupt davon wusste. Ich zügelte meine Wut und versuchte, mit Billy zu verhandeln: „Das kannst du nicht von mir verlangen, Billy! Jack weiß noch gar nichts davon und ich soll das morgen drucken? Das ist nicht einmal die Wahrheit. Ich schreibe keine Lügen. Wenn es soweit ist, dann werde ich es drucken.“ Billy lehnte sich zurück in den Stuhl auf dem er saß und entgegnete mir: „Dass Jack es noch nicht weiß, ist nicht mein Problem, Kate. Ich habe es dir gestern erzählt und du solltest ihm davon berichten. Es spielt auch keine Rolle für mich, ob er es von dir oder aus den Nachrichten erfährt. Es ist, wie es ist. Du kennst die Situation.“ Am liebsten hätte ich diesen selbstverliebten Typen vom Stuhl gestoßen, doch ich musste mich hier mit meinem Job arrangieren und hatte es schließlich mit der Air Force zu tun. Billy stand auf, nahm seine Tasche, schob ordentlich den Stuhl an meinen Schreibtisch und beugte sich noch einmal zu mir herunter: „Katy, wie du das machst, ist mir egal. Ist nur dumm für dich, wenn du es druckst ohne ihn darauf vorzubereiten, dass er verkaufen wird. Denn das wird er auf jeden Fall, das wissen wir beide. Ob er in einen bereits verlorenen Kampf ziehen wird, das liegt an dir. Macht das unter euch aus, ich mache auch nur meinen Job.“ Er ging entspannt aus meinem Schreibzimmer, ich stand auf und folgte ihm sprachlos.

In diesem Moment war ich so verzweifelt und hilflos, dass ich am liebsten geschrien hätte, da drehte er sich plötzlich noch einmal zu mir herum und sagte bestimmend: „Du machst doch deinen Job hier gut? Ich verlass’ mich auf dich.“ Er wandte sich zur Tür des Nebenraumes und rief Mister Reynolds zu: „Auf Wiedersehen, ich danke ihnen für die nette Beratung... übrigens ein schöner Laden geworden Mister Reynolds!“ Aus dem Nachbarzimmer hörte ich Mister Reynolds rufen: „Danke Mister Jones, sie waren ja auch lange nicht hier, lassen sie sich mal wieder sehen!“ Billy grinste mich an und verschwand aus der Buchhandlung. Ich war ratlos. Ich fragte Mister Reynolds nach seinem Wagen um zum Flugplatz zu fahren. Ohne Jacks Rat konnte ich nichts tun. Ich nahm die Notiz mit, die Jones mir auf den Tisch gelegt hatte. Eilig fuhr ich zu Countrywings, suchte Jack auf dem Gelände und fragte einen Piloten, wo ich ihn finden würde. Der schickte mich in die letzte Halle, wo Jack an einem alten Flugzeug baute. „Jack, wir können jetzt nicht warten! Nimm dir kurz Zeit!“, aufgeregt nahm ich seinen Arm und zog ihn zur Seite. „Guten Morgen Kate“, sagte Jack mit entspannter Stimme. „Warum bist du so aufgeregt? Ist es immer noch wegen gestern?“ Ohne Worte reichte ich ihm das Blatt Papier von Jones. Jack begann endlich zu lesen. Ich fügte hinzu: „Das soll ich morgen drucken!“ Jack legte den Schraubenschlüssel auf einem Rollwagen ab, ohne das Lesen zu unterbrechen. Sein Blick war konzentriert auf dem Papier. Dann sah er mich an, zerknüllte wütend das Blatt in seiner Hand und schrie: „Was ist das für eine Scheiße? Woher hast du das?“ Er lief unruhig in der Halle auf und ab und strich sich mit der Hand durchs Haar. „Jones.“ Konnte ich nur kurz sagen, mit Angst vor Jacks weiterer Reaktion. Jetzt erst hatte er begriffen, was ich ihm seit gestern sagen wollte.

„Wo ist der? Wo ist dieses Schwein?“ Flüchtig wischte er mit einem Tuch seine Hände und warf es weg. Er lief zum Tor und drehte sich zu mir zurück. „Kate? Wo ist Jones jetzt? Sag schon!“ Ich begann zu weinen. „Ich weiß es nicht“, antwortete ich leise. Alles schien so aussichtslos, denn jetzt, als ich Jacks hilflose Reaktion sah, machte ich

mir noch mehr Sorgen als gestern. Jack hatte doch immer eine Lösung für alles. Jetzt scheinbar nicht. „Wann meldet er sich wieder bei dir?“ „Spätestens morgen, wenn es nicht in der Zeitung steht“, sagte ich leise. „Es wird nicht in der Zeitung stehen!“, betonte er mit sehr ernstem Blick.
„Ich soll das drucken Jack!“, wollte ich ihm erklären, als er mich ansah und verzweifelt fragte: „Auf welcher Seite stehst du eigentlich, Kate?“, ich glaubte, nicht recht zu hören und wurde deutlicher: „Das ist ein geschäftlicher Auftrag der Air Force! Hier könnte jetzt jeder vor dir stehen Jack! Was soll dieser Vorwurf? Zweifelsfrei kennst du die Antwort! Die ganze Zeit hast du mich nicht angehört! Die haben einen Plan!“
„Entschuldige. Das meinte ich nicht, wie ich es gesagt habe. Wir haben Glück, dass du es bist, die diesen Job macht, sonst hätten wir es morgen aus der Zeitung erfahren.“ „Was tun wir denn jetzt?“ „Das können die nicht. Die können mich nicht zwingen. Ich verkaufe nicht!“ „Doch! Sie können“, erwiderte ich. „Sie wollen, dass du verkaufst. Wenn du dich weigerst, finden sie Wege, den Flugplatz schließen zu lassen. Sie haben genug Argumente. Und sie haben Macht, Jack.“ „Das weiß ich selbst!“, schrie er. „Hätte ich ihn doch verrecken lassen, damals im Tunnel!“ Jack fluchte. „Nein! Du hast alles richtig gemacht Jack. Du bist ein guter Mensch!“ „Hahahaa! Ein guter Mensch!“ Ironisch lief Jack ziellos über den Platz. „Und? Was habe ich davon? Ich bin ein guter Mensch! Wie schön! Dann schicke ich mal meine Leute nach Hause, ich bin ja ein guter Mensch!“ Ich ging auf Jack zu, um ihn zu beruhigen. Er blickte über den Platz und kniff die Augen zu, weil die Sonne ihn blendete. Er schwieg. Ich legte meine Hände von hinten um seine Hüfte und lehnte meinen Kopf an seinen Rücken. „Wir

schaffen das. Wir werden eine Lösung finden.“ Meine Worte machten mir Mut, indem ich sie aussprach.

14. Kapitel

Die schlafende Bärin

„Warum fluchst Du, Jack?“ Der alte Skipper stand plötzlich hinter uns. Er nahm seine Pfeife aus dem Mund und fragte weiter: „Ist was nicht in Ordnung?“ Jack drehte sich zu Skipper, ging entschlossen auf ihn zu und sagte: „Wir müssen reden. Ein alter Bekannter macht uns mächtig Probleme. Ich brauche deinen Rat, Skipper.“ „Wir sehen uns später“, sagte ich und ließ die beiden allein. Jack nickte mir zu und ging ein Stück mit Skipper, um ihm alles zu erklären. Ich ging in die Bar, um zu helfen, bis die beiden zurückkommen würden. Länger als eine Stunde blickte ich immer wieder durch die Fenster auf die Rollbahn und wartete auf Skipper und Jack. Ich setzte viel Hoffnung in den weisen alten Mann. Ich glaubte fest daran, dass wir mit seiner Hilfe eine Lösung finden, Countrywings zu erhalten. Dann kamen sie endlich zurück, Jack winkte mir zu, ich solle zu ihnen herauskommen. Zügig lief ich aus der Bar und setzte mich zu den Männern. Skipper hatte noch immer seine qualmende Pfeife in der Hand und sah entspannt aus. Jack wirkte etwas ruhiger als zuvor. Wir setzten uns an einen der Tische vor der Bar und Jack sagte: „Wir haben möglicherweise eine Chance, Katy.“ Jack wirkte noch etwas skeptisch, als er das sagte. Skipper fügte überzeugt hinzu: „Na hört mal! Möglicherweise? Jack jetzt hör’ auf!

Diese Schwachköpfe von der Air Force haben sich erkundigt, das haben sie fein gemacht! Die wollen uns unterjubeln, dass diese Hobbyfliegerei und Landwirtschaft eine Gefahr für den Luftraum über den *Sleeping Bear Dunes* ist. Das ist es, was dieser Sheriffsohn dir da sagte, Kate." „Ich verstehe nicht, Skipper. Was meinst du?", fragte ich neugierig. „Also wenn sie einen Indianeraufstand provozieren wollen, dann sollen sie nur kommen! Das ist meine Heimat, Kate." Ich kannte die *Sleeping Bear Dunes*, jedoch nicht ihre Geschichte und ihr Wert war mir nicht bewusst. Ich hatte nicht daran gedacht, dass das unsere Rettung sein könnte. „Die Sleeping Bear Dunes, sind ein riesiges Naturschutzgebiet. Der Name des Gebietes geht auf eine Sage der Anishinabe zurück: Einst soll eine Bärin mit ihren zwei Jungen vor einem Waldbrand in das Wasser des Sees geflüchtet sein. Die Bären schwammen um ihr Leben, doch schon bald blieben die Jungen hinter ihrer Mutter zurück. Schließlich erreichte die Bärin das andere Ufer und kletterte auf eine Düne, um nach ihren Jungen Ausschau zu halten, doch diese ertranken. Mit der Zeit bedeckte der Wind die wartende Mutter mit Sand. Der markanteste, heute durch Winderosion weitgehend abgetragene Punkt der Dünen erinnert in seiner Form an eine schlafende oder Ausschau haltende Bärin. Unter dem Sand soll diese bis heute auf die Ankunft ihrer Jungen warten. Beeindruckt durch das Schicksal und die unerschütterliche Hoffnung der Bärin ließ der große Manitu an der Stelle, an der die beiden jungen Bären ertranken, zwei Inseln entstehen. Diese tragen heute die Namen North und South Manitou Island. Nun kommen wir auf den Punkt: Das Gebiet ist etwa 110 Quadratmeilen groß und erstreckt sich über 35 Meilen entlang des Nordwestufers des Lake Michigan. Die Hauptattraktion des Parks bilden Sanddünen, die das Ufer bis zu 140 Meter hoch überragen. Von hier aus hat man einen großartigen Blick auf den See, vorgelagerte Inseln und das Hinterland mit dem Glen Lake. Die beiden Inseln North Manitou Island und South Manitou Island sind ebenfalls Teil des Schutzgebiets. Die Landschaft ist durch die letzte Eiszeit geprägt. Die Dünen selbst sind aber nur etwa zweitausend Jahre alt und unterliegen durch Winderosion ständigem Wandel. Speziell für Besucher befinden sich unweit des westlichen Ufers des Glen Lake begehbare Dünen, die jedoch nicht direkt am Lake Michigan liegen. Der Park ist waldreich, allerdings wurden die ursprünglichen in früheren Zeiten vollständig gerodet.“ Mir wurde klar, was Skipper uns sagen wollte. Jack hörte nur aufmerksam zu und sagte kein Wort. Mir fiel ein: „Das ist doch das, womit Jones uns erpressen wollte! Sie argumentieren mit dem Naturschutzgebiet und einer Gefährdung durch Flugzeuge. Aber soweit fliegt doch von euch niemand, oder?“ Jack erwiderte: „Doch, wir fliegen soweit. Und das dürfen wir auch. Denn nicht mehr als ein Mal pro Tag durchfliegen wir diesen Luftraum, das wiederum geschieht nur für Besichtigungen der Dunes von oben und ist uns gestattet. Es bringt Touristen in die Region. Es ist Teil meines Geschäfts und steht in dem Vertrag mit Mountcalm County und dem Staat Michigan. Ich habe eine Genehmigung vom National Park Service der Vereinigten Staaten.“ „Aber Jack, das ist doch wunderbar!“, ich war so erleichtert. „Dann hat Jones doch gar keine Handhabe!“ „So einfach ist das nicht. Du weißt, dass sich manche Mächte über das Gesetz stellen“, sagte Jack nachdenklich. Skipper unterbrach ihn: „Junge, warte ab. Die Air Force steht im Dienste der Vereinigten Staaten. Ebenso wie dein Vertragspartner. Und ich sage dir, sie werden sich nicht mit eigenen Waffen schlagen. Sie würden ein Resort von unschätzbarem Wert für die Natur zerstören sowie die Geschichte und deren Tourismus. Außerdem würden sie es dann darauf anlegen, dass ihnen ein paar echte Indianer auf ihre fein gedeckten Tische steigen!" „Das gäbe ein politisches Desaster", dachte ich laut. „Genau, Kleine!" Skipper schlug die flache Hand auf den Tisch, stand auf und sagte zu Jack: „Nimm Kontakt zur Air Force auf. Nein, erst mit dem Park Service! Sag denen was die bei der Air Force vorhaben. Warten wir die Reaktion ab." Skipper lief zu einer Halle, um wieder seiner Arbeit nachzugehen und drehte sich noch einmal zu uns: „Sag' mir gleich Bescheid Jack!", rief er. Dann verschwand er. „Was sagst du?", fragte mich Jack. „Alles wird gut. Skipper hat Recht, das sind schlagende Argumente. Wir haben das einfach übersehen. Ich wusste gar nicht, dass du so viel im Vorfeld geklärt hast. Was du da alles auf die Beine gestellt hat, während ich in London war. Du bist ein so kluger Mensch, Jack. Du hast doch alles richtig gemacht!" „Aber ich habe diesen Drecksack nicht noch einmal in mein Leben eingeplant." „Das musst du auch nicht. Er wird so schnell wieder verschwunden sein, wie er hier aufgetaucht ist." „Na dann, musst du nicht wieder zu Reynolds?" „Ja, ich sollte längst wieder an meinem Schreibtisch sein." So fuhr ich zurück in die Stadt, erledigte meine Arbeit und schrieb einen Brief an die Air Force und den National Park Service in Washington. Die Briefe schilderten die Situation sowie die Forderungen und Drohungen von Billy Jones. Diese Briefe nahm ich am Abend mit zu Jack. „Das ist gut, danke Katy. Ich hätte es nie so schreiben können. Bitte sende diese Briefe gleich morgen früh ab!" Das tat ich. Als ich die Post gestempelt hatte und mit den anderen Briefen in die Kiste für den Fahrer gelegt hatte, tauchte Billy im Geschäft auf. Er hielt die Zeitung in der Hand: „Da steht nichts." Fordernd sah er mich an. „Natürlich“, erwiderte ich, „Sieh doch! Bei „Faraday’s“, ist in dieser Woche der Schinken günstiger und das Wetter wird auch wunderbar am Wochenende!“ Ich ließ ihn stehen und ging an meinen Schreibtisch. Jones sagte verärgert aber leise: „Du kommst mir dämlich? Kate, du weißt aber schon, wer ich bin?“ „Ja, Billy Jones, ich weiß, wer du bist. Du bist ein lügender Versager. Ich glaube nicht, dass du im Dienste deines Landes arbeitest. Und jetzt verschwinde aus diesem Geschäft!“ Er sah mich geschockt und wütend an. „Die Zeitung kostet zwei Dollar“, fügte ich noch hinzu. Jones warf die Zeitung zu Boden, drehte sich um und verließ das Geschäft. Er sah mich noch einmal kurz an und erhob suchend nach Worten seinen Zeigefinger. Dann verschwand er. Ich gebe zu, ich war zwar gerade ziemlich mutig gewesen, hatte es jedoch im gleichen Augenblick bereut. Hätte ich ihn nicht besser milde stimmen und versuchen sollen, mit ihm zu reden? Ich hätte Zeit für Jack gewinnen können. Dafür war es jetzt zu spät. Die Post sollte in zwei Tagen ihre Empfänger erreichen. In der Woche darauf lauerte ich täglich dem Postkurier auf. Ein Brief für Jack würde zuerst hier im Geschäft ankommen. Hier holt der Briefträger morgens die Post für die Leute ab. Und wieder keine Antwort aus Washington. Auch nicht von der Air Force. Fast zwei Wochen später durchwühlte ich hastig die Postkiste, wie jeden Morgen. Da war er, ein Brief an Jack. Ich suchte weiter, ob ein zweiter dabei sei. Doch heute war es nur der eine. Es war ein Brief vom National Park. So schloss ich den Laden ab, an der Tür drehte ich das Schild mit der „Closed“-Schrift nach außen und klebte einen Zettel in die Scheibe: *bin gegen 11 zurück.* Ich sprang auf mein Fahrrad und eilte zur Farm. Ich brauchte den Wagen meiner Eltern, um zum Flugplatz zu fahren. Mister Reynolds war heute nicht da und ich konnte seinen Wagen nicht nehmen. „Oh nein! Verdammt!“, rief ich, als ich über die Holzbrücke raste. „Sie sind nicht da!“ Meine Eltern waren mit dem Wagen unterwegs. Nun stand ich da und holte kurz Luft. Ich warf mein Fahrrad an den Zaun und entschied mich, mit Memory zum Flugplatz zu reiten. Seit sieben Jahren hatte ich nicht auf einem Pferd gesessen und verspürte ein Zittern in den Beinen, während ich den Sattel suchte. Memory stand auf der Wiese neben dem Haus. Jetzt wusste ich, warum ich mich heute Morgen für Jeans entschieden hatte. Ich warf Memory den Sattel auf und sagte zu ihm: „Wir laufen jetzt schön zu Jack. Und sei vorsichtig mit mir, ich bin wieder ein Anfänger. Du bist ein Schatz!“ Über die Weiden war der Weg ohnehin kürzer als die Landstraße. So verstaute ich den Brief noch einmal sicher und kämpfte mein linkes Bein in den Steigbügel. Ich muss kleiner geworden sein in den letzten Jahren. Ein Kribbeln durchfuhr meinen Magen, ich saß im Sattel meines Pferdes, nach sieben Jahren. Ich strich Memory am Hals entlang und sagte ruhig: „Ich habe gerade großen Respekt. Du bist so groß geworden!“ Memory lief ruhig an, ich fühlte mich doch sicher auf seinem Rücken, weil er mich genügsam beobachtete. Einige Minuten später wurde mir klar, dass wir in diesem Tempo nicht weiter spazieren konnten, so hätte ich auch den späten Nachmittag abwarten können, bis Jack heim kommen würde. Schließlich wollte ich gegen Elf Uhr zurück im Geschäft sein. Ich bewegte Memory in ein etwas schnelleres Tempo, der plötzlich Gefallen daran zu finden schien. Er galoppierte mit mir wie im Flug über die Hügel und der Wind rauschte so laut um meine Ohren, dass ich nicht einmal eine Lokomotive hinter mir gehört hätte. Ich sah schon Begrenzungspfähle der längsten Rollbahn und sah das Ziel näher kommen. Ich griff nach dem Brief, um mich zu vergewissern, dass er noch unter meiner Strickjacke war. Da war er und obwohl ich den Inhalt nicht kannte, hatte ich das Gefühl, eine gute Botschaft zu bringen. Wir näherten uns im gestreckten Galopp den Flugzeugen, meine Angst auf Memorys Rücken war verschwunden. Ich konnte es kaum erwarten, Jack zu beobachten, wie er den Brief öffnet. In unserem Tempo wühlte Memory das Gras entlang der Rollbahn auf und Sandbrocken flogen hinter uns in die Luft. Er war so schnell, wie ich früher nie geritten war. Es machte unheimlich Spaß in dieser Situation und mein Puls raste. Wir kamen „Skipper's Bar", näher und ich konnte den Pickup von Jack sehen. „Wir sind gleich da, Memory!", rief ich. Mein Pferd war nur schwer zu bremsen als ich Jack erkannte, der mir mit der Hand an seiner Stirn entgegensah, als würde er den Teufel kommen sehen. Memory wurde langsamer als ich energischer an den Zügeln zog. Für einen Moment dachte ich, wir würden alles mitreißen, was uns im Weg war. Wir kamen zum Stehen als Jack sich Memory in den Weg stellte und ihm beruhigend zusprach. Er stand fassungslos am Kopf des Pferdes und sah uns wirklich an, als hätte er einen Geist vor sich: „Was um Himmels willen ist hier los? Kate, bist du wahnsinnig oder so was?", völlig außer Atem erwiderte ich: „Ich hatte kein Auto!" Jack half mir aus dem Sattel. „Puh, ich bin sieben Jahre nicht geritten, war das heftig!" Ich war voller Adrenalin und musste lachen, kurzzeitig geriet der Brief in Vergessenheit. Aufgeregt fuhr ich fort: „Und ich bin noch nie auf Memory geritten! War das toll!" Memory schnaufte und war völlig außer Atem. Jack bat Skipper, ihm das Pferd abzunehmen und zu versorgen. Er nahm mich am Arm und sagte: „Niemand ist jemals auf ihm geritten! Du bist doch wahnsinnig!" Mir wurde schlecht: „Was? Ich denke du hast ihn zugeritten?!" „Kate, das habe ich nie gesagt! Memory hatte nie einen

Sattel auf dem Rücken! Ich hatte bisher keine Zeit dafür!" „Aber das musst du mir doch sagen! Ich hätte tot sein können!" Jack rieb sich das Gesicht mit beiden Händen. „Du bist unglaublich Miss Robinson! Wann denn? Du tauchst hier auf und springst auf dieses Pferd!" Er lachte und schüttelte den Kopf: „Ich glaube es nicht! Naja, das zureiten hast du ja jetzt übernommen." Er lächelte mich an. Mir fiel der Brief wieder ein. Ich griff unter meine Strickjacke und holte ihn hervor. Ich gab ihn Jack und sagte: „Hier, mach auf! Schnell!" „Ach, deshalb die Eile." Jack verstand nun. Er riss den Umschlag auf und las aufmerksam, ohne auch nur einen Gesichtsausdruck. Er machte nichts, außer zu lesen. „Sag schon, was steht da?", fragte ich neugierig. „Komm her." Er nahm mich in seine Arme und küsste mich auf den Kopf. Er ließ nicht los. Den Inhalt des Briefes hinter meinem Rücken wollte ich jetzt auch wissen. Jack setzte sich ins Gras und begann vorzulesen:

Guten Tag, Mister Denver,

auf ihre Anfrage bezüglich eines möglichen Interesses der US Air Force, in der Region um Greenville, (MI) einen Militärstützpunkt zu eröffnen, möchten wir ihnen mitteilen, dass eine derartige Anfrage zu keiner Zeit bei uns eingegangen ist. Die Region der Westküste des Lake Michigan ist, wie im Vertrag festgehalten, für Linienflüge und militärische Übungen ausnahmslos in einem Umkreis von 200 Meilen gesperrt. Die Sleeping Bear Dunes und die Sleeping Bear Bay unterliegen strengem Naturschutz, so dass auch politische Mächte und die Regierung der Vereinigten Staaten relevante Ausnahmefälle beantragen müssten. Ein derartiger Antrag lag und liegt nicht vor. Ihr Flugplatz liegt näher als 200 Meilen von der Westküste des Lake Michigan entfernt und ist somit für die Air Force unbrauchbares Land.

Unser Vertrag mit ihnen, dass der Luftraum über dem Sleeping Bear Dunes National Lake Shore von ihrem Unternehmen Countrywings genutzt wird, bleibt unverändert und unbefristet bestehen. Wir haben auch langfristig keine anderen Absichten.

Mit besten Grüßen

Walter Louis Management

National Park Service

Washington D.C.

„Wow!“, rief ich und fiel Jack um den Hals. „Das ist so großartig!“ Jack lachte: „Da kommt die Fee auf dem Wildpferd daher und überbringt die frohe Botschaft! Ich liebe Dich!“ Plötzlich war es still. Wir sahen uns an. Das hatte er noch nie gesagt.

Nervös faltete er den Brief und schob ihn zurück in den Umschlag. Er steckte ihn in sein Hemd, stand auf und reichte mir die Hand. Er deutete auf den Pickup und sagte: „Nimm den Wagen. Ich reite heute Abend zurück. Das ist zu gefährlich für dich.“ Dabei grinste er. „Sei vorsichtig, er wurde noch nicht zugeritten“, grinste ich zurück.

Gänzlich entspannt war die Lage trotzdem noch nicht, denn schließlich könnten die Leute vom National Park Service noch Post bekommen, von denen sie bis jetzt nichts ahnten. Wir warteten in den nächsten Tagen die Antwort der Air Force ab. Ab jetzt fuhr ich mit dem Wagen in die Stadt und Jack fand Gefallen daran, Memory täglich mit zum Flugplatz zu nehmen und ihm auf eine angrenzende Wiese zu stellen. Er machte sich wunderbar unterm Sattel und zeigte sich weiterhin als zuverlässiger Begleiter. Jacks „Ich liebe Dich", machte mich ebenso glücklich, wie es mich überrumpelt hatte, als er es aussprach. Ich dachte ständig daran und trug ein Lächeln mit mir. Jones tauchte nicht auf. Jeden Morgen durchwühlte ich die Postkiste und erwartete einen Brief von der US Air Force. Eine weitere Woche später war er dann schließlich dabei. Ich schloss wieder das Geschäft ab und fuhr gleich zum Flugplatz.

Jack kam mir entgegen, als ich seinen Wagen vor einer der Hallen hielt. Mit dem Brief winkend lief ich auf ihn zu. Gleich rief er: „Hast du ihn geöffnet? Was steht drin?" „Natürlich nicht", antwortete ich und reichte ihm den Brief, „das wollten wir doch gemeinsam tun." „Jetzt bin ich mal gespannt", murmelte er in seine Zigarette, während er ungeduldig den Umschlag öffnete. Ich war aufgeregt, denn unsere Angst war, dass die Air Force auch den National Park Service unter Druck setzten könnte. Skipper hatte das auch befürchtet und erzählte uns in den letzten Tagen viel aus seinem Leben als Indianer und berichtete von seinen Vorfahren. Sein ganzes Herz steckte in dieser Heimat und seiner Geschichte. Jack las den Brief:

Guten Tag Mr. Jack Denver,

am 21. Mai 1964 schrieben Sie uns, dass Lieutenant General Bill Jones im Auftrag der US Air Force bei Ihnen war. Die Angelegenheit wurde daraufhin geprüft. Es entspricht nicht der Wahrheit, dass LTG Jones einen derartigen Auftrag durch die US Air Force auszuführe hatte. Ferner besteht von Seiten der Air Force kein Interesse an einem Flugplatzgelände im gesamten Bundesstaat Michigan. LTG Jones wurde zu diesem Vorfall befragt und bestätigt nicht, eine derartige Anfrage gestellt zu haben.

Wir teilen ihnen in dieser Form mit, dass neben den gesetzlichen Bestimmungen, die militärische Aktivitäten in der genannten Region ausschließen, auch kein Interesse an ihrem Objekt besteht.

Weitere Tatsachen zu ihrem Anliegen werden in einem internen Prozess bei der US Air Force abgewickelt.

Wir fordern Sie zur Enthaltung gegenüber der Presse und anderen Medien auf. Bei einer eventuellen Klärung werden wir schriftlich auf Sie zukommen.

LTC Roger Bennett

US Air Force

Office of Special Investigations

1964-05-02

„Unglaublich!" Jack lehnte sich an den Wagen. „Kannst du das glauben, Kate?“ Ich war erleichtert. „Was soll das? Können wir uns freuen?“ „Ich denke schon. Vielleicht hatte er private Absichten und nutzte seinen Rang. Wo ist Skipper? Wir machen weiter. Jones, dieser Verbrecher! Ich finde schon noch heraus, was der vorhat.“

Jones tauchte nicht mehr auf. Auch nach Wochen nicht. Die Frage, was das zu bedeuten hatte, beschäftigte uns jedoch alle weiter. Dad erzählten wir nichts davon, das hätte ihn nur unnötig aufgeregt. Alles lief weiter wie bisher. Ich begann, neben meiner Arbeit in der Redaktion von Mr. Reynolds nun auch die Werbung für Countrywings auszuarbeiten und Postkarten und Souvenirs zu gestalten. So bekam der Flugplatz ein riesiges Schild mit dem Logo, das ich früher für meinen Dad gemalt hatte. Wir fügten ein großes *R* für Robinson hinzu. Jack wollte diesen Namen beibehalten, obwohl es nicht sein Name war. Er sah die Wurzeln in der Arbeit meines Vaters. Daddy war stolz. Seit vier Monaten war ich nun zurück aus London und eine Journalistin. Mein Traum war es früher, irgendwann nach New York zu gehen, um für die „TIMES“, zu arbeiten. Jetzt war alles anders. Ich war zu Hause. Hier wollte ich bleiben. Wo mein Weg mich hinführen würde, wusste ich nicht, bis zu jenem Julimorgen, an dem Mister Reynolds in das Geschäft kam und mich zu seiner Familie nach Hause einlud. Er sagte: „Kate, was hast du am Freitag vor? Meine Frau kocht, Steve ist übers Wochenende zu Hause. Wir denken darüber nach, dass er die Klinik verlässt und wir ihn zu Hause betreuen. Zwar wird er nie wieder laufen können und mit seinen Knochen wird es nicht besser, aber wir haben uns damit arrangiert und möchten ihn bei uns haben. Aber du kennst das ja von deinem Vater.“ Ich war verwundert, die Familie Reynolds hatte mich noch nie eingeladen. Ich wollte Steve gern wiedersehen und erfahren, wie er jetzt lebt. Er hatte ja trotzdem Journalismus studiert und war ein Genie im Schreiben. „Das ist sehr nett, Mister Reynolds. Da komme ich gern vorbei. Ich freue mich. Ich habe Steve zuletzt beim Abschlussball gesehen.“ „Ja, das ist lange her, bring doch deinen Freund Jack Denver mit. Ein sehr netter junger Mann! Wollt ihr gegen sieben zum Essen kommen?“ „Ich sage es ihm, vielen Dank! Wir kommen dann am Freitag.“

Am Freitagabend fuhren wir also zu Familie Reynolds, die in der Stadt in einem wunderschönen Häuschen am Fluss wohnten. Auf der Fahrt sagte Jack: „Als Mister Reynolds das letzte Mal ein ernstes Gespräch mit dir führte, warst du kurz darauf nach London verschwunden. Was es wohl diesmal ist?“ „Es muss doch nichts sein, wenn sie uns zum

Essen einladen. Wie kommst du darauf? Ob er enttäuscht von mir ist? In letzter Zeit habe ich oft das Geschäft verlassen, um mich um Dinge zu kümmern, die eigentlich privat sind. Glaubst du, er ist unzufrieden und will mir sagen, dass das so nicht geht? Vielleicht feuert er mich?" „Kate! Er lädt dich nicht zum Essen ein, um dich zu feuern!", lachte Jack. „Es ist eher etwas anderes. Wir werden sehen."

Das Tor zum Garten stand offen, als wir vor dem Haus hielten. Ich nahm die Schüssel mit den Pancakes in die Hand, die ich zu Hause vorbereitet hatte. Im bunt mit Blumen bewachsenen Garten kam uns Mrs. Reynolds entgegen und rief: „Wir sind hier im Garten, kommt doch herein." Bei einer kurzen herzlichen Umarmung sagte sie: „Willkommen Kate, hi Mister Denver." „Hi, Mrs. Reynolds, ich habe noch ein Dessert dabei." Jack sagte: „Danke für ihre Einladung, es ist schön bei ihnen." Ich war etwas verunsichert nach Jacks Worten in unserem Gespräch während der Fahrt. Was würde die Familie mit uns besprechen wollen? Dann freute ich mich, als ich Steve in einem sehr sportlich ausgefallenen Rollstuhl sah. Er sah trotz seiner Krankheit glücklich aus. Er war erwachsen geworden. Inzwischen hatten wir uns sieben Jahre nicht gesehen. Er lächelte und sagte: „Kate, du Weltreisende! Schön, dich zu sehen! Hallo Jack!" Steve sah gut aus, noch immer wie ein Streber, wie sie ihn früher nannten, aber im positiven Sinne. Er trug eine Brille wie Kennedy, einen strengen Scheitel und ein braun-gelb gestreiftes Shirt mit Kragen und Hornknöpfen. Der Tisch im Garten war reichlich gedeckt und mit Blumen geschmückt. „Gibt es etwas zu feiern?" Die Frage konnte ich mir nicht verkneifen. Ich spürte, dass etwas in der Luft lag. Dass ich ermahnt würde, weil ich in den letzten Wochen mit dem Kopf nicht ganz bei der Sache war, glaubte ich nun nicht mehr. „Setzt euch doch erst einmal, lasst uns essen“, sagte Mister Reynolds. Wir redeten über den Garten, Miss Reynolds und ich fanden mit dem Kochen ein Gesprächsthema. Während des Erzählens mit ihr hörte mit dem anderen Ohr zu, wie Jack versuchte, Mister Reynolds zu erklären, was es mit Billy Jones auf sich hatte. Steve konnte mitreden, denn er saß in der Schulzeit jahrelang neben dem Sheriffsohn. Steve sagte: „Dad, erinnerst du dich an den Brand des Sportplatzgebäudes?“ Und so setzte sich auch für Mister Reynolds das Puzzle zusammen. Nach dem Dessert, für das ich mit seiner Frau Teller und Besteck aus dem Haus holte, sagte ich, dass ich die Familie bewundere, wie sie trotz der Krankheit von Steve ein Leben führen und arbeiten, als wäre alles normal. Ich bedankte mich noch einmal bei ihnen für die Chance, die sich dadurch für mich ergeben hatte. „Aber kommen wir zur Sache, Kate.“ Mister Reynolds stellte sein Glas ab, sah seine Frau und Steve an und lächelte. Dann fuhr er fort: „Dein Vater war auch ein sehr guter Geschäftsmann und ich finde großartig, dass ein junger Mensch wie sie, Jack, seine Träume in die Realität umsetzt und diesen Flugplatz erhält. Wir in Greenville schätzen das sehr und freuen uns über Besucher und Touristen, die sie mit ihren Flugzeugen anlocken. Stoßen wir darauf an und trinken darauf, dass dieser Jones unsere Stadt diesmal für immer verlässt, der hat euch ja genug Probleme gemacht.“ Wir stießen auf das an, was Steves Dad gerade so schön gesagt hatte und dachten, das sei es gewesen, warum wir hier sind. „Was ich aber eigentlich sagen wollte, Kate, ist, dass sich auch bei mir geschäftlich etwas ändern wird. Ich mache es kurz: in ein paar Jahren werde ich siebzig, ich möchte noch etwas am Haus umbauen, damit Steve mit seiner Freundin hier leben kann. Ich habe meinen Buchladen damals mit Leib und Seele eröffnet und mit Liebe geführt, dann kam die Zeitung dazu, die für die Stadt unentbehrlich geworden ist. Wir sind ein Umschlagplatz für das Neue, das zu uns kommt und uns verlässt, um weiter zu ziehen. Das Leben ist Austausch, aber es ist auch Veränderung. Nun gibt es hier Veränderungen. Ich muss aufhören und ich möchte aufhören. Allerdings kann und möchte ich dieses Geschäft auf keinen Fall schließen. Deshalb biete ich dir an, es zu übernehmen, Kate." Ich war sprachlos. Sollte das ein Wunder sein? Konnte uns etwas Besseres widerfahren als das, was er da gerade ausgesprochen hatte? Jack grinste, als hätte er das wie immer alles vorher gewusst, trank aus seinem Glas, stand auf und fasste Steves Rollstuhl an den Griffen: „Steve, angelt ihr auch an dem Steg?" Er drehte seinen Rollstuhl um und sagte: „Hilf mir mal, lass uns runterfahren, ich zeig' ihn dir." Steves Mutter begann, das Geschirr auf ein Tablett zu stellen und brachte es ins Haus. Nun saß ich mit Mister Reynolds allein im Garten und sagte: „Sie trauen mir das zu? Vielen Dank für dieses Vertrauen Mister Reynolds! Ich bin sprachlos." „So wie vor sieben Jahren, als ich dich mit dem Studium in London überrascht habe?", er lachte. „Ja, etwa so!" „Du bist erwachsen Kate, ich habe ehrlich gesagt schon damals daran gedacht und nicht ganz uneigennützig gehandelt." „Das verstehe ich", erwiderte ich. „Ich würde das sehr gern machen, aber ich kann diesen Laden nicht kaufen. Ich habe sogar überlegt, sie nach der Wohnung über dem Geschäft zu fragen und mir ausgerechnet, dass ich sie geradeso finanzieren könnte mit meinem Gehalt, das sie mir zahlen." „Kate, ich weiß, dass du dieses Geschäft unmöglich kaufen kannst. Jedenfalls noch nicht. Ich mache dir ein Angebot: Du übernimmst die Geschäftsführung. Du musst dich dann ab sofort um alles selbst kümmern. Ich kann dir noch drei Monate helfen, alle Abläufe kennenzulernen. Dafür kannst du in der Wohnung des Geschäftshauses leben. Natürlich kann ich dir dann kein Gehalt mehr zahlen. Allerdings brauche ich die Geräte, Schreibmaschine und Bücher nicht, die zum Inventar gehören. Mit der Geschäftsführung würde ich dir den gesamten Inhalt des Ladens überschreiben und du kannst starten. Du setzt einfach fort, was ich in den letzten Jahren gemacht habe. Dafür trage ich keine Verantwortung mehr. Es ist mir zu viel. Du bist jung, ich schaffe das nicht mehr.“ Die Neuigkeiten stürzten auf mich ein wie ein warmes Gewitter. Gerade war ich völlig überfordert. „Das Haus gehörte meinen Eltern“, fügte der Buchhändler hinzu, „heute gehört es mir. Steve kann dort nicht wohnen, wir brauchen es nicht. Du kannst es nutzen, wofür du möchtest, solange die Buchhandlung erhalten bleibt. Wenn du soweit bist, kannst du es kaufen. Du kannst es auch in Raten bezahlen.“ In Gedanken räumte ich gerade den Laden um und sah, wie gut sich ein großer Holzschreibtisch vor dem sonnigen Fenster zur Straße machen würde. Meine Gedanken waren Monate voraus, wie immer. Würde ich das schaffen? Konnte ich dieses Geschäft erhalten? Sollte ich von der Farm in die Stadt ziehen? Was würden meine Eltern davon halten? Und Jack? Freude und Angst, Mut und Zweifel drängten um Platz in mir.

15. Kapitel

1966

Ich habe es getan. Jeder Einzelne von Ihnen stand hinter mir. Steve, an dessen Stelle ich getreten war, Mister Reynolds, der jetzt mehr Zeit für seinen kranken Sohn und das neue Leben hatte, meine Eltern, die sich ohnehin in den ersten Jahren nach dem Sturm selbst zu helfen wussten und Jack, der sagte: „Es muss doch einen Sinn gehabt haben, dass du eine Ewigkeit am anderen Ende der Welt warst."

In die Wohnung des Geschäftshauses zog ich jedoch nicht. Jack hatte die Idee, sie an Bob Gilman zu vermieten, der mit seiner unweiten Garage gut verdiente und trotzdem seit Jahren in einer Kammer ohne Bad hinter der Werkstatt lebte. Wenn er früher Besuch von seinen Schwestern hatte, konnten diese immer nur im Hotel übernachten, weil er nicht einmal Stühle besaß. Jack sprach oft über ihn, wie er lebte, obwohl das nicht so sein müsse. Von den Mieteinnahmen und dem Geld, das mir Gilman gab, während ich ihm die Wohnung renovierte, einräumte und mich um die Verwaltung kümmerte, mit fast allem, was ich mit Büchern und Zeitungen verdiente, zahlte ich Raten an Mister Reynolds. Jack baute ein neues Bad und Öfen in die lang unbewohnten Räume über der Buchhandlung und verbrachte den Rest des Sommers fast jeden Abend mit mir in der

Stadt, um das Haus zu renovieren. Zum Weihnachtsfest 1964 zog Gilman in die Wohnung. Endlich hatte er es warm und eine richtige Badewanne. Er sah ganz anders aus, seit er dort lebte. Ich war Jack sehr dankbar für seine Hilfe, zumal er doch gerade erst mit dem Bauen auf dem Flugplatz fertig geworden war.

Es lief. Alles lief. Nur zwischen uns war Stillstand. Vielleicht ist das nicht das richtige Wort. Jeder Tag war ein Gewinn, ein Kennenlernen, Geben und Nehmen, Zuhören, Diskutieren, Lachen, Streiten. Ich hatte mir jedoch mehr erhofft. Besonders, seit Jack – womöglich unüberlegt – gesagt hatte, dass er mich lieben würde. Vielleicht hatte es auch damit zu tun, dass sein Vater plötzlich das Weite gesucht hatte und von der Farm weggezogen war. Niemand hatte Brians Entscheidung verstanden. Lavinia litt sehr unter der Trennung und Jack grübelte oft, während er die Rinder nach und nach verkaufte.

Ich hatte mir zu jener Zeit gewünscht, dass wir uns näher kommen und einfach da weiter machen würden, wo wir am liebsten weitergemacht hätten, als wir uns vor meinem Studium verabschieden mussten. Irgendwie schien alles auf Anfang gestellt zu sein, mit den Dingen, die es vorher schon gab. Ich kann es nicht beschreiben. Er war da, aber er fehlte mir. Ich hatte nie den Mut das zu sagen. Wieder und wieder verabschiedeten wir uns abends mit tiefen Blicken zwischen den zwei Häusern, in denen wir geboren waren. War es nicht seine Aufgabe, etwas zu sagen? Was dachte er von mir? Erwartete er etwas? Liebte er mich wirklich? Es schien ihm zu reichen, dass es mich gibt, dass ich da bin. Immer wieder beschäftigte mich auch die Frage, was Daddys Problem war, wenn ich mit Jack ausgegangen oder bis spät nachts bei ihm gewesen war. Mir ging die

Frage nicht aus dem Kopf, ob Jack deshalb distanziert zu mir blieb. Hatten sie einen Deal? Schließlich hatte Daddy oft ungewöhnlich schroff reagiert, wenn ich die halbe Nacht bei Jack verbrachte. Sein angeblicher Grund war, dass er befürchtete, das Geschäft sei gefährdet, wenn sein Partner etwas mit seiner Tochter anfangen würde. Geredet wurde darüber nie mehr als das. Mum verstand das ebenso wenig wie ich.

Im Januar 1966 starb Memory. Jack musste ihn erschießen. Daddy starb an einem Julinachmittag im selben Jahr. Jack hatte ihn morgens mit zum Flugplatz genommen. Er stand ungewöhnlich lange weit draußen an der längsten alten Rollbahn. Jack fuhr mit dem Pickup hinaus, als ich besorgt war. Als auch Jack nicht zurückkam, fuhr ich mit dem Fahrrad zu ihnen hinaus. Als ich mich ihnen von hinten näherte, saß Jack weinend neben dem Rollstuhl, es sah aus, als würden sie in den Himmel hochschauen. Jack hielt einen gefalteten Brief in der Hand. Am Boden lag ein Umschlag, auf dem stand: *Dear Jack, confidentially*

Als ich vor meinen Dad und Jack trat, um sie anzusprechen, sah ich, dass mein Vater tot war.

Niemand sprach. Tagelang. Auch Mum nicht. Greenville war dunkel, kalt und verregnet. Für Wochen, doch nur für uns. Daddys Asche streute Jack über dem Lake Michigan aus einer gelben „Piper“, Daddys erstem Flugzeug. So stand es in dem Brief, sagte Jack. Was da noch stand, erzählte er nie. Jeder neue Tag musste weitergehen, wir mussten weitermachen und das Weinen für die Nacht bewahren.

Mum wurde ruhiger, im Herbst gestaltete sie unser Haus um. Skipper schenkte ihr eine Katze. Mum tat mir leid. Sie ging in der Nacht zum zweiten Weihnachtstag. Seit das Jahr 1966 zu Ende ging, führte mich mein Weg aus der Stadt zum Haus meiner Eltern, zu meinem Haus, in dem nur noch die Katze auf mich wartete. Ich hatte sieben Jahre mit meinen Eltern verschenkt. Die sieben Jahre in London bereute ich jetzt. Jack war abends bei mir. Er war nur da, wir redeten nicht viel.

Im März 1967 saß ich im Schreibzimmer der Buchhandlung. Jacks Wagen hielt vor der Tür. Er kam mit einer Hand voll Wiesenblumen herein. Er stellte sich vor meinen Schreibtisch und sagte: „Guten Morgen, Miss Robinson. Du sitzt zu viel in diesem Raum. Ich habe Blumen für dich." Ich war verwundert, was Jack hier her führte. Er hatte mir bisher noch nie Blumen geschenkt. „Was ist los Jack?" „Du bist so betrübt Katelyn, ich kann das nicht mehr ertragen. Komm nach Hause. Nimm deine Sachen und zieh in mein Haus. In unser Haus. Ich möchte mit dir alt werden."

16. Kapitel

Nach Hause

Was heute wiedergegeben wie ein geschäftliches Gespräch klingt, war meine Rettung. Er war meine Rettung. Wir hatten alles verloren und alles gewonnen. So sehr ich es mir immer gewünscht hatte, hatte ich nicht mehr daran geglaubt, dass wir irgendwann zusammen leben würden. „Vollkommen ist nur die Liebe, die wir nicht leben", hatte Jack vor Jahren einmal gesagt. Das habe ich nie vergessen. Umso mehr war ich überrascht, als er mit Blumen vor mir stand und sein Herz öffnete.

Nachdem ich zu Jack ins Haus gezogen war, wandte sich seine Mutter von uns ab. Sie zog in die Stadt. Das Haus meiner Eltern blieb einen Winter und einen Sommer lang leer. Jack hat mir geraten, es an eine junge Familie zu verkaufen. Das tat ich dann auch. So konnte ich das restliche Geld an Mister Reynolds bezahlen. Die Buchhandlung gehörte nun mir. Irgendwann habe ich sogar das Fliegen gelernt. Ich hatte jede Angst verloren. Das Leben, das wir gemeinsam zwischen Flugzeugen und Büchern lebten, war eines, das ich in einem Buch nie anders geschrieben hätte. Skipper wurde mit der gleichnamigen Bar unsterblich.

Chicago, gestern Nachmittag

Im vergangenen Jahr zogen wir nach Chicago. Jack hat Countrywings an einen jungen Piloten verkauft. Ja, inzwischen haben wir uns hier gut eingelebt. Jack hat seither viel Zeit auf der Dachterrasse verbracht. Ich habe Weidegras für ihn angepflanzt und rundherum in Töpfen aufgestellt. Er liebt es sehr, es duftet nach Freiheit, nach zu Hause. Es erinnert an unsere Farm und unsere Kindheit. Erst vor sieben Tagen lag er lächelnd im Liegestuhl und betrachtete das Gras. Als ich ihn fragte, woran er gerade denkt, sagte er: „Der Apfelkuchen meiner Mutter, wir haben nie besseren gegessen, nicht wahr? Das dachten die Pferde wohl auch.“ Lachend erinnerte ich mich: „Oh ja, der Beste, den es je gab! Zum Glück wusste sie nicht, dass wir Massen davon an die Pferde verfüttert haben!“ Jack schloss die Augen, wandte sein Gesicht zur Sonne und sagte zufrieden: „Glaube mir, Katy, auch das wusste sie.“

Am späten Nachmittag erreichten wir Chicago. Wir fuhren durch die belebte Green Bay Road und kamen nur schleppend voran. Es war immer noch sehr heiß an diesem Tag und meine Bluse klebte an meinem Rücken. Ich war erschöpft vom vielen erzählen, diese ganzen Emotionen, fast mein ganzes Leben war in den letzten Stunden so lebendig wie ich es erlebt hatte. Es war ein Erleben, ja, so kann man es nennen.
Als ich das Schild der Vine Avenue sah, bat ich Christine, hier einzubiegen und zu halten. „Wir sind da, hier ist unsere Wohnung.“ Ich deutete auf die Balkone schräg gegenüber. Ich konnte mich jetzt nicht einfach verabschieden und sagte: „Ich würde sie gern hier noch auf eine Cola einladen.“ Sie nahm die Einladung an und wir plauderten auf der Terrasse

eines Cafés noch ein wenig über Greenville und seine Leute. Zum Beispiel über die dicke Mary Faraday, die immer alles als Erste in der Stadt wusste und den jungen, viel zu gut aussehenden Pfarrer. Nach einer guten halben Stunde gingen wir gemeinsam zu ihrem Pickup zurück. Ich nahm meine Tasche heraus und strich mit meiner Hand noch einmal unauffällig über das gealterte Leder der Sitzbank. Währenddessen nahm Christine meine Holzkiste unter dem Sitz hervor, die wir bei der Abfahrt dort abgestellt hatten. „Was ist das eigentlich für eine interessante Kiste? Sie ist bestimmt sehr alt." Christine gab sie mir vorsichtig in die Hand. „Ich konnte es nicht lassen, noch einmal zu unserem Versteck zu gehen, um zu sehen, ob noch etwas dort liegt. Da habe ich sie gefunden. Sie muss vom Flugplatz sein, da sind Stempel drauf. Ich war sehr erstaunt, als ich sie geöffnet habe und ungefähr zwanzig Briefe von Jack fand. Den Ersten hat er mir Neunundfünfzig geschrieben, kurz nachdem ich nach London abgereist war." „Und sie haben ihn jetzt zum ersten Mal gelesen?" „Natürlich. Er war ja wie die anderen in dieser Kiste. Jack hatte wohl nie vor, sie mir zu geben." Christine war gerührt: „Das ist ja so romantisch!" Ich wollte nun nach Hause und lenkte von den Briefen ab: „Und stellen sie sich vor, der alte Gilman hat sein ganzes Leben lang nur eine einzige Latzhose am Leib gehabt. Hätte er je etwas anderes getragen, hätte ihn niemand mehr erkannt auf seinem Hof." Ich lachte und bedankte mich bei Christine: „Ich wünsche ihnen alles Gute für Ihre Familie, vielen Dank für die angenehme Fahrt." Christine überlegte laut: „Wer ist Gilman?" „Bob Gilman", erwiderte ich, „wir haben ihm unseren alten Pickup verkauft, als wir aus Greenville wegzogen. Stellen sie sich vor, zweihundert Dollar hat er uns noch dafür gegeben!" Christine sah mich nachdenklich an: „Ich danke ihnen, Kate!" „Ich habe zu danken!", erwiderte ich,

wandte mich zur Straße und betrachtete die Gebäude auf der anderen Seite, während der Verkehr an mir vorüber zog. Christine stieg in ihren alten Ford und kurbelte die Scheibe herunter: „Kate, warten Sie! Werden sie Jack jetzt erzählen, dass sie die Kiste mit den Briefen gefunden haben?“
Die Wärme der letzten Stunden verschwand: „Nein, das kann ich nicht mehr, ich habe ihn gerade nach Hause gebracht.“

Chicago, Oktober 2011

Vor einigen Wochen lag eine kleine Schachtel in meinem Briefkasten. Ich war neugierig, wer mir etwas schenken könnte. In der Schachtel war ein flacher Stein, dessen Form an ein Herz erinnert. Er glitzerte dunkelgrau und hatte ein kleines Loch.

Sie muss diesen alten Ford tatsächlich behalten haben.

Danke, Christine!

Nachwort

A DREAM

Wir alle haben unsere Realität, unsere Zeit und unseren Raum, an denen wir uns orientieren und unser Leben anlehnen. Was jedoch geschieht, wenn sich in diese Realität Gefühle, Erlebnisse und Bilder einschleichen, die jede bisher empfundene Sicherheit, dein ganzes Sein in Frage zu stellen beginnen? Wenn in dir ein unbeschreiblich starkes Gefühl von Heimweh, Vertrautheit und Wärme aufkommt, das sich an Begegnungen vergeht und sich gnadenlos an ihnen nährt und wächst. Dein Leben gerät ins Wanken. Dieses Empfinden wirft tausend Fragen auf, die alle nur eine Antwort kennen.

Jeder hat Träume. Sind es Träume? Oder sind es vielmehr warme Erinnerungen an Begegnungen und Erlebtes einer vergangenen Zeit? Mit dem Bewusstsein etwas niemals (wieder) haben zu können, erwartet man nie die Erfüllung dieses Traums. Alles bleibt ein Geheimnis, ein großes anonymes Geschenk, gebaut aus allen Gefühlen, unendlich vielen Empfindungen, aus Liebe und Wärme, mit der Sicherheit, es nie verlieren zu können. Es ist dieser Traum. Stark und doch so zerbrechlich, herzlich und ganz außen kühl, klug und herrlich ungeschickt – so fehlerhaft perfekt. Immer mit dem Wissen, dass es ein Traum ist, der im Herzen bleibt und nur dir gehört. Dann, Symbole, Bilder, Schlüsselworte, die dich aus deiner Bahn werfen und zwischen Traum und Realität hin und her reißen. So nah, dass du Energie aus einer vergangenen Zeit aufsaugen darfst, vertraute Wärme und eine Kostprobe von dem vollkommenen Leben, dem du an einem anderen Ort verfallen warst. Berührt, bewegt, sodass du beginnst, dich zu erinnern.

Ich danke Karsten (Mülli) Müller, Bear, Katinka, Artur Weiß, Annabell, René, Thomas, Juliane & Markus, Timo Hemmann & dem Team vom Engelsdorfer Verlag, Ben E. King, der Mc Donald's Farm Dallas, Michi und jenem, welcher mich so inspiriert hat!

Dass aus diesen Gedanken mein Buch entstanden ist, habe ich Euch zu verdanken, jeder Einzelne weiß, wofür.

Katelyn Robinson im September 2016